新潮文庫

家裁調査官・庵原かのん

乃南アサ著

新潮社版

11999

目次

家裁調査官・庵原かのん

裁判所法

第六十一条の二（家庭裁判所調査官）
一　各家庭裁判所及び各高等裁判所に家庭裁判所調査官を置く。
二　家庭裁判所調査官は、各家庭裁判所においては、第三十一条の三第一項第一号の審判及び調停〔…〕並びに第三十一条の三第一項第三号の審判に必要な調査その他他の法律において定める事務を掌《つかさど》り、〔…〕
三　最高裁判所は、家庭裁判所調査官の中から、首席家庭裁判所調査官を命じ、調査事務の監督、関係行政機関その他の機関との連絡調整等の事務を掌らせることができる。
四　家庭裁判所調査官は、その職務を行うについては、裁判官の命令に従う。

自転車泥棒

1

折り畳まれた数枚の紙を封筒から引き出した瞬間、庵原《いおはら》かのんは思わず「うぁっ」という声を出してしまった。

「臭《く》っさ！」

すかさず隣の席の鈴川さんがキャスター付きの椅子《いす》に腰掛けたまま、つつっと滑り寄ってきた。歳《とし》は一つしか違わないのだが、二十代のうちに結婚して、既に二人の小学生の母親でもある彼女は、年齢以上に落ち着いた雰囲気をまとっている。

「また、へんてこりんな声出して。どしたの」

かのんは改めて封筒から取り出した紙に鼻を近づけて顔をしかめた。

「臭《にお》うんですよ。ぷんぷん」

どれ、と鈴川さんも顔を突き出してくる。その鼻先に紙を近づけると、鈴川さんはくんくんと匂《にお》いを嗅《か》ぐ仕草をしてから「たしかに」と頷《うなず》いた。

「だけど、言うほど強烈じゃないわよ」

「これだけ臭ってて、ですか？」

「まあ、かのんちゃんの鼻は犬並みだから」

　確かに匂いには敏感だ。これは、もしかすると血筋かも知れないと、かのんは前々から思っている。多分そのお蔭《かげ》もあって父は化学畑を歩んできたのだし、妹など化粧品会社のパフューマーになった。末っ子の弟だけは鈍感だが、これは母に似たのに違いない。

　家族が集まると、父とかのん、そして妹の三人は、母と弟をそっちのけにして料理でも飲み物でも食卓に置かれた布巾《ふきん》でも、さらに言えば飼い猫の肉球でもはたまた珍しく飾られている花でも何でも、とりあえず香りを確かめずにいられない。そして、互いに「またやってる」と冷やかし合うのだ。最近では盆と正月くらいしか、そういう機会はなくなったが、それでも顔を合わせれば当たり前のように同じことをやっている。

「これじゃあ、お酒呑《の》みながら書いたっていうのがバレバレじゃないですかね。煙草《たばこ》もスパスパやって」

かのんはもう一度そっと臭いを確かめた後で、しかめっ面《つら》のまま、手にした紙を見つめた。明らかに酒と煙草の臭いが染《し》み込んでいるのだ。

「いるわよ、そういうのも。でも、アレでしょう？　少年本人の照会書っていうんじゃないんでしょう？」

鈴川さんは、また、つつつ、と自分のデスクに戻っていく。かのんは用紙をゆっくりと広げてみて、一番上に「保護者照会書」と印刷されているのを確かめてから「そうですけど」と頷いた。

保護者照会書には数ページにわたって、いくつもの質問項目が並んでいる。その内容をひとくくりにして言ってしまえば「あなたのお子さんと、ご家庭について、色々と教えて下さい」というものだ。警察に捕まるような問題を起こした少年が、果たしてどんな環境で育って、どんな性格をしており、今はどういう生活を送っているかなどを保護者の立場から説明してもらう。予《あらかじ》め家裁から送付したものに、回答を書き込んで返送してもらうようになっている。

家庭裁判所が「少年」と呼ぶ場合、そこには女子も含まれる。家裁で扱う「少年」とは、主に罪を犯した場合に処罰を下すことの出来る十四歳から十九歳の子たちを指す。処罰とはいっても、あくまでも少年の保護更生を目的としたものだというところが、成人に対するのとは違っている。平たく言えば「将来ある彼らの可能性を信じて、問題の原因を探り、立ち直りへの道筋をつける」ことが、処罰の目的だ。ちなみに十四歳に達していない少年が罪を犯しても刑事責任を問えないため、一定の重大な刑罰法令に触れる行為を行った少年を除いて、こちらは家庭裁判所ではなく、児童相談所が対応することになる。

家庭裁判所調査官は、この「問題の原因を探る」ために存在する。その仕事は、大まかに言って三段階に分けられる。

まず読み、次に聴き、最後に書く。

読むのは、保護者らから届いた照会書や警察が作成した調書など。重大事件の場合は、警察から検察を経由したものが回ってくる。これらを読んで、事件を起こした少年の生育歴や家庭環境、生活態度などを知ることは、当事者へのアプローチを考える上で欠かせない。

次に、聴く。

少年自身や保護者はもちろん、必要な場合は学校や勤務先などの関係者に会って、じかに話を聴く。少年の場合は成長途中であるだけに、不安定で自分でも自分の気持ちがよく分かっていなかったり、もやもやしたものは抱いているが原因が分からないとか、うまく言語化出来ない場合が少なくない。だから、必要に応じて心理テストやカウンセリングなどを行いながら、彼らの心の裡《うち》にあるものを把握するように努める。そのために、家裁調査官は「家庭裁判所調査官補」として採用されたら、最初の二年間は法律、心理学、面接法などといった理論と実習の研修をみっちり受ける。現場に出た後も、段階的に経験を積みながら新たな技法などを学び続けていく。つまり家裁調査官とは「裁判所」という司法の場にいながら生身の人間を扱う、臨床の専門家なのだ。だからこそ「聴く」ことには、もっともエネルギーを使う。

そして最後に、書く。

限られた時間の中で把握した、少年の実像や、彼らが抱える問題、今後の展望などを整理して「少年調査票」という報告書を作成して裁判官に提出する。この調査票と、さらに鑑別所の技官や教官が作成した「鑑別結果通知書」の二つを主に重要な資料として、裁判官は独自の裁量で少年に「審判」を下すことになる。時には調査官が思ったよりも、かなり重たい処分が下ることもあるものだが、それは裁判官の判断だ。調査官も審判の席には同席するし、求められれば発言し、裁判官の許可を得て質問することもある。とはいえ、具体的な仕事は、あくまで少年調査票を提出するまでということだ。

「で、何した少年なの？」

パソコンに向かいながら、鈴川さんが顔も上げずに聞いてきた。

「自転車盗なんですけどね」

調書によれば、田畑貴久《たばたたかひさ》十五歳は、某日午後九時半頃、北九州市八幡西区光明《やはたにしくこうみょう》〇丁目〇番地付近の住宅脇《わき》に駐《と》められていた施錠《せじょう》されていない自転車一台を盗んだとされている。同じ日の午前零時近くにJR黒崎《くろさき》駅そばの商店街アーケードにおいて警察官の職務質問を受けたことにより犯行が発覚した。

「たまたま現場を通りかかったときに、自転車を見つけた。周囲に人もおらず、鍵《かぎ》もかかっていなかったため、そのまま軽い気持ちで乗って走り去ってしまった」

警察の取調に対して少年はそのように語ったとされ、犯行事実を認めている。

ふとした出来心で自転車を盗んだ。

端的に言ってしまえば、それだけのことだ。珍しくもない。むしろ、大抵の場合は適当に乗り回した後はその辺りに乗り捨てて終わるところが、今回に限っては運悪く見つかってしまったというだけのことかも知れない。

書類上では田畑貴久少年には、これまで一度も逮捕・補導歴がないことから、警察での取調が済んだ後はそのまま帰宅が許されている。こういうケースを「在宅事件」

と呼ぶ。在宅事件として扱われるものは、少年事件全体のおよそ八十パーセント。つまり、少年が起こす事件の大半は、こうした自転車盗や万引き、ちょっとした喧嘩《けんか》などといった、比較的軽微なものだ。

事件の軽重に拘《かか》わらず、警察から検察を経由して、「処遇意見」の添えられた書類が回ってくると、家裁では裁判官によって調査官に調査が命じられ、そこから調査官の仕事が始まる。

調査官が「読む」作業を進める間、書記官が「照会書」や調査面接の期日を示した「呼出状」などを送付する作業を進めてくれる。それらの書面が先方に届くまでに、逮捕からおおよそ二、三週間。それだけの時間がたっていると、逮捕直後の緊張や興奮状態も醒《さ》めて、通常は当事者である少年も保護者も、かなり冷静に物事を考えられるようになっているものだ。そこで照会書には、少しでもいい印象を与えて軽い処分で済ませてもらえるように、優等生的な回答を書く場合が多い。

こうして事件から一カ月程度が経過した頃に、調査官はいよいよ「聴く」作業、つまり調査面接を行うことになる。この場合も自転車盗くらいなら、面接は一度限りで終わる。とりあえず、だとしても本人に反省の色がうかがえ、保護者も今後はきちんと少年を監督しますから、などと言えば、それでおしまいだ。わざわざ裁判官が「審判」の席を設けるというところまではいかない。こういう事件は「審判不開始」ということになる。または審判は開かれても「不処分」という決定が下される。調査官が扱う少年事件としては、数は多くても特に扱いが難しいということはない、淡々とこなしていけばいい類のものだ。

だけど。

改めて手元の保護者照会書に目を落として、かのんは口もとをきゅっと引き締めた。保護者の氏名欄には田畑里奈《りな》という名前が書き込まれている。文字は相当に乱れていた。

かなり酔っ払って書いたんだろうか。

名前からすると女性だろう。つまり、この家はひとり親の家庭なのかも知れない。その下から次ページへと目を通して、かのんは「そう来たか」と思わずにいられなかった。各質問に対して、それなりの回答スペースを確保しているにも拘わらず、すべての回答欄に「とくになし」というひと言しか書き込まれていなかったからだ。何カ所か、酒の染みらしい紙の毛羽立ちが見られるだけでなく、不規則な皺《しわ》の跡までが残っている。保護者がこの照会書をかなり乱暴に扱ったか、下手をすれば一度は腹立ち紛れに捨ててしまおうとでもしたのかも知れないと想像がつく。そして極めつきが、この臭いだ。

ここから考えられるのは。

一つ。子どもが自転車を盗んだくらいで何を大げさなと腹立たしく思っている。

二つ。子どもが何をしようと自分には関係ないという姿勢の親である。

三つ。生活が荒れている。

いずれにせよ、あまりいい想像が浮かんでこない。

今度は同じ封筒からもう一通の用紙を取り出してみた。こちらは「少年照会書」というものだ。問題を起こした少年自身に、自分が起こしてしまった事件について、改めて認否を問うと共に、なぜそのようなことをしてしまったのか、今はどのように考えているかを書いてもらう。また、被害者に対して謝罪や弁償の気持ちはあるかなどということも尋ねる。少年自身が書けない場合には保護者が代わりに記入しても構わないものだが、今回そこに書かれている文字は、明らかに保護者のものとは違っていた。

「人の自てん車をとってすいませんでした」

保護者照会書の臭いがこちらにも少し移っていた。シャープペンで書かれているのは稚拙で頼りない筆跡の、その一文だけ。十五歳で自転車の「転」が書けないということ以外の情報が摑《つか》めない。

「ひょっとすると、多少の知的障がいがある可能性も考えられるかな」

コンビニ弁当ばかりでは飽きるから、ほぼ一週間ぶりに職場からほど近い食堂で昼食をとることにすると、かのんの説明に、同行した若月《わかつき》くんがトンカツをおかずに大盛りの高菜飯を頰張りながら視線だけ天井の方に向けた。高菜飯の上には、別注の温泉卵までのっている。すると、かのんと同じく肉ゴボウ天うどんを注文した巻《まき》さんが
「考えすぎじゃない？」と、柔らかめのうどんの湯気を吹く。ここの肉ゴボウ天うどんは、とろとろに煮込んだ牛肉もゴボウの天ぷらも多めなうえに、おろし生姜《しょうが》がたっぷりのっていて、甘めの出汁《だし》の味を引き締めている。これに、テーブルに備えてある刻み青ネギを山盛りと、さらに柚子《ゆず》胡椒《こしょう》を加えると風味がぐんと増して、癖になる味だ。この土地で暮らすようになってからの、かのんの好物の一つになった。

「単なる不登校なだけかもよ」

巻先輩の言葉に、かのんと若月くんは同時に「たしかに」と頷いた。外でランチというと、このメンバーになることが多い。二十代の若月くんはかのんと同じく独身だし、巻さんは五十手前くらいだが「お弁当作りは卒業した」が口癖で、さらに最近では「いっそのこと主婦業も卒業しようかな」と、少しばかり穏やかではないことを言

い出したりしている。ちなみに、巻さんのご主人は裁判所の書記官をしていて、今は同じ福岡家庭裁判所の、別の支部に勤めている。大学生の一人息子は東京にいるということだ。

福岡家裁北九州支部の少年係調査官は、五十代の勝又《かつまた》主任調査官を筆頭に、鈴川さん、そしてここにいる三人の、計五人からなる。鈴川さんと勝又主任は常に弁当持参だから、外で昼食をとることはまずなかった。

「どっちにしても一回きりの面接で、そう突っ込んだことまで聞けるわけでもないですしね」

かのんの呟《つぶや》きに「そういうこと」とさらりと答える巻さんは、普段の仕事ぶりも淡々としているというか、かなり割り切っている印象だ。それがベテランというものなのかも知れないが、話を聞いている限り、かのんのように担当した少年との接し方やアプローチについて「あれでよかったんだろうか」と引きずることもない様子だし、その子の将来に思いを馳《は》せるなどということもないらしい。

「その案件に関しては、僕は少年より保護者の方に興味があるなあ」

たっぷりした体格にふさわしく、いつでも旺盛《おうせい》な食欲を見せる若月くんが、眼鏡の奥の丸い目をぱちぱちとさせた。アザラシの赤ちゃんが眼鏡をかけているような、おじさん子ども的な顔立ちの彼は、表情も豊かで、何というか時代を超越した感じの愛《あい》嬌《きょう》がある。その外見のお蔭で、調査官という仕事をする上ではかなり得をしていると、かのんは常々思っている。何しろ一目で相手の警戒心を解く雰囲気の持ち主なのだ。

「厄介な母親じゃなければいいんだけどね」

「それも、今から考えても仕方がないこと」

かのんの呟きを打ち消すように言って、巻さんは早々とうどんの汁を飲み干し、ふう、と息をついている。若月くんは「ですね」と楽しそうに笑いながら、小皿に残っていた漬物を口に放り込んだ。ポリポリといい音が、こちらまで聞こえてくる。

「若月くんは、これから鑑別所？」

巻さんが、早くも財布を取り出しているから、かのんも大急ぎで残りのうどんをすすり始めた。一人で喋《しゃべ》っているつもりもないのだが、なぜかいつでも自分だけ、食べるのが遅くなる。二人のやり取りに口を挟んでいる余裕はなくなった。

「そうなんですけど、これがまた、悩ましい子なんですよね。犯罪事実も『あんたらがそう思うんならそれでいいんじゃね？』みたいな言い方をするし、テストも真剣に受けてくれないし」

「私の方は、返事だけはいいんだけどねえ。別の意味で、ちょっと厄介になりそうなんだ」

「鑑別所じゃないんですよね、どこまで行くんですか？」

「中間《なかま》。入院してたお祖父《じい》ちゃんが帰ってきたもんで、父親がまたイライラし始めて、酔うと暴力を振るうらしいんだ。それで本人は、また夜中に外をうろついたり帰ってこなかったりになったらしいんだけど、母親がぼんやりした人で、電話で話してても埒《らち》があかないのよ」

福岡家裁北九州支部の管轄《かんかつ》には、北九州市全域だけでなく、西に隣接する遠賀《おんが》郡の四町と、中間市も含まれる。かのんたち少年係の調査官が、鑑別所でも学校でも児童相談所や自立支援施設でもなく、個人の家を訪ねるときは、ほとんどの場合が「試験観察」という状態にある少年に会いに行くのが目的だ。

単発的な窃盗《せっとう》や喧嘩などよりもさらに非行の度合いが進んでいたり、何かしら複雑な事情を抱えた少年が逮捕されると、もう「在宅事件」というわけにはいかなくなる。この場合は「身柄事件」と言って、少年は少年鑑別所で身柄を拘束された上で、心理テストや面接などといった「観護措置」を受け、最終的に裁判官による「審判」を受けなければならない。鑑別所で過ごすのは、通常なら四週間だ。少年が容疑を否認している場合は、最長で八週間に及ぶこともある。

ところで、こうして少年が最終的に審判を受けるまでの間に、一定期間、家裁調査官が様々な働きかけを行いながら少年と面接を繰り返し、彼の変化を見守ることがある。この期間を「試験観察」という。試験観察中に少年が自分の行いを反省出来るようになったり、自分の問題点に気づき、更生への足がかりが摑めそうだと判断されれば、その後の「審判」にも影響する。

この試験観察をするにあたって、再犯や逃走の恐れもなく保護者も協力的な場合は、身柄事件であっても、日常生活の中で学校や職場に通いながら生活のリズムを取り戻させる取り組みを行う。この場合でも、調査官はたとえば日記をつけさせたり、必要なカウンセリングを行うなど、相手の年齢や問題点に合った方法を駆使しながら、定期的に少年と保護者に家裁まで来てもらって面接を行う。ただし、事情があって来られない場合や、少年の家庭の状態や暮らしぶりを知るために家庭訪問をする場合もある。一方、家庭環境が整っていないとか、再犯・逃走する可能性が高い場合、また少年の社会への順応性などを調べ、一般常識を身につけさせるべきだと判断した場合には、少年は一般の篤志家《とくしか》に預けられることもある。これを「身柄付補導委託」という。期間はおおよそ六カ月。

この場合、調査官は定期的に委託先に出向いて少年と面接をするが、どれだけ強がっていてもまだ十代の彼らにとって、馴染《なじ》みのない環境で他人に囲まれ、基本的な生活態度の一つ一つから叩《たた》き直される体験は、精神的にかなり厳しいようだ。そこで初めて現実の重たさに気づいて泣き出したり、心細さに脱走する少年もいる。そんな問題を起こせば、まず少年院に直行だ。

とにもかくにも、若月くんも巻さんも、今日の午後は身柄事件で観護措置中と、自宅での試験観察中の少年との面接があるということだ。

「ふう、ご馳走《ちそう》さまでした」

ようやく箸《はし》を置いたときには、額にうっすら汗が滲《にじ》んでいた。だが、会計を済ませて店から出ると、途端に冷たい風が吹き抜けて、汗など簡単に引いてしまう。季節は確実に巡り、もう冬の気配が感じられるようになっていた。九州は暖かいとばかり思っていたが、北九州という土地は実際に住んでみると夏場はともかくとして、冬は日本海に面しているだけに季節風が強くて意外なほど寒い。近ごろは秋の深まりと共に、朝晩ずい分冷え込むようになってきた。

小倉駅に向かう巻さんたちと店の前で別れて、一人でのんびり歩きながら、かのんはふと、初めてこの土地で冬を迎えたときのことを思い出した。

午後から冷たい雨の降り出した日だった。出張からの帰り道、坂道を歩きながら何気なく空を見上げたら、無数に降り注いでいた雨粒が空中でふいに速度を落とし、次の瞬間、ふわりと雪に変わった。同時に、傘を叩く雨の音も遠ざかって、それからものの十分程度で、遠くに見えていた田畑や小高い山まで、すべてが水墨画の世界のようになるのを、かのんは半ば陶然と眺めたものだ。気がつけば身体《からだ》が芯《しん》まで冷え切っていて、小倉まで戻ったところで駅に直結しているショッピングモールに飛び込み、大急ぎで厚手のマフラーを買ったことも思い出す。

今年もあのマフラーを出す頃だ。

そう考えると、年月の早さを改めて思う。調査官は、三年ごとに異動する。それぞれの土地のことが分かりかけたと思う頃には他の土地に移ってしまうから、本当の魅力はなかなか摑みきれないが、かのんはかのんなりに、赴任地の景色や食べ物を味わいたいと思っている。

この週末は自転車で少し遠出をしようと計画している。月に一、二回は東京に帰っていることもあって、土日や祝祭日でも、のんびりと自由に行動出来る日はそう多くない。このままでは、そうでなくても出番の多くないチェレステカラーのビアンキは、単なる飾り物になってしまいそうだ。

そういえば、芦屋町《あしやまち》の方に、なみかけ遊歩道というサイクリングスポットがあると、書記官から聞いている。波が打ち寄せる岩場に沿ってぐるりと走れるのだそうだ。これからの季節は風も強いし、かなりの寒さだろうが、それでも行ってみるだけの価値があるという話だった。おそらく片道一時間半も見ておけば行けるのではないかということだ。

週末は、サイクリング。

それを思うと気持ちが弾む。家裁の昼休みは四十五分と決まっている。だから食事でも何でも急がなければならないのだが、とりあえず戻る前にいつものコンビニに寄って、何か甘いものを買っていくことを忘れてはならなかった。

2

朝倉陽太朗十六歳は某日午後四時半頃、高校の下校途中に同じ学校に通う友人二人と連れだって北九州市若松区二島《ふたじま》にあるショッピングモールに立ち寄り、モール内の書店で漫画本十六冊を万引きした。店を出たところで巡回中の警備員に声をかけられ、逃走を図るが、友人二人は逃げ果《おお》せたものの、朝倉少年はその場で身柄を確保された。書店側の聞き取りに対して、本人は友人たちに誘われて犯行に及んだこと、万引きは今回が二度目であることを供述。だが、同店は以前から度重なる万引き被害に遭っており、これまでも防犯カメラの映像に朝倉少年らと似た背格好の少年たちが何度も映っていることに加え、二度目の犯行というにしては、いかにも手慣れた様子で、さらに盗んだ点数も多いことから、常習と判断して警察に通報し、少年は同日、逮捕となった。

目の前には、書類に添付されていた写真以上に色白で細面の、また年齢の割に小柄な少年が座っている。肩幅も狭くて、まだ中学生のような頼りない雰囲気だ。髪は黒く、髪型は普通。ピアスの穴も開いていない。服装はこざっぱりしていて乱れもなかった。

朝倉陽太朗は最初からほとんど顔を上げることがなかった。かのんが何を問いかけても返事をする声は小さい上に曖昧《あいまい》だ。一方の母親は、面接室に入ってきたときには少年の背に手を添え、少年が椅子を引いて腰掛けるときも一緒に椅子の背に触れる仕草を見せた。席についてからも、ことあるごとに隣で俯《うつむ》いたままの息子に視線をやる。かのんが話しかけたことに、朝倉少年が「ええと」などと口ごもると、すぐに「それはですね」と口を挟んできた。

濃いピンク色のニットアンサンブルに長めのチェーンペンダント。化粧もしっかりしていないし、髪には軽くパーマをかけて、耳元にも光るものをつけている。派手とまでは言わないが、万引きした息子に付き添って家裁に来る格好としては、少しばかり場違いな感じがしなくもなかった。その母親が少年に替わって喋ってしまうたびに、かのんは「息子さんに答えていただきたいんです」と繰り返さなければならなかった。すると母親は「あ」とか「すみません」と肩をすくめるが、またすぐに口を挟む。

母親、過保護。過干渉。

手元のメモに、書き込んだ。そして、また少年の名を呼ぶ。

「繰り返しますが、これは取調ではありません。私の仕事は陽太朗さんを責めたり叱《しか》ったり、また罰したりするのが目的ではないんです。だから緊張しないで、思った通りのことを陽太朗さん自身の言葉で、そのまま話して下さいね」

面接の予定時間は二時間から二時間半。警察の調書をそのまま読み上げるようなことはしないが、本人の身元と犯罪事実を確認した上で、様々なことを尋ねていく。

「盗んだ本は、どうするつもりだったのかな。読みたかったの？　それとも、売るつもりだったとか？」

朝倉陽太朗は会社員・朝倉亨《とおる》と妻・菜々絵《ななえ》との間に長男として生まれた。現在四十六歳の亨は中堅食品会社の係長をしており、亨よりも一つ年上の菜々絵は専業主婦。

陽太朗の三歳下に次男、さらにその二歳下に長女がいる。家族は若松区の新興住宅地に建つ戸建て住宅で暮らしているが、父親は営業職ということで出張も多く多忙。子どもの教育はすべて菜々絵が取り仕切っているようだ。

陽太朗は幼い頃、小児ぜんそくを患《わずら》っていた。母親は体力をつけさせようと二歳頃から水泳を習わせ、幼稚園からはピアノ、英会話教室にも通わせた。小学生になるとこれに学習塾が加わる。成績は体育と図画工作を除いて中の上。学校の通知表には「やれば出来る」と書かれることが多かった。

「やれば出来る、ですか」

かのんの言葉に、母親が不満げに頷いた。

「そう書かれる度に私たちはずい分と悔しい思いをしよったんです。だって、やってるんですから。やらせとるんですから。だから、いつも『もっと頑張らないけんね』って、ずっと言い続けてきました」

かのんは「なるほど」と頷き、そのまま陽太朗に視線を移した。

「じゃあ、陽太朗さんもずっと頑張ってきたのかな。大変じゃなかった？」

陽太朗が一瞬、口もとに力を入れて何か言おうとする前に、またもや母親が「当たり前のことです」と胸を張る。

地元の中学に入学後は母親の反対を押し切ってサッカー部に入ったものの、もともと体育が苦手だった上に体力的にもついていかれず、すぐにやめてしまった。その後、部活はしていない。また、中学生からは、それまでの習い事の代わりに複数の学習塾に通うようになった。三年間を通して特に親しい友人は出来なかったが、一方でいじめ被害の経験などもない。ゲームが好きで、家で弟と遊ぶことが多かった。これも母親は「きちんと時間を決めて」遊ばせていたという。成績は相変わらず中の上だった。

「それだけ安定してるっていうことは、ずっと頑張ってきたっていうことですね」

母親が「もちろんよねえ」と息子を見るが、それにも少年は無反応だ。その後、高校受験に挑むが第一志望には合格出来ず、第二志望の現在の私立校に進む。この辺りでは中堅と言われる学校だ。

「では、これから先はお母さんには少し見守っていただいて、陽太朗さんに自分で答えてほしいんですが」

手元の時計をちらりと見てから、かのんは改めて、念を押すように母親と少年を見た。

「さっきも聞いたけど、盗んだ本はどうするつもりだったの？」

「――べつに、どうするとかは」

「じゃあ、これはどうかな。本屋さんでも、警察でも、陽太朗さんは友だちに誘われたということと、今回が二度目だと答えていますけど、それについては、どうかしら？」

「――誘われて――二回目で――」

「そう、二回目なのね。それなら、どうして本屋さんは『もっとやってるはずだ』って言ったのかな」

「――何《なん》か、間違ったか、人違いか――」

「人違いか、なるほど。それじゃあ、いつも仲間と三人でいるっていう、それについてはどうかな。誰がリーダー格だとか、そういうことはあるの？」

書店から逃げた他の少年二人も、朝倉少年の供述によって氏名が明らかにされたとから、翌日までに逮捕されている。実は、彼らは揃《そろ》って、万引きは朝倉陽太朗に誘われたと語っているようだ。それも二回どころか、すでに五、六回も同じ店で万引きを繰り返してきたし、他の何店かでも万引きをしてきたという。かのんは担当していないが、書類はもう家裁に回ってきていて、鈴川さんと若月くんが、それぞれに動き始めている。

「大体いつもあいつらと一緒やけ――」

「そのことですけどね」

我慢しきれないというように、やはり母親が喋り出した。

「要するに、この子は利用されたんですよ。おとなしくて人が好《い》いもんだから」

母親はそれから堰《せき》を切ったように、自分の息子こそが被害者なのだということをまくし立て始めた。次第に声がうわずっていく。

母親から見た長男は真面目《まじめ》で几帳面《きちょうめん》な上に気が弱く、とてもではないが自分から悪事を働けるような子ではない。また十分な小遣いも与えているので、万引きなどする必要はまったくない。つまり、今回のことは単に悪い友人にそそのかされて万引きすることになったのに違いなく、その挙げ句に警察に捕まったのだから、迷惑以外の何ものでもない。親としては、その友人たちに詫《わ》びてもらったくらいでは気が済まない。何なら損害賠償して欲しいほどだという。

それだけのことを母親が滔々《とうとう》と述べる間、かのんはメモを取り続け、うん、うん、と頷きながら、一方で朝倉少年を観察していた。少年は何度か薄い肩を上下させ、時折、口もとを歪《ゆが》めた。微《かす》かな貧乏揺すりが伝わってくる。額にかかる前髪を振り払うように、顔を小さく左右に振ることもあった。とりあえず母と子を離さないと、少年から彼なりの言葉を引き出すことは難しそうだ。

「では、ここからは息子さんと二人でお話をさせていただきたいので、お母さんは外でお待ちいただけますか」

母親の話をひと通り聞いた後で、かのんが促すと、母親はまだ話し足りないといった表情だったが、それでも素直に面接室から出て行った。かのんと二人きりになると、少年はほんの小さな舌打ちをして、それから長いため息をついた。背中から力が抜けたらしいことが見て取れる。

「今お母さんが話したことと、朝倉さん自身の考えと、違うところはありますか？　たとえば友だちのこととか、それから今回の万引きのこととか」

少年が、初めてちらりとこちらを見た。瞳《ひとみ》が揺れる。

「――特に、ないです」

「ないかな。友だちについては、どう？　お母さんの言う通り、悪い人たちだと思っている？」

「――それは――分からんです」

「じゃあ、一緒にいるときは、どんな感じなの？　楽しいとか、面白いとか」

「――そんなに面白いっちゅうことも、特にないんやけど」

「それなら、あの日は？　誰が本屋さんに行こうって言い出したんだろう。最初から万引きする目的だったのかな」

「──何となく『行こうか』っちゅって」

「誰が？」

「──何となく」

「そうか、何となく、そうなったのね。誰が言い出したっていうわけじゃなく？」

「──まあ」

「それで朝倉さんは、二人のうちのどっちかに命令されて万引きすることになったの？　それとも、両方？　本当にあれが二回目だったのかな」

少年の貧乏揺すりが伝わってくる。何度か深呼吸を重ねる少年の顔を、かのんは首を傾《かし》げて覗《のぞ》き込むようにした。今ここで、少年が本当のことを話してくれたら、彼自身の気持ちも軽くなるだろうし、これから母親に伝えるべき話の内容も違ってくるはずだ。だが、しばらく待っても、少年は口を開こうとはしなかった。調査官の仕事にもう一つつけ加えることがあるとしたら、それは「待つ」ことかも知れない。それでも少年は口を開きそうにはなかった。かのんは再び話し始めた。

「分かってると思うけど、万引きって、要するに泥棒と同じなのね」

「──まあ」

「それに、被害に遭った本屋さんのことも、少し考えてみてほしいんだ。本が一冊売れたときの、本屋さんの儲《もう》けってどれくらいあるか知ってる？」

少年は、俯いたままで首を左右に振った。かのんは「定価の二割だって」と手にしたボールペンをくるりと回しながら言った。

「つまり、朝倉さんが盗《と》った本でいえば、一冊の値段が四五〇円として、二割っていうことは——」

「九〇円」

「さすが、計算が速いね。それの十六冊分っていうことは」

横を向いたまま、それでも少年はさほど間を置かずに正確な金額を答えた。かのんは「そうね」と頷いた。

「十六冊売って、やっと一四四〇円。ちなみに、朝倉さんのお小遣いは月にいくら？」

少年は「五〇〇〇円くらい」と答えた。

「だとすると、朝倉さんの家が本屋さんなら、漫画の本を五十冊以上売らないと、それだけのお小遣いはあげられないことになるよね」

「——」

「その他にも、本屋さんは家賃とか光熱費とか、それから店員さんのお給料とか、自分や家族の生活費とか、色々と出していかなきゃならないよね？」

朝倉陽太朗は大きく息を吸い込み、わずかに顔を傾けたまま「だから」と呟いた。

「もう、やりませんから」

視線だけ上げたときの表情を見て、かのんはつい「本当に？」と言いたくなった。面差しは幼くても、どこかに投げやりなふてぶてしさが感じられる。本当に反省しているときの顔つきというのは、こんなものではない。

かのんは詰め寄る代わりに、では、迷惑をかけた書店に対してはどのように考えているかと尋ねた。照会書には「謝って弁償します」と書かれていたが、本人の口から直接、反省の弁を聞きたかった。すると少年は「かあさんが」と、ぼそりと呟いた。

「菓子か何か持って、謝ってくるっち」

「お母さんが？　朝倉さんは行かないの？」

「――かあさんが、行かんでいいって」

次第に姿勢が崩れてきて、椅子の背にもたれかかるような格好になり始めている。貧乏揺すりも止まっていなかった。少年が少しずつ苛立《いらだ》ちを募らせているらしいことが伝わってくる。何かしら、心にわだかまりがあることは確かだと思う。だが、たった一度の面接で、そこまで探り出すのは難しかった。最後に、今度は少年と入れ替わりに、母親に入ってきてもらった。

「お店へは、お母さんが謝罪に行かれるんだそうですね」

母親は、とにかく早く始末をつけてしまいたいのだと応《こた》えた。

「陽太朗さんと一緒には、行かれないんですか？」

「まだ高校一年生ですからね。『あれが万引きで捕まった奴《やつ》だ』みたいな目で見られたら可哀想《かわいそう》ですし、それが心の傷になって欲しくないんです」

「心の傷、ですか」

「だって、悪夢みたいなものやないですか。あんな引っ込み思案の子が、せっかく友だちが出来たち喜んどったのに、結局は利用されとっただけやなんて」

「息子さんは、本当に利用されたんでしょうか」

かのんの質問に、母親はいかにも心外なことを言われたという顔つきになり、「当たり前やないですか」とまなじりを決した。

「あの子には今後一切、彼らとは関わらんようにきつく言って聞かせました。もちろん、ＬＩＮＥや何《なん》かもやめるように、私の目の前でアカウントも何もかも全部、削除させました。自分の人生を台無しにするような相手とは、金輪際、関わったらいけんって。あちらに転校してもらいたいくらいです」

かのんは「そうですか」としか答えることが出来なかった。反論したところで、この母親は容易に納得しないに違いない。むしろ、話がこじれる一方だと思ったのだ。これは、あくまでも在宅事件だ。これに懲《こ》りて、あの気弱そうにしている少年が二度と馬鹿《ばか》な真似《まね》さえしなければ、それで一段落ということになる。

朝倉母子を帰して調査官室に戻ると、かのんはまずコーヒーを淹《い》れ、冷蔵庫で冷やしておいたコンビニのデザートを取り出した。このために、いつもおやつを欠かさない。甘いものが、かのんにとっては何よりの滋養強壮剤なのだ。

「おっ、今日のは何。栗《くり》か？」

頭の上から声が降ってきた。勝又主任が、眼鏡の奥の目を細めながら後ろに立っていた。

「お疲れさん。どうだった」

かのんは、スプーンを片手に「まあ、大体」と頷いて見せた。

「ずい分と過保護っていうか、子どもを支配している感じの母親でした」

「少年は？」

「年齢よりは幼い感じの割に、何となくふてぶてしい子でしたね」

勝又主任は「そうか」と頷いて自分の席へ戻っていく。

「で、庵原さん、今度の週末は帰るの？」

窓際《まどぎわ》のデスクに戻った勝又主任が、首を伸ばすようにしてこちらを見ている。若月くんも巻さんも、そして鈴川さんもまだ戻ってきていなかった。

「今週は帰りません」

主任はふうん、と首を傾げた。

「彼氏が淋《さび》しがるんじゃないのか」

「大丈夫です」

「先週も帰らなかったよな？」

うるさいな。

と、ちょっと思う。世話好きが高じて、勝又主任には少しばかり詮索《せんさく》し過ぎなところがある。

「あんまり彼を放っておくと——」

「主任」

スプーンをひとなめしたところで、かのんは首を巡らせて主任を見つめた。

「それ以上はセクハラになりかねませんよ」

するとと主任は鼻白んだ表情になって「はいはい」と一度は首を引っ込め、だがすぐに「じゃあさ」と、また首を伸ばしてきた。

「今度の週末は、どうしてる？」

「こっちでやりたいことがありますから」

「よかったら、僕らと走らないかなあ」

かのんは薄めのコーヒーをひと口すすってから「またの機会に」と愛想笑いで答えた。勝又主任の趣味はジョギングだ。ことあるごとに走ることの素晴らしさを語り、何とかして仲間を増やそうとする。調査官という仕事は、実に多くの人の人生や思いを受け止めるばかりだから、どうしても澱《おり》のようなストレスが溜《た》まりやすい。だから暇を見つけてはストレスを発散し、気持ちを切り替える必要があった。それで、登山やバードウォッチング、囲碁将棋と、趣味に没頭しようとする人が多い。かのんにとってはそれがサイクリングなのだが、どういうわけか勝又主任はジョギングの方に引き込みたいらしかった。

「いいもんだよ、この、両方の足の裏で、じかに大地を感じるのは。チャリンコじゃあ、それは味わえないだろう？」

チャリンコなんて言わないで欲しい。それでは前カゴをつけたママチャリのようではないかと思いながら、かのんは愛想笑いを崩さずにスプーンを動かした。

「さて、と」

甘いものを食べ終えたら、スリープ状態になっていたパソコンを立ち上げる。朝倉陽太朗少年に対する調査面接の結果を、今日中に調査票にまとめてしまうつもりだ。これで、この事件に関してはおしまいということになる。

それにしても。

何となくすっきりしないものはあった。陽太朗本人の口からは結局、最後まで反省の弁らしいものは聞かれなかったし、母親の向いている方向も少しばかり見当違いだ。すべては友だちのせいだと言い切り、我が子を反省させようとは思っていない。少年は後半、ため息をついたり貧乏揺すりをしたりという苛立ちを見せていたが、あれはどういう心情を表していたのだろう。かのんの目には、母親に苛立っていたように見えなくもなかったが。

でも、まあ。

とにかくこれで普通の高校生に戻ってくれることを願うことにして、かのんはパソコンのキーボードを叩《たた》き始める。少しして、栗林《くりりん》からＬＩＮＥが入った。

〈クチェカの腹が、まだ治らないよ〉

先週から、彼が飼育担当しているニシゴリラの雌、クチェカが体調を崩して、栗林は休日返上で動物園に詰めている。それもあったから先週も今週も、かのんは東京に帰らないことにしたのだった。もともと土日や祝日に休めるなんて、動物園の飼育員にはまず期待できないことだが、それでも、せっかく東京まで戻っても実家しか行くところがないか、またはひと晩中ゴリラ舎で過ごすのでは、あまりに味気ない。

〈正露丸は？〉

半分、冗談のつもりで返事を送った。するとすぐに、ゴリラが涙を流しているLINEスタンプだけが返ってきた。

3

一週間が飛ぶように過ぎていく。瞬《また》く間に金曜日が来た。その日かのんは午前中から少年鑑別所に行って、暴行傷害容疑で逮捕された十八歳の少年と二度目の面接をし、続いて鑑別所の技官と話し合いの時間を持った。ベテラン技官は広くなった額を掻《か》きながら「ダメですね、あいつは」と顔をしかめた。

「私の顔は当然、覚えておるんですが、最初のひと言が『まだおったんか』ですから」

　つまり、そう簡単に更生の兆《きざ》しは見られそうにないということだ。これまでも繰り返し暴れては逮捕されている少年は鑑別所にも慣れてしまっている。

「余計な時間をかけてないで、早く少年院に送ればいいじゃないかと、少年本人から言われました」

　午後からは裁判官室を訪ねて午前中の面接について中間報告をした。かのんが何を話しても、自分の将来になどまるで希望を抱けないらしい少年は、うるさそうに顔をしかめてそっぽを向くばかりだった。こちらとしては、どこかに彼の気持ちを開かせる糸口があるのではないかと思っているのだが、それを見つけ出す手立てがない。

「家族は面会に行っているようですか？」

　谷本判事の質問に、かのんは「いいえ」と首を横に振った。生い立ちが複雑な上に、現在の家庭環境もかなり悲惨な状況の少年だ。そういう意味では気の毒な点がたくさんある。

「実母は相変わらず居場所が分からないままですし、実父も少年にはまったく関心がないようです。少年は『手紙も来ん』と笑っていました」

「笑っていましたか。どんな風に？」

「『どうせろくに読めんのやけ、どっちみち同じやけど』って」

　小学生の頃から不登校になったという少年は、文字の読み書きも満足に出来ない。最初の面接のときに、作文を書いて欲しいと提案したら、少年は「字なんか書けんちゃ」と拒否をした。知能指数をテストしたところでは境界領域と判断されている。つまり、明らかに知的障がいがあるというレベルではない。そういう少年にはまず、落ち着いて学べる環境が必要なのだと思う。今のままでは少年院送致は避けられそうにないが、それならそれで、少年院にいる間に読み書きを学んで、さらに新たな知識を得る楽しさを知ってほしい。暴力の裏にひそむ劣等感に打ち勝つためには、そこから始めるしかないからだ。

「調査官は、父親と会う予定はありますか」

「週明けに面接することになっていますし、別の日に家庭訪問も予定しています」

　谷本判事は満足げに頷いて、「そのまますすめて下さい」と締めくくった。噂によれば、呑むと人が変わったように賑《にぎ》やかになるという判事だが、仕事中は極めて口数も少なく、実直そうに見える人だ。

　その後は週明けに行われる「事例検討会議」に向けての準備をしなければならなかった。調査官がそれぞれ担当している少年事件について、アプローチの仕方や心理分析方法、処遇の見通しなどを互いに報告し、より適切と思われる方法を検討しあうものだ。これによって、調査官一人で事件を受け持つことによって生じる偏《かたよ》りや不足点が解消されるし、ベテラン調査官から様々なことを学ぶ機会にもなる。かのんとしては今回は特に、さっき鑑別所で面接を行った少年について、他の人たちの意見を聞きたかった。

少年と面接出来る回数は残り一、二回。その中でどういうアプローチをすれば、少しでも彼の心に変化の種をまくことが出来るか、さらに来週予定している父親との面接では、息子に無関心な親の気持ちを、どうすれば動かせるか、先輩方の経験と知恵を借りたかった。そのための資料を揃えたら、今週はおしまいだ。

「どうだい、一杯やっていかないか」

帰り支度をしているときに、勝又主任が調査官たちに声をかけてきた。即座に「いいですね」と応じたのは若月くんだけだ。かのんも「今日はやめておきます」と控えめに会釈《えしゃく》して鞄《かばん》を肩にかけた。

「明日、早いんで」

それだけ言って、地裁と同居している家裁の建物を後にする。学生時代の友だちでも近くにいれば、カラオケくらい行きたいところだが、北九州にそういう友人はいない。結局、官舎で一人の夕食をとりながら缶ビールを二本空けて、その晩は早めに布《ふ》団《とん》に入った。

翌朝は、車が雨水を跳ね飛ばして走り抜ける音で目が覚めた。手探りで枕《まくら》もとに置いた眼鏡を探し、眼鏡をかけながらベランダに出てみると、ちょっと錆《さび》の浮いた手すりの向こうに、雨で煙《けぶ》る住宅街の景色が広がっている。驚くほど冷たい風と一緒に細かい雨粒が顔に当たった。

せっかく楽しみにしてたのに。

こんな天気では遠出は無理だ。部屋に戻って普段あまり使っていない方の和室を覗けば、綺麗《きれい》に磨き上げたビアンキが、颯爽《さっそう》と走れる機会を心待ちにして、それこそ青空色の輝きを放っている。だが、仕方がなかった。

〈おはよう。クチェカの様子は?〉

パジャマだけでベランダに出たお蔭で、あっという間に身体が冷えた。遠出が出来ないのならと再び布団に潜り込んで、かのんは身体を温めながら栗林にLINEを送った。しばらくして、うとうとしかかった頃に〈相変わらず〉という返事が来た。

〈眠ろうとしても眠れないのかな、何か変な姿勢をとるし、やっぱり痛いのかも知れない。もう二、三日しても治らないようなら、CT検査だ〉

〈それ、めちゃめちゃ大変そう！〉

〈麻酔かけなきゃならないからね〉

ゴリラという生き物は、あんなに大きくて立派な体格をしているのに、実は意外なほどデリケートで、ちょっとしたことでお腹《なか》をこわしたりするという。八歳のクチェカは中でも神経質なタイプらしく、栗林が勤める動物園で飼育されているニシゴリラの中でも一番の心配の種になっているらしい。

〈落ち着いたら連絡するよ。かのんも今朝は早いんだな〉

〈サイクリング行こうと思ったんだけど、雨だからやめた〉

〈そっちは雨か。じゃあ、のんびりすれば〉

〈そうする〉

スマートフォンを布団の脇に置いて眼鏡を外し、毛布を顎《あご》のそばまで引き上げる。時間を気にせずに布団の中で過ごすことが出来るのも、思えば貴重な贅沢《ぜいたく》だ。今ごろゴリラを眺めながら気を揉《も》んでいるに違いない栗林のことを考えると少し申し訳ない気もするが、これればかりは仕方がなかった。

早く元気になるといいね、クチェカ。

そのまま目を閉じて、静かに自分の呼吸を聞いているうち、眠りに落ちたらしい。

次に気がついたときには、もう十時を回っていた。改めて外を眺めると、雨も上がっている。

それならと、布団を畳みながら今日一日の過ごし方を組み立て始めた。今さら遠出する気にはなれないが、やっぱり自転車には乗りたい。それなら今日のところは近所を適当に走り回ることにしようと決めた。

久しぶりにビアンキを外に出して街を走り始めたのは昼近くなってからだ。天気は徐々に回復してきて、薄くきらめくような陽が射《さ》し始めていた。日頃は黒のパンプスに地味なスーツや、せいぜい無地のニットなどで過ごしているから、明るい色彩のカジュアルな服装にスニーカーで動き回れるだけでも気が晴れる。雨上がりの空気は湿り気を含んだいい香りがしていて、風を切って走ると、すぐに身体が温まってきた。

普段は通らない道を進み、目についた角を曲がってみる。特に目標など決めず、散歩でもするように走り回っていると、頭の中に少しずつ新しい地図が生まれていく感じがした。そうして見知らぬ住宅地を走っていくうち、ふと、歩道に真っ白いベンチを出している家が目にとまった。近づいていくと、普通の住宅の一階を改装して、テイクアウトの小さなサンドイッチ店になっている。ちょうど空腹を感じていたから、今日のランチはここで済ませようとひらめいた。

「ベンチで食べていってもいいですか？」

手描きの看板が掲げられている小さな窓を開けて声をかけると、かのんと同世代くらいに見える女性が「どうぞどうぞ」と笑顔を向けてくれた。店の横に自転車を立てかけて、注文したサンドイッチと飲み物を受け取り、ベンチに腰掛ける。秋の陽射しがまぶしくて、いかにも清々《すがすが》しい日になった。一方通行の車道は道幅も広くなく、車どころか人も滅多に通らないようだ。

サンドイッチは、バターがよくしみた食パンが軽くトーストしてあって、間に挟まっているシャキシャキとしたレタスやルッコラなどの歯ごたえとスクランブルエッグ、そしてハムの組合せが絶妙だった。陽射しを浴び、雲の流れる空を見上げながら、もぐ、もぐ、と無心でサンドイッチを頬張り、一緒に注文したハニーレモンを飲む。心が解き放たれていくのが実感できる。これは、いい店を見つけたと思った。スマホの地図に位置を記憶させておくことにする。

「美味《おい》しかった、また来ますね」

最後にそう声をかけて、またビアンキに跨《また》がった。しばらく走ると、いつの間にか到津《いとうづ》の森公園の方まで来ていた。ここは小倉の街の中心地からも近い上に、小高い山の連なりの中に動物園があって、市民の憩《いこ》いの場になっている。かのんも何度か訪れているし、以前、栗林が来たときには彼を案内したこともあった。あのとき、彼はフクロテナガザルがすっかり気に入ってしまって、展示スペースの前から動かなくなった。かのんはずい分長い間、フクロテナガザルの独特の鳴き声をぼんやりと聞き続けたものだ。

今日も、あのフクロテナガザルを見てみたい気がしたが、自転車では入ることが出来ないことを思い出した。駐輪場に預けて、可愛《かわい》いビアンキが盗まれたりしては大変だ。あっさり諦《あきら》めて、今度は近くを流れる川沿いの道を走ることにする。ほとんど歩行者専用のような細い道は、周囲の景色はさほどでもないものの、走るには快適だった。このまま下流まで行ったら海に出られるだろうかと期待したのに、頭上を線路が通る辺りで道がなくなった。地図アプリで確かめてみると、西小倉駅よりも、さらに西まで来ている。軽い散歩のつもりが、それなりに走ったようだ。その上さっきまで陽が射していたのに、いつの間にかまた灰色の雲が広がってきて、風も冷たくなってきている。

そろそろ戻った方がいいかな。

アプリで道を確かめながら、かのんはまたペダルを漕《こ》ぎ始めた。なるべく交通量の少ない裏道を選んだつもりが途中から広い通りに出てしまい、そのまま走っていくと、独特の屋根をしている松本清張記念館が見えてきた。ああ、この程度の距離なのかと、また頭の中の地図がつながる。ここまで来れば、もう分かる道だ。その先の市役所の横を通り抜けて、紫川《むらさきがわ》を渡る。直進して魚町《うおまち》銀天街に差し掛かる辺りで、一旦、自転車から降りた。この辺りは車の交通量も多い上に、歩道にも人が多かったからだ。すぐ先の横断歩道で道の反対側に渡ろうと、自転車を押しながら歩調を緩めたときだった。いきなり左側の路地から男が飛び出してきた。バタバタという足音に続いて「あっ」という声がしたから、かのんは反射的に自転車のある方に身体を傾けた。同時に向こうもかのんに気がついたらしく、身体を反転させようとしたらしい。だが、間に合わなかった。かのんの左肩に、どん、という衝撃があった。男がよろけて歩道に転がる。かのんの方は、自転車で身体を支える格好になったからよかったものの、下手をすれば完全に自転車ごと倒れていた。

「痛《い》ってえちゃっ、このっ！」

自分からぶつかってきて自分で転んだ男が、派手な濁声《だみごえ》をあげながらこちらを睨《にら》みつけてきた。垂れ気味の細い目に細い眉《まゆ》。ツーブロックの髪のてっぺんは金色で、ピアスをしている。どう見ても中学生だ。

「――そっちこそ」

反射的に言い返すと、男は、というより少年は、さっと立ち上がって、さらに忌々《いまいま》しげに首を傾け、顎を突き出すようにしてかのんを睨みつけてくる。いくら子どもだと思っても、ちょっと怖い。咄嗟《とっさ》にどうしようかと思ったとき、男は自分が飛び出してきた路地を一瞥《いちべつ》したかと思うと、慌《あわ》てたように走り出した。そのまま人混みの中に紛れていくのを、呆気《あっけ》にとられたまま、かのんは眺めていた。

「ちょっと、お姉さん、大丈夫やった？　ぶつかられたん？　怪我《けが》は？」

知らないおばさんが慌てた様子で歩み寄ってきた。かのんの左肩には、確かに鈍い衝撃が残っている。腕を大きく前後に回してみてから「大丈夫です」と答えると、エプロン姿のおばさんは安心したように頷いた。

「以前はこの辺にも怖いお兄さんが結構、歩きまわっとったけ、ぶつかったとか目が合ったとか、色々あったもんやけどね」

「そうなんですか？」

「ああ、平和んなったんよ。やけど、ああいうのもおるけ、油断出来んもんやねえ。これで、もしも相手が年寄りやったら、骨の一本も簡単に折れとるよ」

北九州の人は概して親切だ。知らない相手にでも、こうして気さくに声をかけてくれる。かのんが「本当ですよね」と苦笑している間に、おばさんは「気をつけんとね」と言い残して離れていった。目の前の歩行者用信号がちょうど青だ。かのんは小走りに自転車を押しながら、横断歩道を渡った。何とも言えず胸がざわついている。

何だろう。これ。

何とも妙な感じがしてならなかった。頭の中がめまぐるしく動き始めている。これまでの経験から、記憶の中にある似た匂いを探そうとしているのだ。だが、見つからない。こんな匂いは嗅いだことがなかった。

何だろう。

間違いなく、さっきぶつかった少年から匂ったものだ。横断歩道を渡りきって、再び自転車に跨がってからも、かのんは自分の肩先に残る匂いを懸命に記憶の中で転がし、そして、脳裡《のうり》に焼きつけた。

翌日も、肩にはまだ鈍い痛みが残っていた。痛みを感じる度に、あの匂いを思い出して、胸の中がざわめいた。それでも午前中は美容室で髪をカットしてもらい、帰りにスーパーマーケットに寄って、午後からは洗濯機を回しながら読んでおかなければならない本に目を通し、それからゆっくりと風呂《ふろ》に浸《つ》かった。

夕方には、クチェカの体調が戻ってきたと栗林からＬＩＮＥが入った。少しずつ食欲も出てきたという。ずっと見守ってきた栗林は、さすがに徹夜続きで疲れたらしい。

今夜は早めにマンションに戻ると言ってきたから、時間を決めて夕食をとりながらオンラインでお喋りをすることにした。

「今度、俺がそっち行くときには、フグにしような」

かのんはワイン、栗林は缶ビールについで湯飲み茶碗《ぢゃわん》で焼酎《しょうちゅう》のお湯割りを飲み始めている。疲れていると言う割に、帰宅してからポークジンジャーとツナポテトサラダを作ったのだそうで、風呂上がりのボサボサ頭で嬉《うれ》しそうに箸を動かしている。かのんの方はトマトの輪切りにピーマン炒《いた》め、そして冷凍ハンバーグだ。

「そっちならフグ、安いもんな。刺身と白子も買ってさ、白子は網でじっくり焼いて、あとは鍋《なべ》やろうよ。ぽん酢も作って」

「網なんか、ないよ。それに、ぽん酢まで作るの？　誰が？」

「そりゃ、俺でしょうねえ、やっぱり」

「でしょうねえ！」

正直に言うと、料理に関しては絶対にかのんはかなわない。栗林は、魚も自分でさばけるし、細かい下ごしらえも面倒くさがらない。出汁《だし》も取ればパスタソースも作るといった具合で、しかも盛りつけにもセンスがあるのだ。いくら普段からゴリラの餌《えさ》やりで包丁を使い慣れているといっても、これは生まれつきの才能としか言いようがない。

「いつ、フグが食べられるかな」

「しばらく休み取れてないからなあ。出来るだけ早く、行けるようにするよ」

「クチェカ次第だね」

「そうなんだよなあ。あの子、今夜はちゃんと食べたかなあ」

結局、話はゴリラのことになる。そうして二時間ほども話した頃、栗林はタブレット端末の向こうで大きなあくびをし始めた。それが、そっくりそのまま、かのんにもうつった。

4

翌週の末、自転車を盗んで捕まった田畑貴久との調査面接が行われる日が来た。果たしてどんな母子がやってくるのだろうかと、かのんは朝から何となく落ち着かなかった。

「こっちの緊張は、向こうにも伝わるわよ」

昼食の時、巻さんに見抜かれた。かのんは「はい」と頷いて、深呼吸をしたり、痛みの引いた肩や首まで回して時計とにらめっこをして過ごした。すると、指定した時間の十五分ほど前に、母子がやってきた。

「あの、この子は少年院に入れられるんでしょうか」

面接室で向き合って椅子に腰掛けた途端、母親が口を開いた。照会書のすべての質問に「とくになし」と答えた田畑里奈という女性は、根もとの部分から大分、黒い地毛が伸びてきている茶色い髪を後ろで一つに束ねて、羽織っているジャケットこそ派手だが、化粧気のない顔には明らかに疲労の色が見て取れた。そんな母親の隣で、十五歳の田畑貴久は、口を真一文字に結んだまま、ただ物珍しげに殺風景な面接室の中を見回している。

「そのぅ、警察でもお願いしたんやけど、今回だけは、何とか――」

「ご心配なく、今回のことで息子さんが少年院に行くことはありません」

警察でも説明されているはずなのにと思いながらかのんが応えると、母親は驚いた様子で、戸惑ったように口もとに手をやる。その仕草や表情が、構わない髪型や疲れた顔と妙に釣り合いが取れていなかった。

「そうなんや――何や、よかった――ねえ、タカ、よかったね。少年院、行かんでいいっちょ」

息子が頷くのを確認して、それからも、母親はしきりに口もとを動かしたり、唇をなめたりしている。緊張で喉《のど》が渇いているのだろうか。

「お水か何か、持ってきましょうか？」

すると彼女は、今度はいやいやをするように細かく首を振る。もしかすると、この人は案外若いのかも知れないと、そのときに気がついた。十五歳になる子を持つ母親だし、ぱっと見はかのんよりも年上に見えるのだが、その割には仕草がどこか幼げだ。

「今日、来ていただいたのは、息子さんを少年院に送るための面接でも、警察のような取調でもないんです。ただ、今回どうして貴久さんが人の自転車を盗ってしまったのか、また同じことをしないためにはどうすればいいか、その辺りについて少しお話をうかがいたいと思って、来ていただきました」

十五歳の田畑貴久は、そのボサボサ髪をさっぱりさせて服装にも気をつければ、かなり女の子にモテそうな雰囲気の、凜々《りり》しい顔立ちをしていた。古びた黒いダウンジャケットを着て、特に悪びれた様子もなく、かのんの質問にも素直に受け答えをする。

「それでね、ちょっと不思議に思ったんだけど、あの日はどうしてそんな時間に光明の辺りを歩いてたの？　貴久さんの家とは離れてるよね。時間も午後九時半頃っていったら、中学生にとっては遅いんじゃない？　塾にでも行っていたのかな」

少年は口を真一文字に結んだまま何回か瞬きを繰り返していたが、やがて「あの日は」と口を開いた。

「何《なん》っちゅうか——ちょっと、時間つぶしっちゅうか、散歩しとったっちゅうか」

かのんは「時間つぶし」と、彼の言葉を繰り返した。

「そうなんだ。それじゃあ、あちこち色んなところを歩いてたの？」

自分の中で言葉を探しているのかも知れないが、見つからないらしい。少年はただ、こっくりと頷いた。

「何となく歩いてるうちに、あの辺りまで行って、それで、鍵のかかってない自転車を見つけたんで、乗っちゃった。そういうことかな」

「そんな感じ、です」

「なるほど。それで、行ったのが黒崎駅の近くの、繁華街だよね？　それには、理由とかあったのかな。目的とか」

今度は少年は、ちらりと隣の母親に目をやってからわずかに言い淀《よど》んだ後で「姉ちゃんに会いに」と答えた。少年に姉がいるということは、警察の調書にも書かれていない。

「お姉さんがいるの？」

「いる──今は、一緒に住んどらんけど」

「そうなのね。そのお姉さんが、黒崎の駅の辺りにいるの?」

「あの辺で働いとるっち」

「それで会いに行ったんだ。なるほど、なるほど。でも、それにしても、ちょっと遅くない?」

「姉ちゃん──キャバ嬢やけ」

「あ、そっか。キャバクラにお勤めなのね。お姉さんて、何歳?」

「十七」

思わず「それは、まずいんじゃないの」という言葉を呑み込んだ。少年の言葉が本当なら、彼の姉は労働基準法違反で補導の対象になるし、働かせている店も風営法違反になる。それにしても、姉は十七歳でキャバ嬢として働き、弟はその姉を探して夜《よ》更《ふ》けに自転車を盗んだという、それだけ聞いても、彼らの家庭が尋常でないらしいことがうかがえる。

「それで、お姉さんとは会えた?」

田畑貴久は「会えんやった」と残念そうに肩をすくめ、もともと、姉が勤めている店の名前も知らないのだと言った。

「分からないで探してたの？　それじゃあ、見つからなくても仕方がないよね」

うん、と頷く少年は、長いまつげに縁取られた瞳を伏せていたが、すぐに目を上げて、「そうよね」と仕方なさそうに微笑《ほほえ》んだ。この年頃の子特有の反抗的な雰囲気が見られない。むしろ、健気《けなげ》な感じの少年だ。

「それで、今は、自転車を盗っちゃったことについては、どう思ってる？」

少年は「うーん」と天井を見上げ、それからまた口を真一文字に結んだ。

「――あのときは、そんなん何も考えとらんで、後から返しとけばいいやかっち思ったんやけど、今はやっぱ、悪かったなっち」

「そうだよね。人のものだもんね。貴久さん、自分の自転車はないの？」

「――前は持っとったんやけど、盗まれて、そんまんま見つからんのよね」

「そんなこともあったんだ。でも、それなら余計に、盗られた人の気持ちも分かるよね」

少年は、うん、と大きく頷いた。これなら何の問題もなさそうだ。彼はおそらく、もう同じ過《あやま》ちは犯さないだろう。

「ところで貴久さんは、学校は？」

少年が、また困ったように「うーん」と言って首を傾げた。

「行ったり、行かんかったり」

「あんまり行ってないのかな。きっかけとかあったの？　いじめとか」

少年は「何となく」としか言わなかった。そのとき、ずっと隣で静かにしていた母親が、ふいにごそごそとバッグからタオルハンカチを取り出して、それを目に当てた。

「全部──私が悪いんです」

母親の口から絞り出すような声が聞こえた。少年が唇を引き結んだまま、瞳に何とも言えない表情を浮かべている。

「駄目な母親で──この子は、私を心配して学校に行かんくなっちゃって」

ちらちらと、かのんの方を見ては、この場をどう取り繕おうかと慌てているらしい少年が痛ましく見えた。

「貴久さん、ちょっと外で待っててくれるかな。お母さんと少し、お話ししたいから」

かのんが促すと、貴久はまだ心配そうな顔をしていたが、素直に部屋を出て行った。二人きりになると、少年の母親はまたハンカチを目元に当てて、ほとんど嗚咽《おえつ》を洩《も》らすように泣き始めた。

「私──もう、どうすればいいか分からんで」

「じゃあ、順番にうかがいますね」

家庭裁判所は、少年事件とともに「家事事件」というものを扱う。離婚、遺産相続をはじめとする家庭内のあらゆる問題を扱うのだ。小さな家裁では、調査官は少年事件と家事事件の両方を担当することもあるし、かのんも家事事件を扱った経験がある。だから、こういう女性の話を聴くことも、何も特別なことではなかった。

田畑貴久の母親、里奈は北九州市より南に位置する筑豊の小さな町で生まれ育ったのだそうだ。かつては炭鉱で賑わった土地だが、とうの昔に当時の賑わいは失われた。両親は早くに土地を捨てて出ていき、彼女は祖母の手で育てられたという。十六歳で妊娠したのを機に高校を中退、結婚して長女を出産、二年後には長男の貴久が生まれた。三つ違いだった夫は土木作業員だったが、長女が四歳になる前のある日、理由も告げずに家を出ていってしまった。後日、夫の親が離婚届だけを持ってやってきたのだそうだ。理由は「自由になりたい」と言っていたと聞かされた。祖母は既に他界しており、突然、幼い子を二人抱えて途方に暮れた里奈は、とにかく母子三人で生きていくために北九州に出て、風俗店で働くようになった。

「他に三人で生きてくだけのお金がもらえる仕事が見つからんで」

ほとんど昼夜逆転の生活だったが、家のことは幼い長女が懸命にやってくれていた。

「でも、私って、強い女やないけ——やけん、早く再婚したかったんですよね」

独りは辛《つら》い。独りは淋しい。だから何とかして頼れる人が欲しかった。だが、どの男とつき合っても、相手は常に里奈のことを風俗嬢としか見てくれなかった。結局は遊ばれただけだと分かり、失意に沈むごとに酒を覚え、煙草も吸うようになった。小学生になった長女は「給食が食べられるから」と毎日、学校に行くようになったが、貴久の方は小学校に上がってからも、日中、泥酔《でいすい》する母親のことを心配して、学校を休む日が増えていったらしい。里奈は、新しい男とつき合っては捨てられてを繰り返し、そうこうするうち、現在の交際相手と知り合った。「世界が変わると思った」と、里奈は語った。

「だって、あの人、つき合い始めてすぐに言ってくれたんです。『風俗なんかやめろ』っち。そんなこと言ってくれる男は初めてやった」

今度こそ本物の相手と出会ったと信じた。そこで里奈は、男の言葉を聞き入れて風俗の仕事をきっぱり辞めて、ビル清掃会社で働き始めたのだそうだ。知り合った当初、男は電気工事会社に勤めていた。

最初のうちこそ、男は子どもたちを食事に連れていってくれたり、休日には貴久とサッカーをして遊んだりと、優しくしてくれた。子どもたちも男になついた。このまま、男と再婚出来ればいいと、里奈は本気で考えるようになったという。だが、そんな日々は長く続かなかった。男が、仕事中に怪我をしたことでしばらく働けなくなり、そのまま勤め先を辞めたのだ。それからというもの、男の様子が変わっていった。昼間からパチンコに通うようになり、里奈のアパートを訪ねてくるたび、少しずつ金を無心するようにもなったのだそうだ。

「もとはと言えば私が悪いんです。私もパチンコが好きやったけん、一緒に行ったときには私がお金を出したりして、それが当たり前みたいになっちゃって」

里奈としては、当初は男が新しい職に就くまでの辛抱だという気持ちがあった。だが男は怪我が完治してからも、いつまでたっても仕事を探す気配がなく、それればかりか、酔うと次第に里奈に暴言を吐き、子どもたちにも当たり散らすようになっていった。そしてあるとき、里奈が仕事から帰ってくると、今まさに長女にのしかかって、乱暴しようとしているところだったという。それが、今から四カ月ほど前のことだそうだ。

「そのまま、娘はアパートを飛び出していきました。何回電話しても出らんし、LINEも見てくれてなくて、高校にも行っとらんみたいやし――もう、どうしたらいいんやろうと思っとったら、やっと一週間くらいしてからLINEが来たんですよね。

働き口を見つけたけって。『あいつがうちに来る間は、帰らん』って」

今年で三十五になるかのんより、一つか二つ若いはずの里奈の瞳からは、次から次へと新しい涙がこぼれ落ちてくる。結局、貴久が夜更けの町をさまよい歩くようになったのも、原因はその男だということだ。時間にかまわず酔ってアパートにやってきては、里奈だけでなく貴久にもからみ、時として手をあげ、しかも、子どもがいる前でも里奈に卑猥《ひわい》な言葉を投げかけたり求めてきたりするから、多感な年頃の少年がいたたまれなくなるのも無理もない話だった。

貴久少年にしてみれば、二歳違いの姉は幼い頃から母親以上に自分の面倒を見てくれた人だ。だからこそ、少年は姉を求めたのだろう。だが姉は、働いている店の名前を伝えていなかった。ただ、黒崎にいること、何かあったらすぐに駆けつけるから心配するなと言っていたらしい。

「今度のことで裁判所から書類が届いたときも、あの人は『こんなもん捨てちまえ』とかっち言って、そのまま私からもぎ取って、放り出したんですよね――それでまた、喧嘩になりました。そのときに初めて、息子が言ったんです。あの人に」

「何て、言ったんですか？」

「『出てけ』って。それはもう、恐ろしい顔をして――今にも殴りかかりそうな勢いでした」

あんなに真《ま》っ直《す》ぐな眼差《まなざ》しを持っている少年が、実はそれほどまでのストレスを抱えていることに、かのんは衝撃を受けた。今のうちに何とかしなければ、彼はさらに傷つき、やがてはもっと大きな罪を犯してしまいかねない。それにしてもこの問題は、もはや少年係の調査官がどうこう出来るものではない。手元の時計を見ると、予定していた面接時間はとうに過ぎている。

「それで、お母さんは、今後はどうなさるおつもりですか。今のままでいいと思っていますか？」

かのんの質問に、泣き疲れた顔をして、田畑里奈は大きくゆっくり首を横に振った。

「――あの人と、別れようと思います。いくら私でも、さすがに分かります。あの人とは一緒におられん――私たち全員、駄目になるって」

「私も、そう思います。今は、何よりもまず、お子さんのことを大切に考えた方がいいんじゃないでしょうか。お話をうかがったところ、上のお嬢さんも心配です。十七歳ということは、本当はまだキャバクラで働いていい年齢ではないんですよ」

母親は「そうなんですか」と怯《おび》えたような顔になった。

「出来るだけ早く、母子三人がもとの生活を取り戻せるように、やってみませんか」

とにかく一人で悩まずに、色々なところに頼ってもいいのではないかと言うと、田畑里奈は、自分などの相談に乗ってくれるところがあるのだろうかと、さらに不安そうな表情になった。かのんは「ありますとも」と頷いた。

「私も出来るだけのことはします。今の状況から、抜け出しましょう。何としても」

母親が落ち着いたところで、最後にもう一度、貴久少年を部屋に呼んだ。少年は、明らかに警戒した様子で、おずおずと席につく。

「貴久さん、これから、お母さんの力になってあげてくれないかな」

少年は、泣き腫《は》らした顔の母親を見てから、不安そうな顔になる。

「色々とお話を聞いたけど、お母さん、たくさん悲しい思いをしてるじゃない？　だから何とかして、抜け出そう」

「抜け出す？」

「そう。これ以上、悲しい思いをしなくてすむように。だから貴久さんにも、また家族が三人で暮らせるように、手伝ってほしいんだ」

少年はまつげの長い目を何度も瞬《しばた》かせ、考える表情になる。

「やけど、僕が出来ることとっち――」

「まずは、お母さんに心配かけないことだよね。もう二度と、人のものを盗ったりしないで、それから、出来れば学校にも行って」

少しして、少年は「でも」と自信のなさそうな顔になった。

「小学校、あんまり行っとらんけ、勉強、分からんし」

「ああ、そうか——そのことも考えよう。きっと何とかなるよ」

すると、少年の顔がぱっと明るくなった。その笑顔があれば、この家は大丈夫だと思えるような笑顔だった。

モデルとかアイドルとかにもなれそうなんだけど。

ちらりと、そんなことも考えながら、とにかく出来るだけ早く、自分も動くようにする、だから貴久少年には、ぜひとも母親の支えになってあげて欲しいと念を押して、面接を終えることにした。

まさか、こんなことになるなんて。

思っていたのと全然違う展開になってしまった。まずは児童相談所と婦人保護施設に連絡を入れるのがいいだろうか、いずれにせよ勝又主任に相談した上で、一日も早く手を打たなければ、長女まで補導されては大変だなどと次々に考えながら、せかせかした気持ちで調査官室に戻る。すると、隣の席の鈴川さんが、待ってましたとばかり、つつっ、と椅子ごと近づいてきた。

「あ、鈴川さん、あのですね――」

「ちょっと、かのんちゃん、さっき警察から電話があったのよ」

まずは、かのんから田畑母子の件を相談したかったのに、鈴川さんはいつになく意気込んだ顔つきをしている。出鼻を挫《くじ》かれた気分で首を傾げると、鈴川さんは「ですよね、主任！」と、勝又主任を呼んだ。すると主任までが「そうそう」と勢いづいて席から立ち上がって近づいてきた。

「あったんだ、警察から。庵原さんに」

「私に、ですか？」

主任は鈴川さんの隣まで来て、いかにも何か言いたげな顔つきになっている。だがその前に、鈴川さんが口を開いた。

「先週、かのんちゃんが面接した少年、朝倉陽太朗ね」

「朝倉――ああ、万引きの」

主任が腕組みをして眉根を寄せた。

「また逮捕されたんだそうだ」

「――えっ？」

先週、面接したばかりの少年の顔が思い浮かんだ。頭の中で一杯に膨らんでいた田畑母子の問題が、きゅっと押しやられる。かのんは頭が混乱しそうになりながら、とにかく鈴川さんと主任を交互に見た。

「何をやったんだと思う？」

「――また、万引きとか？　それとも、もっと派手な――」

「ど派手も、ど派手ですよね、主任」

鈴川さんが主任を見上げる。主任は、今度は口もとを変な格好にねじ曲げながら、いつになく重々しく頷いた。

「派手なんていうものじゃないわなあ。何しろ、暴行傷害だ。それも、相手は肋骨《ろっこつ》二本と腕まで骨折して入院」

かのんは「あの子が？」と、絶句しそうになった。鈴川さんが、さらに顔を近づけてくる。

「誰をやったんだと思う？」

「例の、つるんでた友だちとか」

「違うちがう。あのね。は、は、お、や」

「――え」

「家の中で大暴れしたらしいわ。それで、ボコボコにされた母親が、自分で一一〇番したんだって。『助けて、殺される』って」

衝撃と同時に、心のどこかで「やっぱり」という思いが浮かんだ。あのときの少年の苛立ち、母親の様子が思い出される。

「要するに、この間の万引きが、危険水域だったのね」

鈴川さんが、やれやれといった表情で言った。

「――ということは、私の面接が駄目だったんでしょうか」

「いや、本当の問題が露呈するまでには、それなりの時間がかかるもんだ。あそこが危険水域だとしたら、その後、決壊したんだろう、少年の中で、何かが」

主任は肩をすくめながらゆっくりと自分のデスクに戻っていこうとする。かのんは慌てて「主任！」とその背中を追いかけた。

「私に担当させてください！」

「それを決めるのは、谷本判事だからなあ」

「でも、何とか！」

もう一度、あらためてあの少年と向き合いたい。母親とも話をしなければならない。

そのとき、「それはそうと」と鈴川さんの声が聞こえた。

「今の面接、いやに長かったじゃない？　何か、大変なことでもあった？」

しまった、そのことがあるのだ。かのんは反射的に自分の頭を抱えるようにして「ああっ、もうっ！」と声を上げてしまった。

「それ、そのことなんですっ！　そっちから動かなきゃいけないのにっ！」

だが、何から話したらいいものやら、もう頭がパンクしそうだ。淡々と処理すればいいはずだった二つの在宅事件が、まさかこんな展開を見せようとは、考えもしなかった。そのとき、ちょうど外から帰ってきたらしい若月くんの「たい焼き買ってきましたよぉ」というのんきな声が響いた。かのんは、飛び上がるようにして若月くんに駆け寄った。

「食べたい！　ちょうだい！」

赤ちゃんアザラシ顔の彼が、「熱いですよぉ」と、にっこりと笑った。

野良犬

1

その郷土料理店は遠目にもひと際《きわ》大きな、いぶし銀色の瓦《かわら》屋根をいただいて、壁は焼き杉板を巡らせている、いかにも古民家らしい建物だった。ところが『めしどころ轟《とどろき》』と染め抜かれた暖簾《のれん》をくぐろうとすると、ほぼ同時に木製の引戸が驚くほど軽やかにすっと横に開く。古くて重たい引戸を開《あ》け閉《た》てするのにも難儀する高齢の客が増えてきたものだから、思い切って自動ドアにしたのだと説明されたときのことを、店の前に立つ度に庵原かのんは思い出す。今日も暖簾の前に立つと、引戸がすっと開くのと同時に軽やかなチャイムが鳴って、店の奥から「いらっしゃーい」という声が聞こえてきた。

縦横に太い梁《はり》の通っている天井の高い店内には、まだ三組ほどの客がいて、ちょうど奥のテーブルを片づけていた三角巾《さんかくきん》姿の奥さんが、たっぷりと肉のついた顎《あご》を引いて、愛嬌《あいきょう》のある笑顔を向けてくれた。

「外、寒かったでしょう」

かのんはマフラーを解きながら笑顔で頷《うなず》き、いつもの席に腰を下ろした。初めて来たときにここに座ったせいか、何となく定位置のようになっている。すぐ横の壁に、見事な紅葉に囲まれて流れ落ちる滝の写真パネルが飾られている席だ。聞いたところでは、この滝が「せんだん轟《とどろ》の滝」といって、この近くの観光名所にもなっており、店の屋号は、そこからとったものだそうだ。

「お昼、まだだろ？」

小柄だがよく太った身体《からだ》を揺らしながら、奥さんはほうじ茶を持ってきたついでに、ぷっくりと肉のついた手を無垢《むく》材で出来ているテーブルについて、優しげな表情でかのんの顔を覗《のぞ》き込む。もちろんだ。ここに来るときには空腹のままで新幹線に揺られると決めている。

「だご汁は、どげんね？　あったまるばい」

「お願いします」

奥さんはにっこり頷いて、身体を揺らしながら離れていく。定期的に「電気をかけに」行っているのだそうだが、痛めた膝《ひざ》がよくならないのだという。それでも、とうに七十も過ぎていながら、こうして毎日店に出て立ち働いているのだから、大したものだった。奥さんが厨房《ちゅうぼう》に引っ込むと、入れ替わりに藍《あい》染めの作務衣《さむえ》を着て、同じ色の和帽子を被《かぶ》った店の主人が「いらっしゃい」と現れた。こちらは奥さんに比べると細身で、濃い八の字眉《まゆ》が印象的な人だ。

「何時頃、出てきたとね？」

かのんの向かいの席に斜めに腰掛け、主人は和帽子を脱いで、短く刈り込んだごま塩頭をくるりと撫《な》でた。

「お昼ちょっと前の新幹線で来ました」

主人はふんふんと頷きながら、今度はほんの少し髭《ひげ》が伸び始めている頬のあたりをこする。白くきらきらと輝いて見える髭が、しゃり、しゃり、と微《かす》かな音を立てた。

「やっぱり新幹線だと早かなあ」

「昔は大変だったそうですね」

「昔ったって、ついこないだまでのことばい。それまでは、あんた、福岡から入るのがおまで来るとなったら、みんな一日仕事だったとよ」

かれこれ五カ月間というもの、ここに来る度にこうして新幹線の話からこっち約束のようになっていた。多少は年齢のせいもあるのかも知れないが、主人は同じ話を繰り返すことが多い。

この夏から、かのんは毎月一度ずつ、熊本県八代《やつしろ》市を訪ねている。家庭裁判所の決定により「身柄付補導委託」として預けられることになった少年と定期的に面接し、また、委託先の責任者である「受託者」、つまり目の前の主人らからも話を聴くためだ。

「それで、どうでしょうか、郁人《いくと》さんは。変わりはありませんか」

ひとしきり世間話をして、温かいほうじ茶を飲んでから、かのんはノートパソコンを取り出しながら切り出した。主人は宙を見上げるような姿勢のまま、少しの間、自分の頬や顎の髭を撫でていたが、ふいにその手をげんこつにしたかと思うと、はあっと息を吹きかける真似《まね》をした。

「つい昨日もね、コツンとやってやったとばい」

「え——彼、何かやりましたか」

ひやりとした。

ようやく、審判まであと一カ月というところまで来たのだ。それなのに今、何か問題を起こしたら、彼は即座に審判を受けなければならなくなる。そうなれば、ほぼ間違いなく少年院行きが決まってしまうだろう。そのことを少年自身も分かっていないはずはなかった。一体、何をしでかしたのだろうかと、かのんは思わず真顔になって身を乗り出した。すると主人の方も、鼻眼鏡の状態で、八の字眉の下の目をぎょろりとさせてこちらを見つめ返してくる。

「あいつときたら、もうなあ」

「もう——何を」

「何回も注意しとるとに」

かのんの頭に咄嗟《とっさ》に浮かんだのは、飲酒、喫煙、門限破り、喧嘩《けんか》、窃盗《せっとう》といったものだ。だが主人は「まったく」と唸《うな》るように言ったかと思うと、口もとに微かな笑みを浮かべて、今度はごま塩頭のてっぺん辺りを掻《か》いている。

「猫の仔《こ》によ」

「——猫の、仔？」

「店の裏の隅っこんとこでな、こう、こっそりと、餌《えさ》をやっとったとたい。ビールのケースやら積んどるところに隠れて、見つからんごつしたつもりなんだろうが」

思わず背中から力が抜けるような気がした。

「そんなこつしたって、見つからんわけが、なかろうよ、なあ」

主人によれば、近くに棲《す》み着いていた野良《のら》猫が少し前に仔猫を産んだらしいということだった。ところがその後、母猫の方は見当たらなくなってしまった。そこで、残された仔猫だけが、何匹もちょろちょろと歩きまわっていたのだという。

「――その仔猫に」

「うちは食べ物商売なんだけん、そがんやって猫がなついちまって、厨房にでも入ってくるようになっと、衛生上の問題になるとぞって、何回も注意しとるとに」

あの少年が、仔猫に餌を、と、その様子を思い浮かべている間に、今度は店の若奥さんが料理を運んできてくれた。いつもキビキビとよく動く人で、顔つきそのものからして活発で明るい印象の女性だ。

「ごゆっくり。後で、郁人も呼びますから」

必要以上の愛想も振りまかず、それだけ言うと、ちょうど帰ろうとしていた客の方に「ありがとうございましたー」と声をかけて、足早にレジへと向かう。かのんの目の前に置かれた盆には、熊本名物のだご汁に高菜飯、小鉢には数切れの馬刺し、他にも煮物や香の物などが並べられていた。再び奥さんがゆっくりと歩いてきて、かのんの湯飲み茶碗《ぢゃわん》に茶を注ぎ足してから、主人の隣に「どれ、よっこいしょ」と腰を下ろす。

「温かかうちに、どうぞ」

老夫婦に促されて、かのんは、まず、どこかしら懐《なつ》かしい気持ちになる香りと共に湯気を上げているだご汁に箸《はし》をつけた。ほんのひと口すすっただけで思わずため息が出る。

「ああ、美味《おい》しい」

小麦粉を練って平たい団子状にしたものと、豚肉、きのこ、根菜などを煮込んだだご汁は、大分などでも食べられているそうだが、作り手によって具材も変われば、醤《しょう》油《ゆ》味も味噌《みそ》味もあるらしい。この店のだご汁は味噌仕立てだったが、味噌が特別なのか、または何か他に工夫があるのか、何とも言えず柔らかなうま味とコクがあった。ことに、今日のような寒い日には、胃の真ん中から身体全体が解けていくようだ。

「まあ、本人もちゃんと納得して、反省もしとったけん、それでよかとだわ。他の連中からも『よう考えろ』って、ど突かれとったし」

「今度からは、うちの母屋《おもや》の裏にある、物置小屋の方でやることにすればよかって、嫁が言ったとよ。雨露しのげるような箱も用意してやるけんって。そうしたら、もう喜んでから、小さか仔猫ば一匹ずつ探しては、せっせと向こうまで運んどったよ」

「じゃあ結局、こちらで世話されることに」

すると夫婦は互いに顔を見合わせながら、一度、餌をやるようになったものを、そのまま見捨てることも出来ないだろうと笑う。店の客に高齢者が増えれば出入口を自動ドアに替え、車椅子《いす》も入れるように店内の段差をなくして洗面所にも手すりをつけたという夫婦は、猫の仔に対しても店にさえ入って来なければ、それでいいのだと言う人たちだった。

「そうそう、『おまえがおらんくなった後のことも考えんと』って、うちの息子に言われたのも、効いたみたいでね。その後んなって店に迷惑かくるごたことになったら、困るとだけんって」

箸を動かす手を時折休めては、テーブルの脇《わき》に広げたノートパソコンに聞き取った話を打ち込んでいる間、夫婦は交互に最近の少年の様子を語って聞かせてくれた。先月からの一カ月間も、生活のリズムに大きな乱れはなく、他の少年たちとの関係もまずまずだという。無駄遣いなどもしていないし、ことに先日は町内会で人手が必要なことがあって、その手伝いにも行ったらしい。以前は「行ってこい」と尻《しり》を叩《たた》かれるまで動かなかった少年が、今回は自分から手伝いを申し出たということだ。かのんは「そうでしたか」と大きく頷いた。

「また一つ、進歩ですね」

「それでも時々、父さんらから小言ば言わるっと、ぷうっと膨れてしばらく口ばきかんくなるようなことが、あるにはあるとだけどね」

「ああ——まだ拗《す》ねますか」

「でも、そがんときでも、どがんわけだか、うちの嫁とは話すんだわ」

「この、母さんとも話すとたい。うちに来る坊主《ぼうず》どもは、昔っからみんな、女にばっかり懐くとだけん」

この夫婦はこうして郷土料理店を営みながら、かれこれ三十年近くも補導委託先として、家庭裁判所から送られてくる少年たちをボランティアで預かっている。今現在、預かっている少年は三人。これまでに預かった少年の総数は、のべにして百五十人以上にもなるということだ。

少年が事件を起こした場合、その処理の流れは一本ではない。逮捕後に送検するかしないか、また身柄を勾留《こうりゅう》するかしないかでも判断が分かれるし、その後、審判にかけるかどうかでもまた判断が分かれ、その審判でも、このまま少年院に入れるべきか、または保護観察処分にして、自宅または児童自立支援施設などで暮らしながら社会に戻した上で成人するまで見届けるべきかによっても分かれ、さらに三つ目の選択肢として、一度の審判で結論を出すことをせず、もう一度チャンスを与えてはどうかという「試験観察」というものがある。

ある程度大きな事件を起こしたり、また、犯行を繰り返す少年の多くは、心に大きなわだかまりを持っているのと同時に、程度の差こそあれ、基本的な生活習慣というものが身についていない場合が少なくない。家庭の存在、家族の愛情というものを知らなかったり、一日三度の食事をちゃんと摂《と》れていなかったりは当たり前で、昼夜逆転の日々を送り、誰からも注意を受けないどころか目を留められることさえなく、あてもなく街を漂った果てに事件を起こす。まるで野良犬同然の暮らしを送ってきた少年が、飢え、さまよい、心がささくれ立った挙げ句に、ほとんど物事の善悪など考えることなく罪を犯すというケースが間違いなく存在する。

そういう少年たちは、強烈な人間不信に陥っているだけでなく、褒められたり無条件で愛されたりした経験を持たないために、自尊感情が極めて低い。つまり、自分には何の価値もないと思っている。それだけに自暴自棄になりやすいし、自分のしたことの何が悪いのかなど考えもしなかったり、規則を守ることの意味も分からなかったりする。我慢したり自分を律する訓練を受けていないだけでなく、自分の気持ちさえ明確に出来ない。ましてや他人の思いを汲《く》み取ることなど、出来るはずがない。

逮捕され、まず少年鑑別所に入れられて、様々な角度から性格や生育歴、家庭環境、抱えている問題などをテストした結果、実は当たり前の家庭の温かさを味わわせ、人との信頼を築かせることこそが必要だと判断される少年が少なからずいる。それが立ち直りの大きなきっかけになるだろうと思われる少年に、一定の猶予《ゆうよ》期間を設けるのが試験観察だ。

試験観察期間は、およそ三、四カ月から半年。この間を自宅で過ごせるだけの環境が整っているのならそれに越したことはない。少年が問題を起こしたことで、親の方がそれまでの自分たちの態度を振り返るような家庭も、ないとは言えないからだ。だが、そんな親ばかりではない。「もう手に負えない」「勝手にしてくれ」と、迷いもためらいもなく我が子を切り捨てる親もそう珍しくはない。そういう場合は、今回のように補導委託という方法をとる。悪い遊び友だちのもとに易々《やすやす》と戻れない距離の場所を選んで、新しい環境の中で生活の立て直しを図るのだ。

委託先はすべてボランティアで、宗教団体の教会や寺院だったり町工場だったり、また飲食店や自営業、農家、牧場だったりと様々だ。委託先から働きに通うという場合もある。いずれにせよ、ただでさえ問題を抱えている他人の子を長期間預かるのだから相応の覚悟が必要なことは間違いなく、従って、その数は決して多いとはいえない。

この郷土料理店『轟』の家族は、目の前の老夫婦に加えて息子夫婦と孫が三人の七人。家裁から送られた少年たちは、その家族に混ざって寝食を共にし、店の手伝いをしたり、地域の活動に参加したりして観察期間を過ごす。

最初の頃、少年たちは様々に大人を試す。わざと怒られるようなことをしてみたり、嘘《うそ》をついたりして、委託先の大人たちを「やっぱり信じられない」と決めつけようとするのだ。だから委託先の人たちは、少年を叱《しか》りつつも根気強く諭すことを欠かさず、徹底的に話し相手になり、褒めるべきところは褒め、時には共にふざけ合うことで、少年たちが心を開いていくのを辛抱強く待つ。そのためには少年たちを指図するだけでなく、自分たちが率先して汗をかき、動く姿を見せることが大切だそうだ。

この家では、休みの日には若夫婦が三人の子も一緒にキャンプや海釣りなどに連れていってくれる。子どもたちは偏見を持たずに「お兄ちゃん」たちに甘えるというし、太陽の下で思い切りはしゃぎ回った思い出など持たない少年たちは、自分より幼い子らの面倒を見ることで、優しさや責任感といったものを身につけていく。さらに町の祭りや行事に参加することもあれば、近くの神社の掃除を手伝うこともあるという。いくつもの目が自分に向けられていることを、彼らは肌で感じていく。

だが、そんな風にしていても、中には途中で逃げ出してしまう少年や、店の金を盗み出す少年もいたりして、他の少年との間にいざこざを起こし、時には連れだって悪さをしでかす少年もいる。近所に迷惑をかけて、受託者である主人が頭を下げて歩かなければならない場合も、これまでに何度となくあったそうだ。しかも、せっかく最後まで頑張って、笑顔で「真人間になります」と挨拶《あいさつ》して去っていったと思ったら、ほどなくして再び逮捕されたと知らされることも、そう珍しくはないという。要するに「がっかり」の積み重ね、それが補導委託先の運命だと、以前、かのんも聞かされたことがある。

それにしても。

老夫婦の話を聴き、温かい食事を味わいながら、その一方で、かのんは最初に聞いた仔猫の話が頭から離れなかった。

あの小林郁人が。

十六歳になったばかりの小林郁人が逮捕された直接のきっかけは、早朝、公園の池で泳いでいるカモをボーガンで射殺そうとしているところを見つかったことだった。その前日も、さらに数日前にも同じ池で矢が刺さって死んでいるカモが見つかっていたことから、警察官が重点的に巡回していたのだ。逮捕容疑は鳥獣保護管理法違反。本人はあっさりと前日までの犯行も自分によるものだと認め、その後、ボーガンは友人の家から勝手に持ち出したものであると判明し、窃盗の容疑も加えられた。犯行の動機は「何となく」。とりあえず動いているものを狙《ねら》ってみたかったと、彼は語った。

小林郁人の両親は、少年が二歳の頃に離婚している。当時、父親は運送業、母親はホステスをしていた。親権は父親が持ち、ほどなくして、郁人は父親の実家に引き取られるものの、同居していた叔父から虐待《ぎゃくたい》を受け、既に小学三年生頃には家出を繰り返すようになったため、今度は母親の実家に預けられる。だが、こちらでは祖母が認知症を患《わずら》っており、祖父はアルコール依存症のために、生活保護を受けながらも生活は困窮を極め、とても孫の面倒を見られるような環境ではなかった。郁人は十歳になるかならないかという年齢で、ほとんど野放しの状態になった。

その後、児童養護施設に預けられた時期もあったが情緒が安定せず、暴れたり脱走したりを繰り返した後、ようやく当時、再婚していた母親に引き取られる。すると今度は母親の再婚相手とその連れ子から虐待を受け、「罰ゲーム」と称して酒と煙草《たばこ》を無理矢理のように覚えさせられることになった。結局、友だちの家を泊まり歩いて、ほとんど家に帰らなくなる。学校でも喧嘩ばかりしていて完全な問題児扱いだったが、それでも「給食が食えるけん」と、意外に休まなかった。中学卒業後は商業高校に進むものの、一カ月足らずで退学。その頃、母は二度目の離婚をしている。

それからは、仲間と一緒になってバイクを乗り回したり、商店のシャッターや壁にスプレーで落書きをしたりして夜通し遊び回り、また喧嘩に明け暮れて、明け方になると、時には数時間前に知り合ったばかりの人の部屋に転がり込んで、数人で折り重なるようにして眠る日もあったという。大抵は誰かがアルバイトなどで稼いできた金を分け合って食いつないでいたが、どうしても金に困ったときには母親の留守を狙って自宅に戻り、現金を持ち出した。そんな日々の挙げ句に、友人のボーガンを持ち出して犯行に及んだということだ。

かのんが初めて面接したときの小林郁人は少年鑑別所の面接室で、まさしく底なし沼のような暗い瞳《ひとみ》をしていた。殺気立った雰囲気こそなかったものの、少年らしい面影など感じられないほどに頬はこけて肌は青白く、髪はといえば老人のように白かった。実際にはシルバーグレーに染めていたのだが、すっかり傷《いた》んでパサついており、まるで一日放っておいた刺身のつまのようにしか見えなかった。そして、鑑別所に入れられた今の状態をどう思っているかとかのんが尋ねたとき、郁人は鑑別所で支給された派手な緑色のトレーナー姿で、肩を微かに上下させて呟《つぶや》いたものだ。

「やっと、ゆっくり眠れるところにきた」

それが、少年の最初の言葉だった。

2

「それで、それで、聞いて下さいよ」

ビールの中ジョッキを傾け、唇についた泡を指先で拭《ぬぐ》い取りながら、かのんはその手をひらひらとさせた。早々とビールから焼酎《しょうちゅう》のお湯割りに切り替えている勝又主任調査官が、カワハギの刺身を肝を溶いた醬油につけながら、うんうんと頷く。その隣では、若月くんが八幡餃子《やはたぎょうざ》をハフハフ言いながら頰張っていた。

「こう言ったんですよ、あの小林郁人が。『すごく小さくて、温かくて、柔らかい。これが生命っち思った』って。ねえ、すごくないですか！」

夕方の新幹線で小倉に戻り、土産の「八代青のりめんべい」を片手に意気揚々と家裁に帰り着いたときには、先輩調査官の巻さんと、子育て真っ最中の鈴川さんは、もう帰った後だった。だが、勝又主任と若月くんが残っていたから、かのんは珍しく自分から「呑んで帰りませんか」と彼らを誘った。どうしても、今日のこの興奮を聞いて欲しかったのだ。

「カモにボーガンの矢を撃ち込んでたような子が、ですよ。下手すれば、仔猫だって蹴り殺しそうな子だったのに、その少年が『生命っち温かいんやね』なんて言うんですもの。もうねえ、私、思わず泣きそうになっちゃいましたよ」

「やっぱり、生き物の力ってすごいんですねえ」

おじさん子どものような顔をした若月くんは、眼鏡の奥の目を細めて「いい話だなあ」としきりに頷いている。最近、彼はズボンのベルトをやめてサスペンダーに切り替えた。それもあって、上着を脱いで額に汗を浮かべながら餃子を頰張る姿は、二十代とは思えないほど「気のいいおじさん風」に見える。

「つまり、少年自身は落ち着いてるんだな。親は、会いに行ってるって？」

勝又主任の質問には、かのんは小さく首を横に振った。

「相変わらず、両親とも一度も、だそうです。でも少年自身もそこはもう割り切ってる感じですね。今ごろになって親だっていう顔をされてもかえって迷惑だ、なんて言いますし、これから先も、どちらとも一緒に暮らすつもりはないそうですから」

「そうか——君は、それについては、どう思う？」

「私もあの家庭の場合は、少年から見切りをつけられるものなら、むしろ、その方がいいんだろうと思います」

これまでに、かのんは郁人の両親とそれぞれ数回、面接している。母親が経営している場末のスナックも訪ねた。昼過ぎになっても店の二階から寝起きの姿のまま出てくるような母親は、郁人については、小さいときに手放したせいもあってか、どうしても情が湧《わ》いてこないのだと面倒くさそうに語った。

「第一ね、あの子が生まれた瞬間から『ああ、失敗した』っち思ったんですよね」

生まれたての我が子の目鼻立ちが夫にそっくりだった、それだけでもう嫌になったのだと、母親は言っていた。寝ている姿まで夫とそっくりで、「がっくりきた」とも語った。もともと望んだ妊娠ではなかった。気がついたときには手遅れで、それならと結婚し、出産することになった。お蔭《かげ》で地獄のような数年間を過ごさなければならなかった、とも。

一方、父親の方は再婚した妻の実家の商売を手伝っていて、未《いま》だに郁人の親権は持ちながらも、とても前妻との子のことなど考えている余裕はない、むしろもう過去のこととして忘れていると、けんもほろろだった。

「何なら親権だって、いつでも手放すって言ってました。今さら引き取れなんて言われても迷惑だって」

勝又主任が「ふうん」とため息混じりに頷いている間に、かのんは寒ブリの照り焼きに箸を伸ばしながら、改めて小林郁人の様子を思い出していた。

じきに十七歳になる少年は、タートルネックのセーターの上に店から支給された白い上っ張りを着込んでいたが、その白衣には洗っても落ちないらしい染《し》みがそここについて、さらに新しい汚れも飛んでいた。かのんの目には、それが、少年が懸命に日々を過ごしている証《あかし》に見えた。そして、彼がテーブルの上にのせた手には小さな引っ掻き傷がいくつか目立ち、また、指先は真っ赤になっていた。聞けばついさっきまで、店の裏で漬物用の樽を洗っていたという。そして小さな傷の方は、世話をしている仔猫たちがつけたものだということだった。そんな手で水仕事は浸みるのではないのかと聞くと、少年は「平気だよ」と笑った。

「それよりさ、漬物って生の野菜から作るんよね。それも機械やなくて、人の手で作るんちゃ。ここの婆《ばあ》ちゃんが全部やるんよ」

郁人は半ば恥ずかしそうな、一方で何かしら誇らしげな表情で言った。知らなかった、と。それどころか『轟』に預けられるまで「漬物」を意識して食べた記憶がないとも言っていた。

「丸くて黄色いヤツとかなら食ったことあったけど」

だから、高菜もニンジンもキュウリも白菜も、ありとあらゆる野菜が漬物になるのだと知ったときには本当に驚いたのだそうだ。

「旨《うま》いんちゃ。特に高菜漬けなんて、あれで飯を包んで食うだけで、他のおかずなんかいらんくらいやもんな。やけど、それやると爺《じい》ちゃんや婆ちゃんから『他のもんも食え』っち叱られるんだ」

かつては萎《しお》れた刺身のつまのようだった髪は、こざっぱりした黒髪に戻り、しっかり食事を摂れているせいで頬もふっくらと丸くなったし、血色もいい。そして、何より変わったのが、彼の眼差《まなざ》しだ。こうしてひと月ごとに会っていると、その変化は、まさしく目をみはるものがあった。

「郁人さん、可愛《かわい》くなったねえ」

つい正直な感想を言うと、彼は「え」という表情になって、「んなこと、ないちゃ」と照れたように口もとを歪《ゆが》める。非行少年たちは皆そうだ。相当に人相が悪い、ほとんど邪悪といってもいいような顔つきだった少年が、立ち直りのきっかけを摑《つか》むと、そこからは驚くほど顔つきが変わっていき、また少し幼げになる。それが彼らの本来の顔なのだと思うと、その顔を取り戻すために、彼らはどれほど遠回りをしていることかと思わされることがある。

「それから彼は、日記帳を見せてくれました。初めて仔猫を見つけた日のところからは、特に細かく書くようになっていましたね。ところどころ、仔猫の絵まで描いていて」

　少年がつけている日記は、かのんたち家裁調査官が与えている課題の一つだ。毎日の出来事でも、感じたことでもいい、正直な気持ちを日記に綴《つづ》って、それを面接日に見せてもらう。日記をつけることによって少年自身が自分の心を振り返ることが出来るし、かのんたち調査官も、少年の心の動きを知ることが出来る。『轟』に預けられた当初の郁人の日記は極めてぶっきらぼうで、その裏には、この先への不安と、見知らぬ人たちへの恐怖と緊張がはっきりと読み取れた。

　それからしばらくは不満の連続だ。朝、起きるのが辛《つら》い。何をしても注意を受ける。ゴム長がダサくていやだ。デッキブラシを使うと腰が痛くて疲れる。ダルい。食事の時には箸使いまで言われてうるさい。使わない電気は消せと言われる。歯磨きのフタを戻せと言われた。遊びに行くところがない。せめてスマホを持ちたい、などなど。ノートの一ページを丸々使って「みんな、クソやろうちゃ！」と書き殴っているときもあれば、何を書いたのか、ノートのページごと破り取られているときもあった。

「そんな子だったのに、何だか文章までうまくなっちゃって。最初に仔猫を見つけたときの驚きから、よちよち歩きの仔猫たちが自分の足もとにまとわりついてくるときに可愛く感じる様子や、猫たちに兄弟がいることを羨《うらや》ましく思う気持ちまで、本当に正直に、細かく書いてるんです」

今、かのんたちが陣取っている『きよかわ』という店は、代々の福岡家裁北九州支部関係者が馴染《なじ》みにしている小料理屋だ。前任地から移ってくると、まず最初に案内され、それから何かというと通うようになる。小料理屋といっても、刺身から始まって、サラダや和え物はもちろん、天ぷら、おでん、餃子に焼きうどん、唐揚げにコロッケまでと、メニューの内容が多彩なだけでなく、比較的低予算で飲み食い出来るところが何よりの魅力だった。

その上、六十がらみの女将《おかみ》さんの記憶力が何といっても抜群だ。一度来た客は忘れないし、そのときに注文したものもおおよそ覚えている。家裁などという場所は比較的速いテンポで人の入れ替わりがあるというのに、歴代の判事から書記官、そして調査官のことまで、実によく覚えている。こちらから名前を出しただけで、「ああ、あの人なら」と、すぐに思い出してくれ、場合によっては近況まで知っていたりするから、ちょっとした生き字引のような存在でもあった。その上、自分からは余計な話を一切しない。それだけに、少しばかり込み入った話題になったときでも、この店なら安心だという思いがあった。

「動物好きだっていうことに目覚めたんなら、将来はそういう関係の道へ進むっていうことだって選択肢に入れられるかも知れないですねえ」

　空になったジョッキを高く掲げながらビールのおかわりを注文してから、若月くんが丸い目をきょろりとさせて言った。すると、勝又主任が急に膝を打つ勢いで「そんなら」とかのんの方を見た。

「あれだ、庵原さんの彼に、相談に乗ってもらうことも出来るじゃないか。なあ！」

　いきなりそういう方向に話を持って行くのかと、かのんはつい鼻白む思いになった。今は小林郁人の変化と、彼の将来の可能性について話をしたいのだ。何もここで栗林《くりりん》の話を持ち出す必要などないではないか。それは確かに、言われてみれば彼ならば、動物関係の職場には詳しいに違いなかったけれど。

「あ——もしも本人が希望すればの話ですけどね」

　かのんが軽く睨《にら》んで見せたから、若月くんは二杯目のビールに口をつけかけて、慌《あわ》てたように取り繕う。だが主任は「だから、それを、クリリンくんに」と、いよいよ興味津々《しんしん》の表情になった。

　本当に、もう。

　どうしてか、いつも不思議に思うのだが、勝又主任は、ことに栗林が動物園の飼育員をしていると知ってから、余計に彼に興味を抱いたらしかった。自分も子どもの頃にはメダカやザリガニを飼っていたとか、定年退官して官舎暮らしから解放されたら是非とも犬を飼いたいとか、どうにかして話題をつなげたいらしいことばかり言ってくる。こんなことなら転勤した直後に、聞かれるままにあっさりと彼氏の存在など明かさなければよかったと後悔するが、今さら手遅れだ。

「とにかく今はまず、少年本人が自分の将来を落ち着いて、ちゃんと考えられるようになることが大切だと思います」

ぴしゃりと言って、話題を戻した。若月くんも一生懸命に「ですよね」と頷くから、勝又主任も黙らざるを得なくなったらしい。小さく咳払《せき》いをして、おとなしく焼酎のお湯割りに手を伸ばしている。

「将来について、な。今は、本人は何か考えてる様子かな？」

「今は、まずは無事に試験観察期間を終えることだけ考えようって言ってるんです。あの子はちょっとパニックを起こしやすいというか、一度慌てると周りのことが見えなくなっちゃうところがありますから。一つずつ、落ち着いて片づけようって話しています」

勝又主任は「なるほど」と頷き、「あと一カ月か」と、ようやく上司らしい表情に戻った。

「うまく乗り切ってくれるといいがな」

ほんの小さなきっかけから、思いもつかないような行動を起こすのが少年だ。最後の最後まで気を抜けない。それだけに、これからの一カ月間を、仔猫たちが支えてやってくれることを、かのんとしては願うばかりだった。

3

毎日は相変わらずの忙しさだ。次から次へと新しい事件が舞い込んできて、各調査官に割り振られ、その記録調査に取りかかることになったかと思えば、道路交通法違反で逮捕された少年に交通講習を受けさせる日がやってくる。その少年調査票を作成した次には、ひったくりをして逮捕された後も「在宅事件」の扱いで、自宅で過ごしている少年と保護者を呼んで、被害者の心を考える教室を受講するように指示を出す。そうこうするうち、暴行傷害容疑で鑑別所にいる少年の面接に行く日がきて、午後からはその少年の保護者とも面接し、またもや調査票作りに明け暮れるという具合だ。

週末には一カ月ぶりに東京に戻って、少しだけ実家に顔を出し、正月には一、二泊は出来るからと約束をした上で、買い物をしながら栗林の部屋に向かった。出来合いの惣菜《そうざい》などを並べて簡単な夕食の支度をしているうちに、帰ってきた栗林と少しだけ照れながら再会を喜び合い、それから向かい合って食卓につく。こちらでも、やはり話題は正月のことになった。動物園は年末年始は休園になるが、とはいえ飼育員たちは交代で出勤しなければならない。二人一緒にのんびりと過ごせる日は、そう多くはなかった。

「一泊でもいいから温泉でも行きたいところだけどなあ」

「温泉かあ。行きたいねえ」

「――行こうか」

「本当？」

「今からでも予約が取れるところがあったら、だけど」

一応は探してみると言う栗林に大きく頷いて、久しぶりに笑顔で二人向かい合う夕食は、やはりオンライン経由のものとはまったく違う。ワイングラスを合わせれば、チン、と音が鳴り、栗林が笑えば周囲の空気も動く。触れ合えば温《ぬく》もりがあって、栗林の匂《にお》いを感じる。同じ空間にいられるということの安らぎが、そこにはあった。その代わり、夜は栗林のいびきに悩まされるし、エアコンの設定温度もかのんの好みと違うから、ちょっとしたストレスにもなる。

こういうのが毎日続くのが、結婚なんだろうな。

翌日は栗林は遅番だったから、一緒に部屋を掃除して、買い物にも行った。そして、早めの食事をとりながら、かのんはふと思い出して、仔猫を可愛がるようになった少年の話をした。普段、自分が扱っている少年たちの話など滅多に聞かせることはないのだが、小林郁人に関しては、勝又主任とのやり取りが記憶に残っていたのかも知れない。

「ふうん。カモを殺した少年が、仔猫で生命の愛《いと》おしさに目覚めたか」

ひと通りの話を聞いた後、栗林は、とりあえずその少年が本当に動物と関わる仕事につきたいと望むのならば、最低でも高校を卒業して、出来れば専門学校には行っておいた方がいいだろうと教えてくれた。そこまでしておけば、ペットショップでもトリミング店でも、場合によっては動物病院の助手くらいにはなれる可能性が出てくるらしい。

「そっか。なるほど」

だが、高校に進学し、さらに専門学校まで行く学費をどうするか、また、それだけの根性が、果たして小林郁人にあるだろうかとかのんが考えている間、栗林はスマホを使って今からでも正月に行かれそうな温泉を検索していたが、結局、日程と予算の折り合いのつく宿は簡単には見つからないことが分かったところで、もうかのんが空港に向かう時間になってしまった。

「栗林がこっちに来れば、別府だって由布院だって行けるんだよ」

別れ際に言うと、栗林は、それではかのんが次の異動になるまでに、何とか実現出来るようにしようと笑った。かのんが家裁調査官という職に就いて、地方暮らしが始まった最初の頃は空港まで送ってもらっていたのだが、今はもう玄関口での別れだ。栗林にだって仕事があるし、いつか、もしかして結婚するような時が来るまでは、出来るだけ互いの負担にならないようにしようというのが二人の取り決めだった。

そうして最終に近い便に乗って福岡まで戻り、また新しい一週間が始まった。年末に向けて何かと気ぜわしくなってきた矢先、かのんはまた新しい事件の担当を任された。

「庵原さんはもう少ししたら、例の、八代の試験観察が片付くだろう？」

そうだった。年が明けたら、小林郁人の試験観察期間は終わりとなり、かのんは少年調査票を作成して提出し、調査官の仕事としてはそこまでということになる。二度と彼に会うことはないだろうし、ないことを願うばかりだ。そうなれば、新たな事件を抱えることになるのは当然だった。かのんは自分の席に戻って、警察から検察を経由して回されてきた新しい資料のファイルを開いた。

大藤諒《おおふじりょう》・十八歳。高校三年生。某日、小倉北区霧ケ丘〇丁目の住宅を、弁護士事務所の秘書と名乗って訪れ、その家に住む七十八歳の女性から現金三百万円を詐取《さしゅ》しようとしたところ、別室で張り込んでいた捜査員に詐欺《さぎ》未遂容疑で現行犯逮捕されたもの。被害女性はその前日、弁護士を名乗る人物から不審な内容の電話を受けており、そのことを警察に通報していたため、予《あらかじ》め捜査員が張り込んでいたという。逮捕時、被疑者は何を思ったのか女性宅の庭先に回り込んでさんざん暴れた挙げ句に再び女性宅に上がりこんで家中を逃げ回り、家の調度品や窓ガラスを壊し、最後には数人の捜査員にやっと取り押さえられた。そのため、器物損壊と公務執行妨害の容疑も加わっている。本人も割れたガラスで怪《け》我《が》をしたようだ。

「あれ、この子――」

調書に添えられている写真を見て、かのんはふと首を傾《かし》げた。どこかで見たことがある。垂れ気味の細い目と、細い眉。

「なになに、どしたの」

隣の席から、例によって鈴川さんがつつつ、と椅子を滑らせて近づいてきた。かのんは少年の顔写真を眺めながら、「なーんとなく」と呟いた。

「会ったことあるような気がするんですよねぇ」

するとと鈴川さんは「どれどれ」とかのんが手にしている調書に顔を近づけて、まじまじと写真を見つめた。

「これまでに扱ってるとか？」

「そういう子なら忘れないでしょう」

「じゃあねえ――」

鈴川さんが、少年の顔写真の額から上の部分を持っていたコピー用紙で隠した。その途端、かのんは「あっ」と声を上げてしまった。

「思い出しました！　あのときの」

少し前のことになるが、休みの日に自転車で町を走り回っていたとき、路地から飛び出してきた少年にぶつかったことがある。正確に言えば、魚町銀天街の傍で、かのんが愛車のビアンキを押して歩いていたときのことだ。あの時は髪を金色に染めていたから、まるで印象が違っていた。

「もう少しで、こっちも転ぶところだったんですよ。ビアンキのお陰で支えられたからよかったけど」

「ビアンキ？」

いく。

「うちの、可愛い自転車です」

鈴川さんは「可愛い」と、ほんのりと微笑《ほほえ》みながら、また、つつつ、と遠ざかって

「名前までつけちゃって」

いやいや、別段かのんがつけた名前ではないのだがと、こちらの方が苦笑しながら、かのんは同時に、あの時に感じた不思議な匂いのことも思い出していた。

何だったんだろう。

改めて最初から調書を読み直してみる。住所は八幡西区。家族は——。

一人暮らしか。

十八歳とはいえ、高校生で一人暮らしというのも少しばかり引っかかる。親元を調べてみると、実家は若松区青葉台となっていて、父親の職業は医師、母親は大学教授と書かれていた。兄と姉がいて、いずれも難関校と言われる大学に在籍している。絵に描いたようなエリート一家だ。そんな家族の中から一人、落ちこぼれてしまったのだろうか。それでも経済的には豊かだから、一人暮らしを認められたといったところなのだろうか。

それにしても、あの匂いだ。

ふと、妹に聞いてみようかと思う。パフューマーの彼女ならたちどころに答えてくれるのではないだろうか。とはいうものの、かのんが言葉で表現しただけで、果たしてどこまで伝わるものか分からない。第一あの匂いは、化粧品や香水などとは違う類《たぐ》いのものだったような気がする。

十八歳。詐欺未遂。特殊詐欺の末端である「受け子」として使われたと考えて間違いないだろう。

かのんの記憶に残る少年が本当にこの大藤諒だとすると、彼は高校生にしては小柄な方だということになる。あんな少年が、弁護士事務所の秘書を名乗って三百万もの大金を受け取ろうとするとは。普通に考えても不自然だし、簡単に見破られそうなものなのに、それでも彼は犯罪に手を染めた。

何のために。

あれこれと考えているとき、外から戻ってきた巻さんが勝又主任を呼んだ。

「外に、丸崎さんが来てますよ。地裁に来たついでに寄ったんですって。コーヒーでも飲まないかって」

主任が「おう」と立ち上がる。今度はかのんが、鈴川さんにつつつ、と椅子ごと近づいていった。

「ねえ、丸崎さんって？」

鈴川さんは、調査官室を出ていく勝又主任の後ろ姿を見送りながら「県警の人」と答えた。

「あれ、知らない？　意外といい男よ。どっちかって言ったら爽《さわ》やか系の」

裁判所の建物は、地裁と家裁が同居しているから、家裁で扱った人が今度は地裁に用があって見かけることもあれば、その逆もあり、また、ひょんなところで顔見知りの警察官や児童自立支援施設の人などに出くわすことも珍しくない。よく見る顔だなと思っていると「あれは新聞記者だよ」と教えられることもある。

「その丸崎っていう人が、かのんちゃんに回ってきた件を担当したみたいよ」

ふうん、と頷いた後、かのんはぱっと閃《ひらめ》いて席を立った。小走りに勝又主任の後を追って廊下に出たところですぐに主任と喋《しゃべ》っているジーパン姿の男性と目が合った。なるほど、鈴川さんの「爽やか系」という見立ても、そう間違ってはいないなと思いながら、とりあえず勝又主任に声をかける。

「あのぅ、そちらの方が、大藤諒の事件を担当されたってうかがったんですが」

勝又主任は思い出したように「そうそう」と頷いて、その丸崎という警察官をかのんにも紹介してくれた。差し出された名刺には「生活安全部少年課」と入っている。

肩書は主任。かのんは自分の名刺も差し出しながら、実は一つ確かめたいことがあるのだがと切り出した。四十歳より少し手前といったところだろうか、飾り気のない雰囲気の丸崎主任は、かのんと名刺を見比べながら「何でしょう」と愛想の良い笑顔になっている。

「丸崎さんは、この大藤諒本人に、お会いになってるんですよね？」

「もちろんです」

「そのときに、何かお感じになりませんでしたか？」

「何かって？」

「そのう――匂い、とか」

「匂い？　大藤から？　何のですか？」

「それが、分からないんですけど」

「え――何だか分からん匂いを、自分に聞いとるとですか？」

丸崎主任は、いかにも愉快そうな表情になって「それやったら、俺にも分からんな」と笑っている。ここで聞き流されては困るから、かのんは真剣に、順を追って説明を始めた。自分の記憶違いでなければ、大藤諒に会ったことがあること。身体がぶつかったときに、何とも言えない匂いがしたこと。これまでに嗅《か》いだことのない匂いだっただけに、なぜか強く印象に残っていること。

すると、最初のうちは面白そうにふんふんとかのんの話を聞いていた丸崎主任の顔つきが変わってきた。ちょっと劇画を連想させるほど太くくっきりとした眉と眉の間に、縦皺《たてじわ》が寄り始める。

「本当に、中途半端《はんぱ》な説明で申し訳ないんですが、どうしても気になって仕方がなかったんです。何て言ったらいいのか——蚊取り線香でもないし、畳とも違うし、もちろん煙草や葉巻とも違っていて、でも何か草っぽいというか、そこにちょっと甘みたいなものがあるというか——」

そこまで話したところで、丸崎主任は「分かりました！」と、こちらが少しばかりたじろぐほどの目ヂカラで、かのんを見つめた。

「ガサ入れした担当に聞いてみます。場合によっては、もう一度、令状を取ってやり直しますから」

急に意気込んだ表情になられたから、かのんの方が腰が引け気味になった。家宅捜《ガサ入》索《れ》するような話なのか。

「あの、あの匂いって——」

丸崎主任は「おそらく」と眉間の皺をさらに深くした。

「葉っぱでしょう」

「――葉っぱ？」

「大麻ですよ。するとヤツは、それで金が欲しかったのかもしれんな」

一瞬、やはりという思いと、まさか、という思いの両方が交錯した。

あれが大麻の。

今も記憶に刻まれている匂いを改めて思い出している間に、勝又主任にぽんぽんと肩を叩かれた。

「さすが、庵原調査官。噂に違《たが》わぬ嗅覚《きゅうかく》じゃないか」

「本当、すごいな。一度、嗅いだだけでずっと覚えとるなんて」

丸崎主任も感心したように頷いている。かのんは半分照れ笑いを浮かべながら、だが、もしもこれで本当に大藤諒という少年の自宅から大麻片が見つかったとしたら、彼はさらに罪を重ねることになってしまうのだとも考えていた。

これで、少年の自宅から大麻が発見された場合は再逮捕した上で改めて身柄を送検し、取調をし直す可能性もあるから、今回の調査は一度中断してもう少し時間を下さいと言い残して、丸崎という警察官は慌ただしく帰っていった。

「何だい、コーヒーはお流れか」

勝又主任は苦笑気味に呟くと、手持ち無沙汰《ぶさた》のように調査官室に戻っていく。その後ろ姿に、かのんはつい話しかけた。

「私のせいだって知ったら、少年は恨むでしょうね」

勝又主任は意外そうな表情で振り向くと、そんなことは気にすることはないと言った。

「そういうヤツはいずれ捕まる。第一、庵原さんから情報が漏れたなんていうことは、少年に伝わるわけがないんだから」

それでも気になるのなら、担当を替えることを考えてもいいと言われて、そうは言われても何となく割り切れない気分で調査官室に戻ると、鈴川さんが「あら」とこちらを見た。

「たった今、八代の委託先から電話があったのよ」

かのんが「何か」と言いかける前に、鈴川さんはもう困ったように眉をひそめている。

「少年の姿が、見えなくなったって」

えっ、と言ったまま、頭が真っ白になりそうだった。

4

かのんが鹿児島中央行きの新幹線「さくら」に乗ったのは、翌日の昼前のことだ。昨日、連絡を受けたときはもう午後三時を過ぎていて、その日のうちに帰ってこられる時間ではなかったし、今日の午前中は審判に出席しなければならなかったから、どうしてもこの時間になった。今日も本当は午後から判事への中間報告と、次の事例検討会議に向けての準備をしなければならなかったのだが、判事には事情を説明して分かってもらい、事例検討会議の準備は八代から戻ってからか、または明日以降にでも何とかするしかない。

家裁調査官という仕事は、いっぺんにいくつもの事件を抱えていることと、それらの事件に関係する人に会うことが多いだけに、予定は相当先まで、しかもかなり細かく詰まってしまっている。それだけに今回のように突発的なことがあったときには、身動きが取れなくなるのが厄介だった。無論、こんな出張など、そうあってもらっては困るのだが。

どうして我慢出来なかったのよ。

たかだか、あと一、二週間を。

小林郁人の顔を見たら、真っ先に向けたい言葉が次から次へと浮かんでくる。だが、何より無事に見つかって欲しいという思いが一番だった。ここまできて逃げ出すなどということは考えにくい。だとしたら、事件か事故に巻き込まれたのだろうか。もしも、そんなことになっていたらと考えると、胸が詰まるような気持ちになる。それでは郁人の人生は、あまりにも哀れすぎる。

これから新しい道を歩もうとしている子なのに。

昨晩は不安と心配と、そして怒りとで、ろくに眠れなかった。こうして車窓の外を流れる風景を眺めながら、新幹線の揺れに身を任せていると、脳の真ん中辺りが、じんわりと痺《しび》れてくるようだ。それでも神経だけはピリピリとしていて、とても目をつぶる気にはなれなかった。いつもなら『轟』に着いたら何を食べようかとか、一度、日奈久《ひなぐ》ちくわというのも食べてみたいものだ、などと呑気なことを考えたりもするのだが、さすがに今日はそんな気分にもなれない。

新八代駅からタクシーを飛ばして『轟』に着いたのは午後一時を少し回った頃だ。店は昼食時の真っ最中だけに混雑していて、普段はほとんど客席側で見かけることのない、郁人と同じように補導委託されている少年までが時折、厨房から姿を現しては客が帰った後のテーブルを片づけたりしていた。

「ごめんねえ、私らがついときながら」

奥さんが、かのんに気づくと慌てたように身体を揺らしながら歩み寄ってくる。

「その後、何か分かりました？」

奥さんは力なく首を左右に振りながら、とにかく座れというようにかのんの背を押す。だが、こんな混雑時に客席を占領するわけにいかなかった。奥さんたちにしても、かのんの相手をしている余裕はないに決まっている。かのんは少しの間、その辺りを歩いてくると言い残して一旦《いったん》、店を出ることにした。

よく晴れ渡った寒い日だった。吐く息が白く見えて、その息が陽射《ひざ》しの中に溶けていく。かのんは、ふと思いついて『轟』の裏手に回ってみることにした。

店の裏に行ってみると、なるほど雑草が繁《しげ》った手入れのされていない箇所があって、その辺りにはビールケースや日本酒のケースなどが少しばかり乱雑に積み重ねられていた。郁人はあの辺りで仔猫に餌をやっていたのだろうか。

古民家風の店舗と、家族が暮らしている総二階建ての家との間には、庭を兼ねた駐車スペースがあって、そこには家族が使っているらしい車が二台と軽トラックが一台、雑然と駐《と》められている。また、物干し場には見事なほど大量の洗濯物が、ずらりと並んで干されていた。大きいものから小さいものまで、色もデザインも様々だ。老人から子どもまで、七人もの大所帯で暮らしていると、洗い物もこれだけの量になるのだなと、つい感心させられる、ある意味で壮観な風景だった。玄関脇には子ども用の自転車やキャスターボード、それにバスケットボールなどが転がっていた。

さらに母屋の裏の方まで行ってみる。すると、なるほど古びた物置小屋があった。近づいていくにつれ、視界の片隅で、何かがぴょこんと動いた。最初は何かの見間違いかと思ったが、雑草の間を、ぴょこん、ぴょこんといくつも動いている。よく見ると、それは、まだほんの小さな仔猫たちの耳や尻尾だった。四匹、いや、五匹、毛糸玉のような仔猫たちが陽だまりで遊び回っている。

「郁人さんに助けてもらったのは、あんたたちなの？」

つい話しかけていた。仔猫たちは人慣れしている様子で、かのんが近づいて屈《かが》み込んでも逃げる気配もなく、手を差し出すと、興味津々で指先に顔を寄せてくる。

見回すと、物置小屋の前には引き出し式の衣装ケースらしいものの、外箱だけが置かれていて、その中に古いバスタオルなどが敷かれていた。どうやら仔猫たちは、そこをねぐらにして暮らしているらしい。箱の前には深皿が二つ。一つには水が満たされていて、もう一つは空っぽだった。

小さな猫たちは、全体にグレーと白の入り混ざった柄が多かったが、五匹それぞれに模様が違っていて、二匹でじゃれ合いながら転がっている仔猫もいれば衣装ケースを出たり入ったりしている仔猫もいる。かのんの靴に興味を持ったのか、しきりに匂いを嗅ぎにくる仔猫もいた。

こんな仔猫たちを残して、姿を消すはずがない。

それなら、あの子はどこへ行ったのだろうかと、改めて思う。この辺りに親しい人が出来たとも聞いていないし、行くあてがあるとも思えない。第一、暮れも押し迫ったこの季節に、どこでどうやって一夜を明かしたのだろうか。

雑草をちぎって猫じゃらし代わりに振ってみると、それに気づいた一匹が草にじゃれつき、それをまた別の仔猫が眺め始める。そのあどけない様子が可愛くて、しばらく夢中になっていたら、「庵原さん、ここにおったんですか！」という声が突然、背後から聞こえた。ジーパンにエプロン姿の若奥さんが、膝に手をついて息を切らしている。

「どこまで行っちゃったとかと思った」

「あ、すみません」

「今ね、警察から電話があって」

かのんは慌てて立ち上がった。

「警察？　どこの警察ですか？」

「それが、熊本の――」

「熊本？　私、すぐ迎えに行きますっ」

ようやく呼吸が整ったらしく、若奥さんは背筋を伸ばして大きく息を吐き出すと、顔の前で大きく手を振った。

「もう今、うちの人が車で迎えに行きましたから。もしも庵原さんが行って、家裁の人が関わっとるって分かったら、余計なことまで説明せなんくなって、きっと手間取るだろうからって」

足もとにじゃれついてくる仔猫を避《よ》けるように足を踏み出し、かのんは若奥さんに歩み寄った。

「それで、郁人さんは何をしたんですって？」

若奥さんは半分呆《あき》れたような顔で、小林郁人は「帰る金がない」と言って、交番に立ち寄ったらしいと言った。

「いつも『万が一のために』って、千円くらいは持たせとるから、行きは何とかなったんでしょうけど、いざ帰ろうとしたら足りんことに気がついたんじゃなかですかね」

「でも、なんで熊本なんかに」

「それは、本人に聞いてみらんと分からんけど」

若奥さんは「やれやれ」というように肩をすくめて小さく笑い、そろそろ店も空《す》いてきたから、中に入ってくれと言った。かのんが素直に従おうとすると、足もとにまた仔猫がまとわりついてくる。

「今朝もちゃんと餌をやっとるんですよ。これだけおると、やっぱりよう食べるわ」

若奥さんは「わかったわかった」などと仔猫たちに声をかけながら、かのんの前に立ってずんずんと歩いていく。

「人の子も猫の子も一緒だわ。小さかうちは、何回も小分けして食べさせんと」

「普段は、郁人さんが？」

若奥さんは「そうそう」と頷いて、店の残り物の魚や肉を柔らかく茹《ゆ》でたり、細かく刻むなどの方法を主人たちから教わりながら、郁人は色々と工夫をして、仔猫たちに餌をやってきたのだと話してくれた。

「お金をかけさせるわけにいかんけん、頭を使えって言われてね。そうしたら、魚や肉をさばいた後に出る捨てる部分とか、お客さんが食べ残したご飯や汁物なんかも別の容器にとっておいて、あとから塩抜きして、柔らかく煮直したり潰《つぶ》してやったりしとるんです。うちの主人なんか、あの子は料理人になるのもいいかも知れんなんて言ってました。意外と、やることが丁寧なんでね」

これまで、郁人自身から料理が好きだなどという話は聞いたことがない。日記にも書かれていたことはなかった。それが、仔猫のためなら努力を厭《いと》わないという気持ちになったということなのだろうか。

「熊本まで、片道一時間はかかるでしょうから、帰ってくるまで二、三時間はかかると思うんです。それまで待っとってもらう感じになりますけど、大丈夫ですか。何なら、戻ってきたところで、こっちから連絡するんでも構いませんけど」

「いいえ、待ちます。すみません、お忙しいのにご面倒おかけして」

若奥さんはちらりとこちらを振り返って、「もう慣れましたよ」と笑う。

「しょうがなかですよね、こういう家に嫁にきちゃったとだけん」

ああ、この人の話も一度、聞いてみたいものだと思った。結婚して、おそらく初めて不良少年たちと関わることになった心境や、その苦労も。さらにまた、主人夫婦が年老いて、自分たちが店を切り盛りすることになったとき、補導委託先として続けるつもりかどうかも。

店に入ると、なるほどもう客の姿はほとんど見えなくなっていて、いつものように奥さんが身体を揺らしながら温かい茶を運んできてくれた。

「熊本の、交番に駆け込んだとだって」

「そうですってね。どうしたっていうんでしょうね」

「いずれにせよ、見つかってよかったですよ。昨日、見当たらんって分かったときには本当に、久しぶりに肝を冷やしたとですよ。これからクリスマスだお正月だっていうときに」

いつも穏やかに笑っている印象の奥さんだが、今日ばかりは表情も曇って、その分だけ年老いて見えた。それでも「ごはん、まだでしょう」と聞いてくれる。かのんが頷くと、今日は注文も聞かずにゆっくりと厨房の方に行ってしまい、やがて運ばれてきたのは、カレーうどんとコロッケだった。千切りキャベツもこんもり添えられて、真っ赤なトマトが色鮮やかに見える。

「昼に仕込んだとが案外、よく出ちゃったもんだけん、今日は私たちと同じ、まかないば食べてもらいますよ。足りんかったらご飯もあるし。だけん、お代はね、今日はナシ」

やがて最後の客が帰っていくと、奥から少年が出てきて、店の暖簾を一旦しまう。

それから店の主人夫婦、若奥さんに続いて、少年たちが奥の席に並んで一斉に「いただきます！」と手を合わせ、かのんに出されたのと同じまかない料理を食べ始めた。するとすぐさま少年の一人が「汚《き》ったねえな」と声をあげる。

「カレーうどんは、汁が飛んだらシミんなって、洗っても取れねえんだからな。俺にまで飛ばすなよなっ」

「うるせえな、お前だって飛ばしてんじゃねえかよ。俺、飯のお代わり、もらいまーす！」

「あ、俺も！」

「飯は逃げんけん、慌てんで食え」

「あ、ちょっと、私の分もお願い！」

少年たちの「はーい」という声が聞こえてくる。何とも賑《にぎ》やかで楽しげな食事風景だ。本当なら、ここに郁人も混ざっているのだなと思う。それが今ごろは熊本の、どの警察にいるものだか。そこでは、パンの一つでも食べさせてもらっているだろうか。

かのんは、自分こそ淡いグレーのニットにカレーうどんの汁を飛ばさないようにと気をつけながら、それでも少年のことを考え続けて箸を動かした。

満腹になれば睡魔が襲ってくる。

「ちょっと、職場に連絡してきますね」

本当は眠気覚ましに店を出て、まずは家裁に電話を入れる。小林郁人の居場所が分かったこと、本人と会って直接事情を聞いた上で帰ると伝えて電話を切ると、今度は薬局かコンビニを探して歩くことにした。滋養強壮剤でも飲まなければ、体力も集中力も保《も》ちそうにない。

やっぱり、二十代の頃と違うなあ。

つい、そんなことを考えながら、十分ほど歩いて見つけたドラッグストアで、少し値の張る方の滋養強壮剤を買い、レジの前ですぐに飲む。レジの女の子がくす、と笑った。

改めて町を歩く。陽はまだ傾いているというほどではなかったが、それでも冬の陽射しは長い影を落とし、柔らかく儚《はかな》げで、吹く風のせいか温もりも感じられなかった。いつも新幹線の新八代駅と『轟』との往復ばかりだから、これだけ通っていながら、他の町並みというものがほとんど分かっていない。しかも、新幹線の駅というのは町の中心部から離れた場所に出来ている場合が多く、こうして歩いてみて初めて、意外なほど近くを球磨《くま》川が流れていることや、住宅地には立派な外塀を巡らせている大きな家が多いことなどが分かった。

そうして小一時間ほども歩いてから『轟』に戻って、店に入る前にもう一度、仔猫たちの様子を見てみることにした。小さな猫たちは衣装ケースの中で、ひとかたまりになってすやすやと眠っていた。

「もう、こっちに向かってるそうだよ」

店に入ると、いつもの作務衣姿の主人が、まず教えてくれた。夕方からの営業に向けて、仕込みに忙しいらしい彼らの邪魔をしないように、かのんはノートパソコンを取り出して資料の整理をしたり、インターネットを覗いたりして過ごすことにした。気がつけば、いつの間にか店内の明かりの数が増えて、再び暖簾を出すために少年が外に出ていくと、開いたドアから入れ替わりに冷たい風が流れ込んできた。外はもう夕闇《ゆうやみ》に包まれていた。

若主人に連れられて郁人が戻ってきたのは、午後五時半過ぎだ。既に夕方の営業が始まって、客も入り始めていたから、かのんは主人たちの自宅を借りて少年と向き合うことにした。

「勝手に飛び出してきちまったもんで、帰っても叱られるだけかと思って、夜明かしした後も、何となく熊本の街ばフラフラしてたらしいわ。そんでも腹は減るし、帰るところってい
やあここしかなかけん、仕方なく交番に寄ったらしかよ。俺らは、後の

ことは店を閉めた後で、ゆっくり聞くことにするけん」

　若主人はそれだけ説明して、足早に店に戻っていく。二階からは、この家の子どもたちがはしゃぎ回っている声が聞こえていた。広い応接間に二人で向き合うと、郁人はいかにも居心地の悪そうな顔で、俯《うつむ》いたまましばらく黙り込んでいる。ふと、少年鑑別所で初めて会ったときのことを思い出した。あの時、彼は「やっと、ゆっくり眠れるところにきた」と言った。鑑別所に入れられて、初めて安心したような、そんな暮らし方をしてきた少年にとって、この家はどれほど温かく感じられることだろう。

「昨日は、どこで寝たの。寒かったでしょう？」

　少年は俯いたまま、小さな声で「マック」と答えた。

「百円で、コーヒー一杯頼んで」

「そこで、夜明かししたの？　まあ、寒さはしのげただろうけど——じゃあ、ほとんど寝てないんじゃない？」

　本当は自分だって滋養強壮剤のお世話になっているくせに、かのんはわざとと言うくらいに明るい表情を作って、「眠いでしょう」と言ってやった。郁人は初めてちらりと顔を上げて、ほんの少し口もとをほころばせた。

「ここの人たちもみんな、今日は睡眠不足みたいよ。郁人さんのこと心配して」

「後で――あやまるけん」

「そうだね。それに、猫ちゃんたちだってお腹空かせてたよ。あの子たちは郁人さんのことを親だと思ってるんだからね」

まあ、猫の餌の方は店の若奥さんが――と話を続けようとした瞬間、いきなり郁人がテーブルに突っ伏した。その肩が、大きく震え出すのを、かのんは見た。

「――母さんが」

「――え？」

「――母さんが、来たんやと思ったんちゃ。俺に内緒で、会いに来たんかなって」

しばらくそのまま黙って肩を震わせていた郁人は、次第に背中全体を大きく震わせ始めた。時折「うっ」「くっ」と嗚咽《おえつ》をこらえる声だけが聞こえてくる。

「そっか――お母さんに似た人を見たんだ」

突っ伏したまま頷いている郁人を見つめながら、かのんは何とも言えない気持ちになっていた。

あんな親とは、自分から縁を切ると涼しい顔をしていたのに。

一緒に暮らした期間も短ければ、愛情に包まれた記憶もないはずなのに、それでも少年は母親を求めていた。来年には十七歳になろうとする少年が、これほど激しく、また苦しげに泣く姿を、かのんは見たことがなかった。

5

「心の中では、ずっと待ち続けてたっていうことか」

勝又主任が、書類が並んでいるラックの向こうで、腕組みをしながら思い切り椅子の背もたれに寄りかかり、大きくため息をついた。巻さんが淹《い》れてくれた温かいコーヒーを飲みながら、かのんもやりきれない気持ちのまま、やはりため息をつくしかなかった。それにしても、何という長い一日になったんだろう。滋養強壮剤だって、好《い》い加減に切れてくる頃だ。

「要するに、お母さんに似た人を見かけて、思わず後を追いかけちゃって、そのまま電車に乗っちゃったんだ。何でその前に確かめなかったのかしらねえ」

既に午後九時を回ろうとしていた。巻さんがこんな時間までいるのは珍しいと思っていたら、事例検討会議のための資料作りに手間取っていたのだという。コーヒーが苦手な彼女は、自前で常備している梅昆布茶を新しく淹れて、その湯気を吹きながら「切ない話だけど」と、彼女にしては珍しくしみじみとした言い方をした。だがすぐに「でも」と、普段の冷静な表情に戻る。

「結局、人違いだったわけなんだし」

『轟』の主人のお使いで、駅の近くまで行ったときに、小林郁人は一人の女性を見かけたのだという。その瞬間に「なぜか」ドキンとしてしまって、母親に違いないという気持ちになったのだそうだ。そこで、女性が八代駅に入っていくのを追いかけて、急いで自分も切符を買い、女性が在来線に乗り込むと同じ列車に乗った。巻さんが言う通りで、その前に傍まで行って確かめてみればよかったものを、ただ遠目に眺めながら「ずっとドキドキしとった」と少年は語った。

「もしも本当に母さんだったら、どうして今まで直接、会いにきてくれなかったのかとか、思って」

その女性が熊本駅で降りたので、自分も一緒に列車を降りて、駅前の横断歩道に出たところで、やっと追い越し様に振り向いて顔を確かめた。

「最初は、あれっと思ったんだそうです。『こんな顔しとったっけ』って。それからやっと、いや、これは赤の他人だって、目が覚めたような気持ちになったって言ってました」

ようやく気持ちが落ち着いた後、疲れ果てたというよりも、諦《あきら》めきったような表情で、少年は、ぽつり、ぽつりと語った。

「毎日、仔猫の世話をしているうちに、考えるようになったんだそうです。仔猫たちにだって本当は母親がいたのになって。自分にだって、本当は母親がいるはずなのにって」

そんなことを考えていたからこそ、見知らぬ女性を母親と見間違えたのかも知れない。母親とは、やはり心の奥底ではそれほど強く求めずにいられないものなのだろうか。それを考えると、かのんは、ふと自分の母親のことを思う。

かのんの実母は、かのんを産んですぐに亡《な》くなった。そのせいで、かのんの中には申し訳ないほど、または腹立たしいほど、ひと欠片《かけら》の記憶も残っていない。さらにその後、父の再婚相手となった今の母は、かのんに一度として何の疑問も抱かせることなく、母としてかのんを育ててくれたものだから、かのんは継母を実母と信じ切って育った。

本当のことを知ったのは、中学三年生の時だ。修学旅行で台湾に行くことになり、パスポートを作らなければならなくなって、戸籍謄本《とうほん》を取って初めて自分の戸籍というものを見た。そして、今の母が継母だと分かったときの衝撃の大きさときたら、なかった。それこそ自分の世界がガラガラと音を立てて崩れ去ったような気持ちにさえなったものだ。とてつもなく悲劇的な気分にもなった。何もかも嫌になりそうにもなったのに「ついうっかり」グレ損ねてしまった。

母という人は、かのんにグレるチャンスを与えない人だった。かのんが物心ついた頃から、常に全身でかのんを受け止めてきた母は、かのんが事実を知った後も、何ら変わることなく、かのんの存在そのものを信じ切っていた。だから、しばらくは一人で悶々《もんもん》としたものの、結局はあの母を悲しませたくないというところに落ち着かざるを得なかった。当時、かのんの愚痴を聞いてくれた同級生の栗林と、いつも二人の散歩につき合ってくれていた栗林の愛犬フレディーのお蔭もあって。自分自身がそういう生い立ちだからか、かのんは家族の愛情や信頼というものに、それなりのこだわりを抱いている。血のつながりだけがすべてではないとも思っている。

「審判に出席してくれるように、私、もう一度、母親を説得してみます」

気を取り直したように言うと、巻さんが「でもね」とたしなめる顔つきになった。

「ここまで、こじれきってる関係を、今の段階で無理矢理に修復させようとすると、逆効果になる場合もあるからね。愛情と憎しみっていうのは、裏返しよ」

勝又主任も席から立ち上がって、凝っているらしい首を左右に回しながらこちらに回り込んで来た。

「少年は、自分がそこまで母親を追い求めていたことに気がついたんだよな。そこに、現実の母親が現れたとして、だ。追い求めていた姿と現実が違うと分かったときの衝撃は相当なものになるだろう。これまで意識さえしてこなかった愛情が憎しみに変わって、一気に火がつきかねんわな」

それもそうかも知れなかった。これまでまったく無関心だと本人も思い込んでいただけに、小林郁人が母を求める気持ちは、心の底では人一倍強く膨れ上がっていたとも考えられる。それが憎しみに変わったときは危険だ。それに、母親には、息子の気持ちは伝わっていないのだ。事実、この半年の試験観察中も、ただの一度も電話すらよこしたことのない人だ。

もしも、かのんが無理にでも審判に同席させれば、あの母親なら最後の最後に、郁人本人に何を言うか分からない。そのことも考えなければならなかった。

「家裁と関わりがなくなってからも、少年の人生はまだまだ続くんだ。どこかで、時が解決するかも知れないさ」

さて、そろそろ帰ろうかと、勝又主任は大きなあくびをしながらロッカーに向かう。そうだ。家裁調査官が少年の人生に関われる期間など、ほんの一瞬に過ぎない。その後の少年たちの人生の中で、それぞれの考え方が変わっていってくれることを願うより他になかった。

「あいつの審判には、親父《おやじ》と俺が行くことにしました。そんで、保護観察っていうことになったら、当分は今んまま、うちで働いてもらうっていうことにします」

翌日の午後、『轟』の若主人から電話があった。

「あいつも一人で知らん街を丸一日歩き回って、色々と考えたとでしょう。他に行くところがなかことも、よく分かっとるし、思い浮かぶところっていったら、俺らの家だけだったって言っとりました」

小林郁人は、これからも『轟』で働きながら、出来れば夜間の高校に行きたいと、昨晩、言い出したのだそうだ。「お願いします」と、膝を揃《そろ》えて丁寧に頭を下げたと語る若主人の声からは、何ともいえない嬉《うれ》しそうな雰囲気が伝わってきた。

「もちろん、猫のことも気になっとるんですよ。たった一日、離れてたっていうだけで、もう今日は、猫たちに頬ずりまでしちゃって」

かのんは受話器を握ったまま何度も「ありがとうございます」と頭を下げ、年明けの審判前には、もう一度必ず会いに行くからと約束をして電話を切った。最後に「よいお年を」と言われた言葉が耳に残った。

よいお年を。

もうそんな挨拶を交わす季節になった。来年は、郁人にとって本当の意味で新しい門出の年になって欲しい。

その日は、昨日出来なかった事例検討会議の準備をすすめるのにも気合いが入ったし、午後に行った少年の保護者との面接も順調だった。

「あの子のお蔭で、私たちも気づかされることが色々とありました」

少年の起こした些細《ささい》な事件をきっかけに、そうやって家族が再構築される場合もある。最初は目をつり上げていた母親が、時を経て穏やかに微笑む様子を見ると、かのんの方もこの仕事をしていてよかったという気持ちになるものだ。

「なんか、ご機嫌じゃない、かのんちゃん」

夕方、少年調査票を作成していると、隣の席から鈴川さんが興味ありげな表情で話しかけてきた。かのんは、つつつ、と自分から椅子を滑らせていった。

「ちょっとこれ、見てくださいよ」

さっき、昼食をとっている最中に、ちょうど栗林から送られてきたゴリラの写真だ。クリスマスバージョンに、キラキラと加工された写真の真ん中で、一頭のゴリラがクリスマスカラーの毛布を頭から被りながら、ぎょろりと睨みをきかせている。

「これがね、ボスなんです。ウペポっていうんですけど」

「かっこいいじゃない！　ウペポねえ」

『風』っていう意味なんですって。スワヒリ語らしいです」

「いいわあ、ウペポ。今度、上京する機会があったら、子どもたちも連れていってやりたい」

かのんは、ちらりと勝又主任の席の方を見て、主任が確かにいないことを確かめてから、「是非ぜひ！」と声を殺して頷いて見せた。

「会いに行ってやってください。栗林も、きっと歓迎すると思いますから」

「本当？　やだ、くりりんさんにも会えるなんて！」

そんな話をして二人でクスクスと笑い合っていたとき、また電話が鳴った。かのんが取ると、県警の丸崎主任からだった。電話を受けたのがかのんだと分かると、彼はすぐに「この前はどうも！」と弾んだ声を出した。

「庵原さんなら話が早いや。出ましたよ、ヤツの家《ヤサ》から。パケに入った葉っぱが！　風呂場《ふろば》の天井パネルの裏に貼《は》り付けてありました。便所のタンクの裏側っていうのは珍しくないんやけど、風呂場とはね」

大藤諒のことだと、すぐに分かった。丸崎主任は、大麻片と共に「巻き紙とパイプ」も見つかったと話を続けた。巻き紙もパイプも、大麻を吸引するときに使用するらしい。

「どうやらヤツは、鑑別所で正月を迎える格好になりますね」

あの休みの日、路地から飛び出してきてかのんにぶつかった少年の姿が改めて思い出された。あそこまで匂いをさせていたのだから、もしかしたら大麻を吸引した直後で、いわゆる「キマッている」という状態だったのかも知れない。最近はＳＮＳを使用しての大麻の売買が増加している。北九州の街角でも、見知らぬもの同士がＳＮＳだけでつながって、「野菜」「手押し」などという隠語で取引が行われているという話だ。

「庵原さんが担当することになりますか？」

「——どうでしょう。判事と、勝又主任とで相談されると思いますが」

「了解です。じゃ、また連絡します。あっ、一応、言っときますね。よいお年を！」

丸崎主任の声はあくまでも明るく、溌剌《はつらつ》としていた。だがかのんの方は、さっきまで鈴川さんと笑い合っていたときの気持ちも吹き飛んで、何とも割り切れないものに変わっていた。

「みなさーん、この時期限定の『苺《いちご》ひよ子』、買ってきましたよぉ」

そのとき、若月くんが、ただでさえ大きな身体を厚手のオーバーで余計に着ぶくれさせて、ニコニコ顔で帰ってきた。かのんは飛び上がるようにして「お茶、淹れましょう！」と声をあげた。こういうときには甘いものに限る。そうして日々を過ごすうちに、もう、御用納めも目前だった。

沈　黙

1

午前中の陽が射《さ》し込む大きな窓の向こうには、レースのカーテン越しに広々とした校庭が眺められた。体操服姿の女子生徒たちが、冬の陽を浴びながら思い思いのペースでグラウンドを走っている。その光景は実に健康的で伸びやかに見えた。

一方、窓を隔てたこちら側はといえば、外の風景とは対照的に澱《よど》んだ重苦しい空気に包まれていた。重厚な本棚やキャビネットに囲まれた応接セットで、庵原かのんの向かいのソファーに並んでいる二人の教員は、さっきから俯《うつむ》いたままだ。右側の男性は膝《ひざ》の上で組んだ両手の指を落ち着きなく動かし、左側の若い女性は、くすん、くすん、と鼻を鳴らしては、しきりにハンカチで押さえている。

「それで」

口を開いたのは、かのんの斜め右に腰掛けている女性校長だった。五十代後半といったところか、白髪交じりのショートヘアをきちんと横分けにして化粧気はほとんどなく、紺色のスーツの襟元から見える白いボウブラウスが清潔感を漂わせている。胸元の小さなピンブローチだけが、ささやかな輝きを放っていた。

「今日は、何をお話しすればよろしいんでしょうか」

校長先生は乾いた唇を湿らせる仕草をした後で、かのんの方を向いた。

「こちらで分かることは照会書に書きましたし、先日おいでいただいたときにも、お話し出来ることはしたつもりですが」

かのんは膝の上にノートを広げながら「はい」と頷《うなず》いた。

「度々お時間を頂戴《ちょうだい》して申し訳ないと思っています。ただ、どうしても今一つ、分からないところがあるものですから」

「何が分からないのでしょう？」

かのんは改めて校長先生を見た。

「お蔭《かげ》様で、常松沙耶香《つねまつさやか》さんの学校での様子などはよく分かりました。ただ、本当におっしゃる通りの地味で目立たない生徒というだけだったのか。そんな風に見えていた彼女の心の奥底にあったものを、お感じになったことはないか、それを知りたいと思いまして」

校長先生は難しい表情のまま「心の奥底」と呟《つぶや》き、はなから諦《あきら》めたように首を左右に振った。

「そんなもの、私たちの方が知りたいくらいです」

この校長は、家裁から送付した「学校照会書」に「特筆すべき問題点などのある生徒ではなかったと認識している」と書いて返送してきた人だ。さらに前回の訪問時にも、かのんは思いつく限りの質問をしてみたが、校長の返答は「知らない」「分からない」というものがほとんどだった。取り立てて特徴のない、目立たない生徒だったの一点張りなのだ。だが家裁調査官としては、それで済ませるわけにはいかなかった。どうにかして問題の根っこを探りたい。そうでなければ、本当の更生の道を考えることは出来ないと思う。

校長先生が、かのんの向かいに座る二人の教師の名を呼んだ。

「いかがですか、先生方。日頃、身近に接してこられた立場として」

さっきからしきりに鼻をすすっている若い女性が担任、男性の方が学年主任だと、紹介を受けている。学年主任の方が無表情な顔を上げた。

「分からんですね」

まるでとりつく島がない。それでも、かのんは四十代くらいの学年主任を見つめた。

「先生は、常松さんがアルバイトをしていたことは、ご存じだったんですよね？」

今度は、彼は小さく頷いて「ただ」と眼鏡のフレームを押し上げる。

「ファストフード店やと聞いていました」

校長先生が「本校は」と口を挟んできた。落ち着いた口調だが、表情には疲労感と共に、明らかに苛立《いらだ》ちが垣間見《かいまみ》える。

「比較的、校則が厳しいんです。アルバイトも禁止はしていませんが、必ず届け出るようにと決められています。髪型や身だしなみについても細かく注意していますし、たとえばピアスの穴を開けるのも禁止です。最も重い処分で退学という罰則規定もありますから、生徒たちは十分に注意して行動していると信じてきたんです」

確かに、校庭を走っている女子生徒たちを眺めても、髪を染めている子もいなければ、長い髪をそのまま風になびかせているような生徒もいない。髪が長い場合は必ず結わえることになっているのだろう。だから、ここの生徒たちは誰もが少し古風に感じるくらい、おとなしげで素朴な印象を受ける。スカート丈一つとっても揃《そろ》って膝丈程度だし、廊下ですれ違うときに会釈《えしゃく》をするだけの躾《しつけ》を受けていることも分かった。

「いじめなどの噂《うわさ》も聞いたことはないですし、あの生徒はいつもグループを作って群れているっち印象しか、ないんです」

学年主任の言葉に、かのんがペンを走らせている間、校長先生が担任の名を呼んだ。

「あなたは、どう見ていたんです？」

担任の女性教員が初めて顔を上げた。会うのは二度目だが、今日は目が真っ赤だ。前回は落ち着いていた人が、さらに時間が経過した今になって、動揺して泣いているとは思えないから、多分、花粉症か何かだろう。すん、すん、と何度か鼻をすすった後で、女性教員はやっと「あの生徒は」とかすれた声を絞り出した。

「もしかすると、なんですが――」

「はい、もしもで結構です」

「意外と、淋《さび》しがり屋なのかな、ち思ったことはありまして――」

「淋しがり屋、ですか」

かのんはノートに「淋しがり屋」と書いて丸く囲んだ。女性らしい見方かも知れない。

「だから、学校でも、いつ見ても誰かと一緒におるし、そのぅ――仮想恋愛やないですけど、彼氏的な、ですか？　そういう対象を求めとったんかなあ、とか」

「なるほど。それで、ああいうアルバイトをするようになったと。では、どうして友だちまで誘ったとお考えですか？」

若い女性教員は肩に長い髪を散らし、手にハンカチを握りしめたまま、首を傾《かし》げる。

「あの生徒の場合、実は推しのアイドルグループがおりまして――」

「それは前回もうかがっていますね」

女性教員は慌《あわ》てたように細かく頷く。

「推し仲間同士で、お小遣いが足りないというような話になったときに、軽い気持ちで誘ったんかなあ、とか」

常松沙耶香が推しているというのは、かのんでも知っている人気アイドルグループだ。最初に熱狂的なファンだと聞かされたときには、今の女性担任の台詞《せりふ》のように、かのんの中でも一本の糸がつながったような気がしたものだ。なるほど、ファンクラブに入るほど夢中になっていたとすれば、それなりにお金もかかることだろう、と。

「では、同じアイドルの推し仲間同士で、仕事を紹介してあげたという意識だ、という感じですか？」

「――違いますかねえ」

「だとしたら、その通りに言ってくれてもいいと思うんですが、常松さんは現在まで、容疑を否認しているんです」

「罪が重くなるからじゃないですか」

校長先生が半ば突き放したような言い方をする。かのんは即座に「いえ」と否定した。

「多くの証言が得られていますから、認めなければ心証を悪くするだけです。それでも彼女は『関係ない』と言い続けているんです」

この学校は既に常松沙耶香を退学処分にしている。それでも未《いま》だに、校長先生の怒りは消えていないらしかった。かのんは「では最後に」と話の方向を変えた。

「常松さんの家族との関係については、何かお聞きになっていることは、ありませんでしょうか？」

女性校長は苛立った表情のまま、さらに眉根《まゆね》を寄せる。

「父親は税務署勤務で、本校では『父親の会』というのが年に一度あるのですが、去年も今年も出席しています。母親も、やはり保護者会などには必ず出席していました。全体に堅実な家庭という印象です」

「では、家族間でのトラブルについては、いかがでしょうか。保護者から、それらしい相談があったことなどはないですか？」

かのんは「つまり」と切り出した。

「もうご存じの通り、常松さんは中学時代にも一度、事件を起こしています。ですから当然のことながら、ご家族も――」

「そのことを知っていれば」

かのんの言葉を遮って、校長先生はいよいよ不機嫌な表情になった。

「本校も、こんなことには巻き込まれずに済んだんです。ですが、個人情報の問題があるからなのか、中学の内申書にも、そういうことは一切、書かれておりませんでしたのでね。もちろん、保護者からそんな話が出たことはありません」

もともとは柔和な顔つきの人なのだろうと思う。だが、年が明けてからのこの数週間というもの、かつて経験したことのない嵐に見舞われて、すっかり翻弄《ほんろう》されてきたことで、校長先生の顔つきも変わってしまったのに違いなかった。無理もない。何しろ平和な女子高から、いきなり逮捕者が出たのだ。それだけではない、加えて七名もの生徒が補導された。学校始まって以来の大スキャンダルだ。

「最近は少子化の影響もあって、生徒数そのものが減っておりますのでね、本校も生徒集めに必死なんです。それでも、まさか少年院に入っていたと分かっていたら、入学を許可することはなかったでしょう。今となってはどうすることも出来ませんが、実に、実に残念でなりません」

「常松は――何をしちょったんですか。中学の時」

細かいことまで知らされていないらしい学年主任が、わずかに身を乗り出してきた。かのんは、ちらりと校長先生の表情をうかがった後で、ソファーの脇《わき》に出しておいたファイルを手に取った。

「中学二年生のときに、強盗致傷の容疑で逮捕されています」

若い女性担任が、今度は手で口もとを覆《おお》った。充血した目に、ありありと恐怖の色が浮かんでいる。

当時十四歳だった常松沙耶香は、父方の祖父母の家に行ったある日、祖母の持ち物である貴金属類を持ち出そうとして物色しているところを祖父に見つかり、祖父を突き飛ばした上で貴金属類を盗んで逃走した。祖父は倒れた拍子に肋骨《ろっこつ》と腰の骨を折る重傷を負ってしまう。その後、外出先から戻った祖母は、起き上がれずにいる夫と簞笥《たんす》の引き出しが開いたままなのを見て瞬間的に泥棒が入ったのだと思い込み、一一〇番したと記録にはある。逮捕されたとき、少女は既に持ち出した貴金属類をすべて知人を介して売り払ってしまっていた。

強盗致傷罪は、成人の場合なら「無期または六年以上の懲役」が言い渡されるほどの重罪だ。当時十四歳だった少女には家裁での審判の結果、六カ月相当の少年院送致という処分が決定した。当時の記録を読み返したところ、常松沙耶香は犯行動機について「お金が欲しかったから」と語っている。今回も、彼女は同じ言葉を繰り返していた。警察での取調でもそうだったし、かのんも既に三度の面接を行っているが、いつも同じことしか言わないのだ。

「だから、お金。そんだけ」

今回の常松沙耶香の逮捕容疑は、売春防止法違反および児童福祉法違反というものだ。彼女は自らも売春行為を行っていただけでなく、売春の斡旋《あっせん》を行っていたのも法に引っかかった。しかも、誘った相手というのが、すべて十八歳に満たないクラスメートらだったことから、二つめの容疑もかけられていたのだった。

2

手口としてはある意味で単純だ。常松沙耶香は、これはと思う同級生を誘っては、アイドルショップや繁華街に遊びに行き、相手がアイドルグッズをはじめとして服や小物などをどれくらい欲しがっているか、また、会話の中から性的なことに強い抵抗を示さないかなどをさり気なく探って、大丈夫そうだと目星をつけた相手を、いわゆるＪＫビジネスと呼ばれるものに勧誘していた。

「私もやっとるんよ。最初はちょっとビビるかも知れんけど、すぐ慣れるちゃ。すごく簡単やし」

普通のアルバイトよりも短時間で高額の収入が得られる。気楽で楽しいことも多いし、「やりよう」によっては月に十万円以上稼ぐことも可能だと言われて心動かされた少女は、おそらく今回補導された生徒以外にもいたと思われる。

沙耶香の誘いに乗った少女たちは、まず元ホストの天河《あまかわ》直樹（二十三歳）のもとへ連れていかれる。現在は半グレの仲間と共に小倉北区の繁華街でクラブ経営などに乗り出している男だが、片手間のような形で独自に非合法の派遣型ＪＫビジネスを行っていた。

ホストをしていただけのことはあって、天河直樹は写真を見た限りでも、なかなか雰囲気のある二枚目風の顔立ちをしている。加えて、とにかく口が達者なのだという。少女たちはそれぞれまったく男性経験がないというわけではなかったが、その相手は同世代がほとんどで、天河に会って初めて「大人の男」を感じたなどと供述している。天河直樹は、そんな少女たちに対して明るく軽やかにアルバイトの内容を説明した。

「簡単なもんちゃ。君くらい可愛《かわい》かったら、もうマジ、ほんの暇つぶし程度で結構いい小遣い稼ぎになるっちゃ」

それは天河直樹がSNSで注文を受けた男性客を女子高生らに振り分け、指定された場所で待ち合わせをさせて、散歩や食事につきあわせるというアルバイトだった。料金は三十分から百二十分まで三十分刻みで決められており、基本料金には手つなぎ、腕組みまでが入っている。そこにハグや添い寝などといったオプションがつくと、料金も上がっていくというシステムだ。無論、飲食やホテル代などはすべて相手が支払う。

本人が納得すれば、その日からでも「気軽に」働き始められるが、ただし「必ず十八歳だと言え」と約束させられて実際にアルバイトを始めると、その後の天河直樹との連絡はすべてSNS上で行われ、金銭の授受に関しても電子決済サービスを使用するという仕組みになっていた。常松沙耶香本人も週に二、三回という頻度でアルバイトを続けていた。常連客も何人か摑《つか》んでいたというし、決められた料金以外に「お小遣い」をくれる中年男性もいた。今回、その中年男性も逮捕されている。

これが本当に散歩や食事をするだけのサービスならば、十八歳未満とはいえ、これほどまでの問題にはならなかったろう。だが、そんな建前通りのサービスによる売り上げは、六割を天河直樹に戻さなければならないシステムになっていたから、つまり少女たちが得られるものは普通のアルバイトと大して変わらない金額と、せいぜい男性と行動を共にする間の飲食代や映画館の入館料、さらに、ちょっとしたプレゼント程度だった。もちろん、それで満足するというなら、それでいい。

ところが、このアルバイトにはいわゆる「裏オプション」というものがあった。男性客の大半は、十代の女の子とただ手をつないで散歩したり、向かい合って食事するだけで満足するはずがなく、少女たちにしても、それ以上の収入を得たいと思うなら「裏オプション」に誘う必要があった。膝枕《ひざまくら》、キス、ボディタッチや下着を見せるところから始まって、男性器に触れ、自慰行為を手伝い、射精させ、最終的には性行為に及ぶまで、客との直接交渉によって決められるもので、内容ごとに値段が設定されている。少女たちはサービス内容が決まった時点で天河直樹に報告し、支払いを受けたらスマートフォンで現金の写真を撮ってまた送り、トラブルが起きそうなときにはすぐに電話する。「俺がいつでも守っちゃるけん」と、少女たちは言い含められていた。

裏オプションでの売り上げは、「表」とは逆に六割が少女たちの収入になった。つまり、本当に稼ぎたいと思うなら、そちらに手を出すしかないのだ。そういう少女たちは、月におよそ十五万から二十万という金額を稼ぎ出した。常松沙耶香などは、三、四十万以上も稼ぐ月があったという。

事件が発覚したのは某日、常松沙耶香の同級生A子が、天河直樹からの連絡により客の男性と待ち合わせしたことから始まる。ＪＫビジネスを始めてまだ一ヵ月もたっていなかったA子は初対面の客とまず喫茶店で会い、そこで客からの申し出により「添い寝」のオプションをつけた。二人でホテルまで行ったところでさらに交渉した結果、最終的に性交に応じることになる。ところが、ことに及んだ後、A子はシャワーを浴びている間に男から学生証の写真を撮られ、年齢を十八歳だと偽っていたことを知られた上に、「これからは個人的に会おう。そうでなければ写真をＳＮＳで晒《さら》す」と脅される。怖くなったA子は天河直樹に連絡するよりも、大急ぎで帰宅して両親にすべてを打ち明けた。慌てふためいた親が警察に相談したことにより本件が発覚したということだ。

A子の供述やＳＮＳの通信記録その他から、ほどなくして天河直樹とA子を脅した男が逮捕された。さらに、常松沙耶香と複数の男性客が引っ張られ、十数人の少女たちが補導された。捜査は今もなお続行中だが、現段階でも上は十九歳から、一番年下は十三歳になったばかりという少女までが補導されている。常松沙耶香が勧誘するだけでなく、天河直樹と個人的にＳＮＳ上でつながってアルバイトを始めた少女もいるからだ。

前科前歴や交友関係から、なかなかの筋金入りと言っていい天河直樹は、意外にすんなりと容疑を認めたという。だが常松沙耶香の方は、自分が売春行為をしていたとは認めたものの、他の少女たちについては「普通のアルバイトだと思って紹介しただけ」と主張して、頑として容疑を否認したため、普通なら四週間が目処《めど》のところ、最長八週間を限度として現在、少年鑑別所に収容されている。その上、鑑別所で健康診断をした結果、妊娠二十五週に入っていることも判明した。

「結局いくら聴いても、単なるアイドルオタクの女の子という見方くらいしか、されてないんですよねぇ」

片手にコンビニ弁当の袋をぶら下げながら正午を回ってから家裁の調査官室に戻ったかのんは、ひとまず自分の席に落ち着くと、椅子《いす》の背にもたれかかって天井を見上げた。さっきまで話を聴いていた、学校の応接室の暗い空気と教師たちの表情が頭にこびりついている。すると、隣の席の鈴川さんが、すっと立ち上がってかのんの肩をぽんぽんと叩《たた》いていった。

「なあに、手こずったの？」

やがて湯気の立つ湯飲み茶碗《ぢゃわん》をかのんの前に置いた鈴川さんは、こちらの顔を覗《のぞ》き込んできた。かのんは淹《い》れたてのお茶をひと口すすって、つい、ため息をついた。

「あの子の心を推し量れるような言葉が、何も聞かれないっていうか。ただ今日は、担任の先生が『淋しがり屋なのかな』とは言いましたけど」

「前の事件の資料は、役に立たないか」

鈴川さんと同じく弁当持参組の勝又主任が、書類棚の上から首を伸ばしてきた。かのんは「そうなんですよね」と浮かない声で答える。当時の記録を読んでも「金銭に対する執着が異常に強い」とは書かれているのだが、そうなった原因については特に触れていない。とにかく小学生の頃から親と不仲になったこと、そのきっかけは父親の財布からお金を抜き出したのが始まりだったことが記されているだけなのだ。当時の担当調査官は、どうしてそうなったかを、なぜもっと調べなかったのだろうかと思う。

「今のままじゃあ、生まれつきお金に汚いっていうことになっちゃうじゃないですかね。確かにケチとか金遣いが荒いとか、多少は性格っていうものもあるんでしょうけど、そんなに子どもの頃からお金に異常な執着を見せるって、やっぱり何か、きっかけとかがあるんじゃないかと思っちゃうんですよねえ」

「その挙げ句の売春だもんね。しかも今回は妊娠までして」

鈴川さんは、毎日自分で作っている弁当に向かい、もぐもぐと口を動かしながら

「うちの子がそうなったらどうしよう」と、宙を見上げている。その横顔に「まさか」と微笑《ほほえ》みかけてから、かのんはようやく姿勢を戻してコンビニ弁当を開くことにした。今日は無難なところで鮭《さけ》ハラス弁当と、デザートは白玉クリームあんにした。

早々に弁当を食べ終えたらしい勝又主任が自分でコーヒーを淹れに立ち、湯気を上げているカップを片手にかのんの背後を通りながら、「それにしても」と独り言のように呟いた。

「今回の事件は、本当に調査面接が多いからなあ。これ以上、増えるようだと他から応援を頼まにゃあ、ならん」

そうなのだ。何しろ事件に関係している人間が相当数いる。主犯はもちろん天河直樹だが、常松沙耶香の果たした役割がかなり大きいことや、大部分が十代の少女であること、常松沙耶香が子どもの父親の名前も明かしていないことなどから、特に慎重に、周囲の人々から話を聞く必要があった。

中でも、何を聞いても「金のため」としか言わない少女の抱える何かが、かのんにはどうしても引っかかって仕方がなかった。面接を重ねる度に少しずつ打ち解けて、好きなアイドルの話などには饒舌《じょうぜつ》になるのだが、事件の話になると頑《かたく》なまでに「金」としか言わないのが、かえって不自然に思える。

彼女の根っこにある何かを突き止めて、取り除かない限りは、あの少女は立ち直りのきっかけを摑めないのではないか。これから生きていく上で、どうしたら自分を大切にすることを学ばせることが出来るのか。鑑別所も医官や技官があらゆる方面から彼女の性格や精神状態などを調べているが、現在までのところ、家族や他者に対する強烈な不信感や、孤独感、自己評価が低いことなどは分かっても、その原因までは突き止められていなかった。だからこそ、かのんも調査官として、どうにかして少女の生き方を変えるきっかけとなるものを探り出したいと思うのだ。そうでなければ、このまま母親になる彼女だけでなく、生まれてくる子の未来にも希望が見出《みいだ》しにくい。

「ただいま戻りましたぁ」

弁当を半分ほど食べた頃、若月くんが眼鏡のレンズを白く曇らせて帰ってきた。かのんたちの「おつかれさま」という声にニコニコと笑いながら調査官室を見渡して、彼は「あ、庵原さん」と、びっくりしたような顔になる。

「なんだ、今日はコンビニ弁当ですか。じゃあ僕も何か買って帰ってくればよかったな」

「ごめんね、戻りが少し遅かったから、もう巻さんと若月くんは、先にご飯食べに行っちゃっただろうなと思って」

「それじゃあ、僕もちょっと行って、何か買ってきます」

「若月くんは、ゆっくり食べてきたら？」

「いや、面接してきた少年のことで、庵原さんにも早く聞いてもらいたいことがあるんで」

そういえば若月くんは、今日の午前中は常松沙耶香に誘われて同じアルバイトをしていた同級生の一人と面接してきたのだった。

少年法上は男女に関係なく十九歳までを「少年」と表現するが、性別で呼ぶならその少女は、客の一人だった三十代男性と特に深い関係になっていて、既に帰宅時間が深夜に及ぶなどの兆候が出ていたために、場合によってはこの先、家出をしたり、やがて別の非行に走る可能性も考えられる「ぐ犯少年」として扱われることになった。そのため現在は、やはり少年鑑別所に入っている。

そういう少女があと一人いて鈴川さんが担当しており、他の少女たちは、それぞれに児童相談所に通告されていた。児相に送られた少女たちについては、家裁では勝又主任と巻さんが窓口になって連絡を取り合っている。児童相談所の方で個別に調べた結果、もしも「家裁送致が適当」と判断される少女がいた場合には、主任たちが担当することになるだろう。つまり、今回の一連の事件に現在、福岡家庭裁判所北九州支部の少年係は総出で取りかからなければならない状態になっていた。もちろん他の事件も同時に複数、抱えているわけだから、四六時中この件のことばかり考えているわけにはいかないのだが、こんなにも総掛かりで扱わなければならない事件も珍しいし、しかも少年に比べてずっと犯罪率の低い女子少年が引き起こした事件ということもあって、どうしても話題は集中しがちだった。

「すぐ、すぐ戻ってきますから」

若月くんは鞄《かばん》だけ自分のデスクに置いて、いそいそと出ていく。鈴川さんが振り返ってその姿を見送ってから、微《かす》かに肩をすくめながら弁当箱のふたを閉じた。

「男性調査官としては、なかなかしんどいんじゃないかしらね、今回の事件は」

確かに、と、かのんも頷いた。少女たちは、客として相手をしていたような男性に向かって、果たしてどの程度、素直に心を開いて語るものか。若月くんにしたって、見た目はともかくとして実際は二十代なのだから、少女と向き合う心情としては、少なからず複雑なものがあるに違いない。

「それで、市川悠花《ゆうか》が言うにはですね」

肉まん二つにカレーまんとピザまん一つずつ、それに五百ミリリットルの紙パック牛乳と野菜ジュースを買って帰ってきた若月くんは、鈴川さんに「どうぞ」と言われて彼女の席を借りると、まず肉まんにかぶりつきながら、鈴川さんがいつもするように、つつつ、とかのんに椅子を近づけてきた。

「常松沙耶香の子どもの父親なんですけど」

弁当を食べ終わり、デザートに取りかかろうとしていたかのんは「うんうん」と頷いた。

「天河直樹なんじゃないかって」

かのんが「えっ」と目を丸くするのと同時に、勝又主任と鈴川さんも似たような声をあげた。こちらの心配をよそに、普段と変わらず食欲旺盛《おうせい》な若月くんにかかると、肉まん一個がほんの三、四口程度で彼の腹に収まってしまう。何分もかからずに一つ目の肉まんを平らげて、紙パックの牛乳をごくごくと飲み、次の肉まんに手を伸ばしながら、若月くんは「間違いないって言うんですよね」と、また話し出した。

「アルバイトを始めた当初から、沙耶香の様子を見ていて『ああ、この子は直樹くんが好きなんだな』と、ぴんと来たんだそうです。それに、彼女たちが使っているSNSとは別の方法でも、天河とは頻繁に連絡を取り合ってたらしいって」

「ちょっと待って」

ふいに聞こえてきたのは巻さんの声だ。皆で若月くんの話に聞き入っている間に、いつの間にか昼食から戻ってきたらしい。

「すると、つまり、こういうこと？　おおもとである半グレ野郎は、自分の彼女に売春をさせてたって。そういうこと？」

「彼女だと思ってたかどうかは分かりませんけどね。常松沙耶香がどういうつもりだったかはともかく、男の方は都合良く遊んだだけかも知れないし」

「それでも妊娠を知ってて、平気でまだ、続けさせてたわけでしょう？」

「そう、ですよねぇ」

「呆《あき》れた――最低！」

もぐもぐと口を動かしながら、若月くんはまるで自分が叱《しか》られているような顔つきになって短い首を余計に縮めている。確かに、警察の調書によれば、天河直樹は常松沙耶香の妊娠に気づいていたと供述している。自分が父親だという自覚があるかどうかは別として、一体どういう神経の持ち主なのだろうかと疑いたくなるのも無理はなかった。首を縮めたまま、それでも口を動かし続けている若月くんを眺めながら、かのんはつくづく、男にも色々といるものだと考えていた。

3

面接室で並んで座っている常松沙耶香の両親は揃って肩を落とし、疲れ果てた表情をしていた。彼らとの面接も、もう三度目だ。

沙耶香の父・常松匡《ただし》は現在四十七歳。北九州市門司《もじ》区の出身で、高校卒業後は青果物卸の会社に就職するものの半年ほどで退社。そこから一念発起して翌年、現在で言う税務職員採用試験を受けて合格し、以来ずっと税務署で働いてきた。中肉中背。面長で顎《あご》が四角い輪郭。見るからに硬くて太そうな髪が多いのが特徴的で、その髪を七三に分けている。顔に艶《つや》はなく、頬の下半分と顎にかけて、髭剃《ひげそ》り跡が青々と見えた。奥二重の小さな目はあまり動かない印象で、全体的に無表情だ。

「今日も午前中、会いに行ってきたんですが」

その父親が、かのんが話しかけるよりも先に口を開いた。

「また、拒絶されました」

宙を見据えたまま、父親は表情を動かさずに大きなため息をつく。隣で母親の方がうなだれた。鬢《びん》のあたりや髪の根元に白いものが目立つから、黒い髪も実は染めているのだと分かる常松容子は、夫と同い年の四十七歳。こちらは山口県下関市の出身で、高校卒業後は博多のデパートで働いていたという。匡とは職場の上司の紹介で出会ったということだ。結婚と同時に退職したが、沙耶香が小学四年生になる頃から生命保険会社の契約社員として働き始めたという。

「本当に一体、何を考えとるんやか」

丸顔に垂れ気味の目もと、鼻は小さく、唇はぽってりしていて、若い頃はなかなか愛嬌《あいきょう》のある顔立ちだったろうと思わせる母親だが、今は全体に小皺《こじわ》が多く、ことに眉《み》間《けん》に一本だけ刻まれている皺は鋭く深かった。

夫婦の間には、沙耶香の四歳上に長男がいて、現在はオーストラリアの大学に留学中だという。こちらは特に問題なく、ごく普通に育ったらしい。

かのんはテーブルを挟んで夫婦を眺めた。どこから見てもごく普通の夫婦だ。だが税務署という堅い職場に勤めていて、娘が二度も逮捕されたとなれば、もしかすると父親の方は社会的立場が危ういのかも知れない。

「『二度と会いたくない』とも、言ってるんだそうです。自分のことはもう放っておいて欲しいと」

その父親が、一点を見据えたままで呟いた。

「馬鹿《ばか》やなかろうか。一人で生きていけるとでも、思っとるんですかね。赤ん坊のことだって考えないけんのに」

かのんは夫婦を交互に見ながら、「それについては」と口を開いた。

「どのようになさるか、お考えになったんですか？」

母親の容子の方が「だって」と口を開いた。

「しようがないですよねえ、うちで育てるしか」

「お気持ちが決まったんでしょうか？」

「こうして親が揃っていながら、施設に入れるっていうわけにも、いけんでしょう。

一応は、私たちの孫になるわけやし」

常松匡が「まあ」と唸《うな》るような声を絞り出す。

「世間の目もあることとやし、籍はどうするかとか、まだまだ考えないけんとは思っとりますが――いっそ引っ越すかとも」

「知らないところに越せば、よそ様の目も、そう気にせずに済むやろうって」

今回の事件は「北九州市内の女子高生」という表現でずい分と報道されたし、噂も瞬《また》く間に広がった。今のネット社会では、そういう人物の正体を暴《あば》こうとする人たちが無数に蠢《うごめ》いているから、沙耶香の名前は、一部ではとうに知れ渡っているようだ。

それだけに、親としても引越まで考えなければならないところまで追い詰められているのだろう。

「それでも、ご両親に育てていただけると分かったら、沙耶香さんも安心して出産出来るんじゃないでしょうか」

夫婦は互いに目を合わせる様子もなく、それでもほぼ同時に、深いため息をつく。

「それを伝えようと思っても、『会いたくない』の一点張りや」

母親が憂鬱《ゆううつ》そうに頬をさする。

「あまり焦《あせ》らずに、ここはまず、手紙を書くなどして、お気持ちを伝えるのがいいんじゃないでしょうか。手紙の方が、かえって率直にお気持ちを伝えられるかも知れませんし」

かのんはそう提案した後、「それで、ですね」と口調を改めた。

「本日おいでいただいたのは、沙耶香さんの金銭感覚について、もう一度お聞きしたいと思ったからなんです」

こういう面接をするとき、当事者に近い人ほど顔から表情というものが抜け落ちるのを、かのんはこれまでにも何度となく見てきた。話が核心に近づくほど、喜怒哀楽のすべてが、すとんと消える。まるで、見えない仮面をつけたようだ。

「いかがでしょう。娘さんがそれほどまでに金銭に執着するようになった理由に、本当に思い当たるところはないでしょうか」

夫婦は能面のような顔のまましばらく身動き一つせずにいたが、やがて父親の方が「何か、ないんか」と、視線も動かさずに呟いた。すると母親が「何かって言われても」と、また頰をさする。

「急にお小遣いを欲しがるようになったとか、そんなことはなかったでしょうか？」

かのんは重ねて尋ねてみた。母親は首を傾げたまま、つまらなそうに視線を落とす。

彼らから最初に返送されてきた保護者照会書によれば、常松沙耶香は通常分娩《ぶんべん》で産まれており、幼い頃から大病なども患《わずら》っていない。知能程度は普通。幼児期から特に父親に懐《なつ》いており、いつも父親が帰宅するのを待ちわびているような子どもだったという。そんな子が小学校高学年になって父親の財布から一万円札を抜き出したところを見つかり、その辺りから家族関係がギクシャクするようになった。その経緯は、前の事件のときの調査記録などが残っているからほぼ分かっている。

「たとえば、沙耶香さんがお父さんのお財布からお金を抜き出すようになったのは、確か五年生くらいのときだということですが」

「最初に気がついたんは、もう少し前からですかね」

父親が重い口を開いた。

「実は、それよりも前から、いざ財布を開いてみて、おや、と思うようなことは、何度かあったんです。やけど、大抵は小銭とかせいぜい千円くらいで、私も、いつも財布の中身を正確に数えとるわけやなかったし、自分の思い違いやろうかと思っとったんです。それが、ある日の朝、あれが私たちの部屋にそっと入ってきて、こっちがまだ眠っとると思ってですね、箪笥の引き出しを開けとるわけです。それで、私の財布から札を抜き出しとるところを『何しとるっ』と叱り飛ばしました。そのとき抜こうとしとったのが、一万円札でした」

「つまり、お父さんが声をかけるよりもずい分前から、そういうことは始まっていたんですね？」

母親の方が「あのう」と瞬《まばた》きを何度か繰り返しながら、意を決したように口を開いた。

「これは、前の事件の時には言わなかったことなんですけど」

「はい、何でしょう？」

「あの子が小学四年生のときに、ですね——ちょっと、色々とあって」

「色々と。つまり、十歳くらいのときですね」

母親は、まだどこか躊躇《ためら》っている風だったが、それでも一度小さく口もとを引き締めてから、再び話し始めた。

「一つには、そのときの、あの子のクラスが結構、荒れてたっていうか——いじめが流行《はや》ったんですよね」

「いじめですか」

「それも何ていうか——リーダー格の子がいて、その子が手下に命令して、他の子たちが順番にいじめられるみたいな、持ち回りのいじめが流行ったときが、あったんです。特に理由なんかなくて、そのリーダーの子の気分次第で」

隣の父親が、珍しく奥まった目をちろりと動かした。かのんも「持ち回りで、いじめ」と広げたノートにペンを走らせた。

「ちょうど身体《からだ》にも変化がある年頃ですから、そういうことをわざと皆の前で言われたりする子もいたみたいです。中には、男子がいるところでランドセルから生理用品をばらまかれたり、筆箱に避妊具を入れられたり。男の子の場合なら教室でパンツまで脱がされて、そのパンツを教室の外に放り出されたり」

だが母親は、最初のうちは何も知らなかったのだとつけ加えた。それが、あるときを境に、沙耶香の口数が急に少なくなり、あれほど懐いていた父親とも話をしなくなったことから、何か変だと思うようになった。沙耶香自身もちょうど初潮を迎えた頃だったから、不安定になっているのだろうかとも考えたらしい。そうこうするうち、ある日、沙耶香が友だちにプレゼントを贈りたいと言い出したのだという。

「最初のうちは誕生日プレゼントだとか何とか言っていたんですが、あんまり続くもんで、やっぱり変だと思って問いただしたんです。今度は誰に、何の理由で贈りたいのって。そうしたら渋々、その、いじめのリーダー格の子と、子分の何人かに贈り物をしたいんだって白状しました。そうすれば、いじめられずに済むからって」

その時点で沙耶香は既に一度か二度、いじめを経験していたらしい。「またいじめられるのは嫌だ」と泣き出した沙耶香から、母親は初めていじめの実態を聞いたという。

「そげんこと、お前、ひと言も言わんかったやないか」

常松匡が憮然《ぶぜん》とした表情で眉根を寄せた。容子は口を尖《とが》らせるようにして、すっと視線をそらす。

「あの頃は私も保険の仕事を始めたばっかりだったし、お父さんだって忙しかったやない」

だから相談などしている暇はなかったのだと、その表情が語っているように見える。

「それで、お母さんはどうなさったんですか」

「あの子と一緒に買いに行きましたよ。ええと——最初は、色んな種類の可愛い消しゴムをね、買いました。五、六個でしたか」

「最初は、ということは、その後も何度かあったんですか？」

常松容子は当時を思い出す顔つきで、二、三度、そんなことがあったと思うと言った。それから間もなくして、今度は沙耶香は突如としてアイドルグループの記事が載っている雑誌やＣＤを買ってくれとせがむようになったのだそうだ。母親は、眉間の皺を深くして「まったく」と呟いた。

「そのときの、いじめグループですか、その子たちがみんな、推しって言うんですか、ファンになってるからとか、そんなことを言って」

「なるほど、いじめっ子たちがファンになってたんですか」

「そのリーダー格っていうのがねえ、実は、うちのすぐご近所で、しかも、お父さんが市議会議員なんですよねえ。今も」

父親の顔が微かに動いた。思い当たる家があるらしい。

「主人は今もその議員さんと色々とおつきあいがあるし、子ども同士も小さいときから仲良くしてたものですから、それもあって、前の時には言えんかったんですけど」

なるほど、そういうことがあったのか。かのんはノートに「市議会議員の子」と書き込みながら、ふと思いついて、当時、沙耶香には小遣いは与えていたのかと質問した。即座に父親が「当たり前です」と胸を張った。

「三年生の時は三百円、四年生になったら四百円というように渡して、小遣い帳をつけさせとりました」

「でも、そんな額じゃあ雑誌やＣＤなんて、とても買えるものやないですからねえ」

母親がすぐに続きを引き受ける。

「ずい分と『買って』『我慢しなさい』っていうやり取りをしたと思いますよね、あの頃は」

最初の頃は貯金していたお年玉などから買っていたようだが、次第に母親にねだるようになり、母親は「いじめ」のことも頭にあったから、結局は根負けしたという。夫に知られては面倒だと思い、自分の収入からやりくりしては買い与えていたのだと語った。

「おまえが、そうやって甘やかしたけん、歯止めがきかんくなったんやないんか」

常松匡の顔つきが、明らかに険しいものになった。それに対して母親の方は、眉間の皺をさらに深くして、そっぽを向いてしまう。かのんは二人の様子をちらちらと眺めながら、自分のノートに書き連ねた「いじめ」「プレゼント」「アイドル」などといった文字を見つめていた。それらの文字から少し離れたところに「父親」とも書いている。

父親っ子だった少女が、あるときから突如として距離を取り始め、ほぼ同時に学校ではいじめに巻き込まれ、また一方でアイドルファンになっていく。おそらく十歳くらいのとき、常松沙耶香の身には、自分の力では処理しきれないくらいに様々なことがいっぺんに起きたのだろう。ちょうど自我が芽生え始める頃に、最初は学校でのいじめから逃れるために貢《みつ》ぎ物を続け、アイドルを推すためにグッズを買うようになり、そのうちに金を使うことそのものに快感を覚えるようになった。高じて祖父母の家から物を盗み出すことになるのだが、そこまでは、分からないでもない。

でも、そこから売春に一足飛び？　友だちまで引っ張り込んで。

「何かちょっと、どこか違うような気がするんですよねえ」

どうしても引っかかる。昼食時でも、仕事帰りにビールでも呑《の》んでいこうかとなったときでも、ついつい頭は常松沙耶香のことに向かい、かのんは勝又主任や職場の仲間たちを相手に、同じような話ばかり繰り返す日々を送った。

4

常松沙耶香の事件に関わっている間にも、同時並行する形で、かのんたち家裁調査官は、それぞれに割り振られた事件を片づけていく。この数週間で、かのんは窃盗《せっとう》を働いた十六歳の少年と、学校で先生を殴った十五歳の少年、たった一人で改造バイクを暴走させた十六歳の少年などに対する処理を終えた。他に、のぞきが一件と、喧嘩《けんか》が一件、さらに、もうすぐ審判を控えている強盗事件が一件と、教育的措置として老人養護施設へ車椅子清掃のボランティアに行く少年に同行する日も予定されている。

「あの子はもう、本当にふにゃふにゃだわ。大藤諒は」

そんなある日、鈴川さんが、やれやれといった表情で鑑別所から戻ってきた。かのんは「お疲れさま」と、彼女のためにコーヒーを淹れに立った。

「主体性っていうものが、まるでないんだわね。だから、人からすすめられれば大麻でも何でもやっちゃうし、『小遣い稼ぎになる』って言われたら、ろくすっぽ考えもせずに詐欺《さぎ》の手先に使われる。いいか悪いかなんて考えてやしないのよ。親も立派だし、兄姉も優秀なもんだから、完全にいじけてるし」

鈴川さんは「ああ、温《あ》ったまる」と目を細めながら、かのんの淹れたコーヒーの湯気を吹く。

特殊詐欺の受け子として逮捕され、その後、大麻所持でも再逮捕された大藤諒という少年の件は、かのんも無関係だという気がしていない。偶然にせよ、街で行き合った少年が、これまで嗅《か》いだことのない匂《にお》いをさせていたことに気づいたのがかのんだった。そのことから、はじめは詐欺未遂容疑で逮捕されたのに、後になって大麻所持も発覚したという経緯があるからだ。それだけに、当初はかのんが担当するはずだったが、万に一つも相手がかのんを覚えていた場合には差し障《さわ》りがあると判断されて、鈴川さんの担当になった。

「親としては、弱くて甘ったれの末っ子を突き放すことで自立心を持たせたかったんだろうけど、完全に裏目に出たっていうことね」

結構、人格者の両親なのにねと呟く鈴川さんは、年齢はかのんと一歳しか違わないが、大学を卒業してすぐに国家公務員試験を受けて家裁調査官への道を歩み始めた人だ。対してかのんの方は、大卒後は一度、大手のホテルに就職した。もともと人に喜ばれる仕事につきたいという思いが強かったこともあって、当時の夢はブライダルプランナーになることだった。ところが現実はそう甘くなく、配属された先は営業で、何度か異動を願い出たものの受け入れられないまま、結局、三年で見切りをつけた。そこから心機一転、家裁調査官を目指すことにしたから、少し遠回りをしたことになる。調査官としては鈴川さんより四期ほど遅れている分、彼女から学ぶべきことは多かった。

「ああいう子は、成人するまできっちり保護観察するのがいいような気がするなあ。知能だって少し低い程度だから、その点をちゃんとサポートして、正しくリードしてくれる人と出会えればいいんだけどねえ」

仕事の手を休めて「なるほど」と感心して聞いていたら、巻さんから「電話よ」と呼ばれた。

「常松沙耶香が最初の逮捕前に行ってた中学から」

かのんは慌ててデスクの受話器を取った。

「お問い合わせの件なんですが、当時の担任は今現在、海外に行ってしまっているんだそうです」

受話器を通して、耳慣れない声が事務的に話してくる。

「では、その方のメールアドレスでも何でも構いません、連絡先を調べていただけないでしょうか」

「やることは、やってみますが、お約束は出来ませんよ」

「以前の同僚の方とか、きっと、どなたかおいでかと思いますので、何とか、お願いしたいんですが」

受話器を片手に頭を下げては「お願いします」を繰り返し、ようやく電話を切ると、勝又主任が半分呆れたような、またはたしなめるような表情でこちらを見ていた。

「あんまり深追いしても、限度ってものがあるよ」

かのんは「はい」と頷きつつも、でも諦めたくないんだもの、と心の中で呟いていた。常松沙耶香が鑑別所に収容されている期間が長くなった分だけ、こちらも時間的猶予《ゆうよ》が出来たことになる。だから、時間が許す限りは調べたい。

面接に行く度、鑑別所から支給されているスウェットの上下を着て面接室に現れる沙耶香は、最近はかのんの顔を見ると、曖昧《あいまい》ながらも笑みを浮かべるようになった。

「体調は、どう？　気持ちが悪いのは、もう収まってきた？」

「うん、普通んなった」

「よかった。赤ちゃんも順調みたいね」

沙耶香は仕方なさそうに頷く。この子は、未だに自分の妊娠を受け入れられていないのかなと、その顔を見るたびに思う。

「ご両親からの手紙は、読んでる？」

「読んどるけど――べつにっち感じ」

基本的には母親似なのだろう、丸顔で少し目尻《めじり》が下がっている顔立ちは、むしろ年齢よりも幼く見えるくらいだ。だが、その表情は実年齢とも顔立ちとも遠く隔たって、時としてふてぶてしい中年女性のようにも、またはすべてを諦めきった老婆《ろうば》のようにも見えることがあった。ことに瞳《ひとみ》には暗い影が宿っていて、時折こちらがゾッとするほど冷え冷えとしたものが感じられる。かのんには、それが少女が抱いている強烈な不信感と、何とも言えない哀《かな》しみのようなものに思えてならなかった。好きで売春など続けていたわけではない、友だちを誘っていたわけでもないと、その瞳を見るたびに感じるのだ。

「ご両親が沙耶香さんのこと、すごく心配してるのは、分かってるよね？　お腹《なか》の赤ちゃんのことも。それでも、まだ会うつもりにならないかな」

沙耶香は面接室の机に正対せず、決まって少し身体を斜めに向ける格好で、つまらなそうに唇を尖らせる。

「べつに心配してくれとか、頼んどらんし」

「また、そんな。親なんだもの、心配に決まってるじゃない？　それに、とにかく沙耶香さんに会いたいんだって」

「ウザいんですよね、まじ」

「じゃあ、生まれてくる赤ちゃんはどうするの？　今のままだと、あなた、最悪の場合は少年院に入っている間に子どもを産まなきゃならなくなるかも知れないのよ。そうしたら出院するまでは誰かに育ててもらわなきゃならないこと、聞いてるよね？」

沙耶香はさらに唇を尖らせた。

「あるんやろ？　そういう施設。産んでも育てれん人とかが、預けるみたいな」

「あるにはあるけど——そういうところに預けるつもり？」

「しょうがないですよね」

「その後は？」

そこまで尋ねると、沙耶香は今度は口をへの字に曲げて、そっぽを向く。

「その後のこととか——」

途中で言葉を途切れさせて、常松沙耶香は急に毅然《きぜん》とした表情でこちらを見た。

「とにかく、うちの親には渡さないから。特に——」

「特に、なあに？」

「何でもないっ！」

なぜ、こんなにも頑なのかと思う。そこが沙耶香が抱える一番の問題なのではないだろうか。

「それで、赤ちゃんの父親だけどね」

かのんは、口調を変えた。

「もしかして、天河直樹じゃないかっていう話が、聞こえてきたんだけど」

今度ばかりは、常松沙耶香は視線を泳がせて動揺した表情になった。若月くんが聞いてきた話は、どうやら本当らしい。

「——誰が言ったん」

「それは誰でもいいんだけど——沙耶香さん、あなた、天河とつき合ってたの？」

かのんは、またもやため息をつきたくなった。父親は、おそらく間違いなく刑務所入りだ。そして母親は少年院。そんな環境で生まれる子どもは、果たしてどんな人生を歩むことになるのだろう。

「——何回か、寝ただけ」

「そのときは、避妊はしなかったの？」

「——そういうときも、あったやか」

「そっか——天河は、あなたにとって、どんな人なんだろう」

「まあ――優しい、よ。私の話、聞いてくれたし、『大丈夫っちゃ』っち言ってくれたけ」

「それは、何が大丈夫なんだろう？」

沙耶香は初めて少しばかり考えるように宙を見つめる。

「私が『もうダメだ』っちなって、泣いちゃったときがあって――そんとき直樹くんは『大丈夫っちゃ』っち、よしよしってしてくれた」

「そう――そのとき、何で『もうダメ』ってなったの？」

「色々――全部」

「全部って？」

「何か――推し活も好《い》い加減疲れてきたし、もうそろそろ、全部終わりやか、とか」

かのんは「全部、か」と、彼女の顔をしげしげと見つめた。まるでこれから死のうとしている人の台詞のようだ。

「色々と聞いてみると、もともと沙耶香さんが自分から自然にファンになったのとは、ちょっと違うみたいだよね」

沙耶香は諦めたようにちらりとこちらを見て小さく頷いてから、「気がついてしまったんよね」と長いため息をつく。

「結局いくら一生懸命、追いかけて、どんだけお金かけたって、べつに向こうが何してくれるってわけでもないんやなって。元気とか勇気もらえるとか、そんなん全部、気のせいっちゃ。本当に困ったときに助けに来てくれるわけやないし」

これまで沙耶香から聞いた推しのアイドルへのお金の使い方は、確かに相当なものだったようだ。ファンクラブの会費、コンサートのチケット代、日本全国で行われるコンサート会場まで行く交通費にホテル代。時には中に入っている特典欲しさに同じCDを何枚も買い、次から次へと売り出されるグッズを揃えるためのお金。推し仲間同士でお揃いの服も作る。コンサート会場で使って盛り上がるためのあれこれ。かのんが一度、常松沙耶香の自宅を訪問して彼女の部屋を見たとき、そこは笑顔を振りまくアイドルの物だらけで、まさしく足の踏み場もないほどだった。

「でも今、ここにいる間は、彼らの曲も聴けないし、いつもみたいにグッズに囲まれてもいないじゃない？　淋しくない？」

「べつに——てか、逆にすっきりしとるかな。何か、もう本当に、どうでもいいやって」

沙耶香は半ば気が抜けたような顔つきになって、そう言った。だが、同級生たちを巻き込んだ話になると、彼女はまたも硬い表情に戻って、「あの子たちが勝手にやった」と繰り返すのだった。

その晩は、何日かぶりで東京の栗林《くりりん》とオンラインで話をした。年が明けて早々に、沙耶香の事件を担当することになったから、土日でも調べ物をしたり、急に天気が悪くなって飛行機が飛ぶか怪しくなったり、また家の片付けをしなければならなかったりで、東京にはまるで帰れていない。かといって栗林に来てもらっても相手をしている余裕がなさそうだったから、結局ずっと会えないままだ。

「あいつら、本当に寒がりなんだ」

いつものように、栗林が飼育担当しているゴリラの話から始まった。このところの寒さに風邪などひかせてはならないと、飼育員たちは床暖房を入れたり、餌《えさ》にショウガの粉末を混ぜたりと、色々と工夫しているらしい。

「ウペポは毛布を被《かぶ》ったまんまだし、それをムエジも最近、真似《まね》するようになってさ、お客さんが見たら、ホームレスがウロウロしてるみたいな感じになってるよ」

タブレットの画面越しにワインと焼酎《しょうちゅう》で乾杯して、そんな話を聞いていると、次第に心がほぐれていく。今日も風呂《ふろ》上がりなのだろう、彼は首からタオルをかけたままの格好だ。

「そういえば昨日、一昨日か、あいつが来たんだ。達川《たつかわ》。覚えてる？　中学んとき一緒だった」

「ああ、達川基《もとし》！　一流商社だっけ、エリートサラリーマンになった子でしょう？」

栗林は、お湯割りをひと口飲んでから、その中学のときの同級生が、現在はシングルファーザーになっているのだと言った。

「去年、嫁さんが出てっちゃったんだって。それで今、あいつは実家で三歳の女の子を育ててるらしいよ。あいつそっくりの顔した子の手を引いて来た」

「モトシがシングルファーザー？　そんなことになっちゃってるの？」

それからしばらくは、男手一つで子どもを育てている元同級生の話になり、三十五にもなると、こんなにも人生は色々と変わってくるのだろうかなどと言い合っているうち、栗林はまた「それでさ」と言った。

「達川から聞いたんだけど、納口《のぐち》ゆりっていただろう？　美術の時間に急に手首切ったり、変な薬を飲んだって言って救急車呼んだり、騒ぎばっかり起こしてたヤツ」

かのんはワイングラスを片手に頬杖《ほおづえ》をつきながら、そんな少女がいたことを思い出していた。いつも顔色が悪くて、下からすくい上げるような嫌な目つきで人のことをちろりと見るような子だった。

「その納口ゆりと、最近、偶然会ったんだって。それも、銀座のクラブで」

「クラブ？　あの納口ゆりが、そんなところにいるの？」

「チーママなんだってさ。達川は取引先に連れられて初めて行った店らしいけど、そうしたら向こうから『モトシくんじゃない？』って声をかけてきたんだと」

あの目つきと顔色の悪い少女が銀座のホステスになっているのかと、かのんは「へーえ」と目を丸くした。まるでイメージが浮かんでこない。

「いや、達川も最初は全然、分からなかったって。名前を言われてもすぐには思い出せなかったらしいよ」

「そんなに変わったんだ」

その日は、久しぶりに羽を伸ばしたい気分もあったから、モトシは雰囲気ががらりと変わったかつての同級生に興味と多少の下心を持って、他の店で二人で呑み直すことにしたのだという。

「それで、達川が『本当に変わったな』みたいなことを言ったら、納口が『整形したから』って、さらっと言うんだって」

「整形？　えっ、見てみたい！」

かのんは、空になったグラスにワインを注ぎ足しながら、「それで、それで」と先を促した。時折、種抜きグリーンオリーブを爪楊枝《つまようじ》でつつく。タブレットの向こうでは、栗林が「いぶりがっこだ」と言いながら、いい音をたてて漬物を噛《か》んだ。

「それで、あれこれ話してるうちに、だんだん納口が本気で酔っ払ってきて、『もう昔の私じゃない』とかって言い出してさ。で、そのうち泣き出したんだって」

「なぁに、それ」

相変わらず情緒不安定で人騒がせな子なのだろうかと考えている間に、タブレットの向こうの栗林が消えた。少しすると、新たなお湯割りを作ってきたらしく、再び画面に現れる。

「それからさ――」

栗林は湯飲み茶碗をひと口すると、「これは、ここだけの話な」と前置きした上で、かつての同級生が聞いたという話をし始めた。話の内容そのものも衝撃的だったが、かのんは、それ以上に、にわかに胸を衝《つ》かれたような気持ちになっていた。

「――あの頃に、納口さんがそんな目に遭ってたんだ」

「しかも、相手が実の兄貴だっていうんだから」

「お兄さんからレイプなんて」

「だろう？　それであいつ、あの頃メチャクチャな精神状態になってたらしいよ。本気で死のうとも思ったし、自棄《やけ》になって、高校に入ってからは、それこそ誰とでも寝るようになったって」

　鼓動が速まったのは、ワインのせいではないと思う。まだ二杯目を呑み始めたところだ。それなのに、顔というか、頭がかっかと燃えてくる気がした。

「達川に、『あの頃は自分を傷つけることしか出来なかった』って言って泣いたって」

　それでも二十歳過ぎの頃に出会った人から「魂まで汚れることなんてない」「あんたは何も悪くない」と言われて、彼女はようやく立ち直りのきっかけを摑んだのだそうだ。そして、いっそ生まれ変わったつもりで大金を注ぎ込んで美容整形を繰り返し、今の顔になって水商売の世界に入ったということを、栗林にしては饒舌に話してくれた。

「壮絶だよなあ。達川のシングルファーザーにも驚いたけど、その話には、正直俺も、びっくりしたわ」

「確かに。ちょっと、言葉にならないね」

　そんな生き方をしなければならなくなった同級生と、今夜も一人で鑑別所の壁を見つめているはずの常松沙耶香の姿が、かのんの頭の中でダブって見えた。まさかとは思う。思うが、可能性がないとは言えない。

　父親と、急に距離を置くようになった。

父親の財布から現金を盗んだ。

父親の実家に行ったときに、祖母の貴金属類を盗んだ。

子どもが生まれても、絶対に親には育てさせたくないと言った。

特に——特に、女の子だったら？

あまり考えたくない想像で頭がくらくらしそうだった。

5

「この間ね」

壁に小さな額がかけられている面接室で、かのんは常松沙耶香と向かい合っていた。

沙耶香はいつもの通り、わずかに身体を横に向けている。

「私の、中学時代の友だちの噂を聞いたんだけど——ああ、ごめんね、自分の話で」

沙耶香は相変わらず暗い光をたたえた瞳で、それでも「べつにいいよ」と返事をする。

「すごく妙な子だったのね。お騒がせっていうか。授業中に手首を切ったり、変な薬を飲んだり」

かのんはテーブルの上に置いた自分の手をそっと組みあわせた。少し汗をかいている。

「その子が今どうしてるかっていうと、東京の銀座で、クラブのホステスしてるんだって。美容整形して、すごい美人になって」

「——クラブっち？　キャバクラみたいなところ？」

「もっとずっと、大人で高級な感じ。銀座のクラブのホステスさんっていったら、素敵なドレスとか豪華な和服とか着てね、お客さんも会社の重役とか、偉い人がたくさん来るんじゃないかな」

実は、かのんだって本当のところは知らない。ほとんどイメージで話しているだけなのだが、沙耶香は「ふうん」と頷いている。

「それで、昔はどうして変なことばかりしてたのかって、昔の友だちに話したらしいんだよね。二十年も前のことを」

かのんは「そうしたらね」と、出来るだけ落ち着いた口調で話を続けた。相手から目をそらすまいと自分に言い聞かせている。

「あの頃——家族から性的暴行を受けたんだって」

目尻が下がり気味の、沙耶香の瞳が、ぴりっと震えたのを、かのんは見逃さなかった。

「大好きだった家族に、そういう形で裏切られて――」

「ちょっと――何で急に、そんな話するん」

いつの間にか、沙耶香の唇から色が失《う》せている。机の上に乗せた片方の手は握りこぶしになっていた。かのんは意識的にゆっくりと呼吸しながら、少女を見つめていた。

「――その子はね、高校生くらいからは誰とでも身体の関係を持つようになったんだって。手首を切るのと同じように、自分で自分を痛めつけないと、そのままじゃいられないみたいになっちゃって」

沙耶香の目の下の涙袋が震えている。一点を見つめる瞳に、それまで見ることのなかった激しい揺れが見えた。

「でも、もしも自分が本当のことを言ったら、家族がこわれちゃうからって、苦しくても、黙ってたんだよね」

「――誰のこと」

腹の底から絞り出すような声で、沙耶香が苦しげに呟く。

「誰のこと、言っとるんかちゃ！」

今にも立ち上がりそうな勢いの少女を見つめたまま、かのんは背筋を伸ばして、大きく息を吸い込んだ。

「どうして、そんなに大きな声を出すの？」

「やっ――やけぇ――そんなん、私と何の関係があって――何でそんな話――」

言いながら、沙耶香の呼吸は乱れて、瞳はさらに大きく揺れた。

「すごく、辛《つら》かっただろうなって」

やっと探り当てたという思いと、何とも言えない怒りと絶望感とがない交ぜになって、かのんの中にいっぺんに広がっていく。常松匡の無表情な顔がちらついた。

「辛かったときって、誰にでも一度や二度はあるよね。あなたの場合は、それが四年生の頃だったんだよね？　クラスでいじめとかもあったっていうし、他にも、どうしたらいいか分からなくなるようなことが、あったんじゃないかなって」

沙耶香の、トレーナーの胸が上下している。

「いちばん辛かったとき、誰かに相談とか、出来なかったのかな」

「――出来るわけ、ないちゃ」

沙耶香が初めて、背中から力が抜けたような姿勢になった。

「どうして？」

こんなに必死で誰かから目をそらすまいとしたのは初めてかも知れない。目の奥が痺《しび》れるようだ。

「――出来るわけ、ないやん。そんなんしたって、誰も信じんし――誰にも言わんのぞっち言われとったし」

かのんはゆっくりと「誰から？」と首を傾げた。沙耶香の瞳が、ようやくこちらに向けられた。

「――言えるわけ、ない」

「どうして？」

「そんなん言ったら――」

「誰の心配をしてるの？」

かのんは大きく身を乗り出して「ねえ」と少女の手を握った。握りこぶしになっている彼女の肌は滑《なめ》らかで、なぜだかまだほんの子どもの手のように頼りなく感じられた。

「今は、誰のことも気にしなくていいんだよ。それより、自分のことだけを思って欲しいんだ」

かのんは、自分の手に力をこめた。

「自分をいちばん大切に出来るのは、親でも兄妹でも彼氏でもない、自分自身なの。

分かる？　今までみたいに、自分で自分のことを粗末に扱っていたら、あなた自身が可哀想《かわいそう》じゃない。『今までずっと可哀想だったね』『もう苦しめないよ』って、もうそろそろ、自分に言ってあげてほしいんだ」

かのんの手の中で、少女の手からすうっと力が抜けていくのが分かった。やがて、うなだれた沙耶香から「なんでやか」という呟きが漏れた。

「すごいちゃ。なんで分かったんやろう。これまで誰にも言ったことないのに」

沙耶香は今度は天を仰ぐような姿勢になって、そのまま黙りこんだ。かのんは、少女の白い首筋を見つめていた。そうして何分くらい過ぎたか、ようやくその首筋がわずかに動いて、「庵原さんの、言う通り」という呟きが聞こえた。

「四年生の時に生理が始まって、それから少ししたとき、夜、お父さんが布団《ふとん》に入ってきた日があった——お酒臭くて、髭が、ものすごく痛くて」

最初は何をされるのかまるで分からなかった。だが途中からは、怖さのあまり何の抵抗も出来なかったと、沙耶香は淡々と語った。ただ「誰にも言わんのぞ」と言われた言葉だけが、頭にこびりついたと。

「そのとき、お母さんやお兄ちゃんは、どうしてたの」

「——お母さんは、お風呂。お兄ちゃんは、どうやったかな」

だが、兄はそのことに気づいてしまったのに違いないと、沙耶香は言った。

「やから、高校生になったらすぐに語学留学したいって、出ていった。最後に、『お前もそうしろ』ち言って」

以来、現在に至るまで、兄はほとんど日本に帰ってくることはないという。海外の大学に留学中だとはかのんも知らされていたが、そんな理由からだったとは思いもしなかった。

「あの頃っちさ、何か、本当、すごい嫌なことばっかりあったんよね」

沙耶香の目尻から、涙がすうっと落ちた。

「ちょうど、それまでずっと親友っち思っとった子が、いつの間にかクラスの子をいじめ始めとった。私のことまでいじめるときがあって——あの時、あたし、決めたんちゃ。表面上はうまくやって見せる。やけど、家族も友だちも、どうせみんな裏切る奴《やつ》らばっかりちゃ。やから、もう絶対に信じんって。何なら、こっちから先に裏切っちゃるって」

涙を拭《ぬぐ》うこともせず、沙耶香は、ふうう、という大きなため息をつく。

「うちの父親とか、いつだって『お金の価値を理解しろ』とか言っとったくせに、そんなヤツが何やっとるんかちゃって——やから、そんならあたしは父親から、ああいうことされた分、金をもらえばいいやって」

　それが最初の非行につながった。さらに沙耶香は少年院を出た後に新しく転校した中学の頃から、SNSで知り合った相手に売春まがいのことをするようになったとも語った。何より家にいたくなかったし、自分の身体など、どんなことになってもいいという気持ちだったという。

「だから、友だちのことも誘ったの？　売春だって分かっていて」

「それは、『どうしたらもっと儲《もう》けられるん』とか『もっと稼ぎたい』とかっち聞いてくるけ教えただけ。やし、直樹くんが喜んでくれたし――褒めてくれたけん」

　沙耶香の手が、かのんの手からするりと抜けたと思ったら、彼女は机に突っ伏して「もう、いややぁ」と、くぐもった声を出した。

「分かっとるんちゃ。ウリで稼いどる女の子を本気で彼女とかに、するはずないっち。それでも『大丈夫っちゃ』って言ってくれるのは、直樹くんしかおらんかったんやもん」

　かのんは、突っ伏したままの沙耶香の髪を、そっと撫《な》でた。このまま泣き出すのではないかと思ったが、沙耶香はそのままじっと、ただかのんに身を任せている。しばらくして、ようやく「あーあ」と顔を上げたとき、沙耶香は、どこかぽかんとした顔つきになっていた。

「──話しちゃったよ」

「よく、話してくれたね」

沙耶香は、気が抜けたような表情で、まだぼんやりとした顔をしている。

「あたし、これから、どうなるんやか」

かのんは、「そうだねえ」と自分も大きく息を吐き出した。

「とりあえず、目の前のことから一つずつ片づけていこうか。まずは、元気な赤ちゃんを産めるように身体に気をつけながら、今、沙耶香さんに出来ることを考えていこう」

「──赤ちゃんかあ」

沙耶香が自分の腹部に手をやるのを、そのとき初めて見た気がした。

「やっぱり、放ったらかしにされたら、可哀想よね──赤ちゃんは、何も悪くないんやもんねえ」

そうだよ、と頷いてから、かのんは改めて彼女に「ところでね」と話しかけた。

「沙耶香さんは、今でも、これまでの家族のままでいたいと思ってる?」

彼女は即座に「無理」と首を左右に振った。

「もう、あいつに会いたくない。二度と」

「それなら、お母さんのことは？　どう思ってる？」

沙耶香は、初めて母の存在を思い出したような表情になって、母親のことはべつに嫌いではないと言った。むしろ好きだし、一緒にいたいとも思うし、可哀想だとも思っていると。その上、自分がこんなことで捕まったのだから、申し訳ないとも言った。

その答えを聞いて、かのんの腹が決まった。

「あの子の根っこには、そんなことがあったのか」

家裁の調査官室に戻ってすべてを報告すると、まず勝又主任が「なるほどなあ」と唸るような声を出した。

巻さんも「まさかねえ」と言ったまま、しばらく宙を見上げている。

「それにしても、よくそんな話を聞き出せたもんですね」

若月くんが、いかにも感心したように眼鏡の奥の丸い目を瞬《しばたた》かせたから、かのんはつい「栗林が」と口にしてしまった。

「たまたま昔の同級生の話をして、それがちょっと似たようなケースでね、聞いてるうちにピンときたっていうか」

勝又主任が待ってましたとばかり「クリリンくんか」と表情を輝かせた。

「いやぁ、最近、話を聞かないからどうしたのかと思ってたんだ。彼は、あれか。ゴリラのことだけじゃなくて、人の心もよく分かるのか」

「いやいや、偶然ですから」

しまった、ここはどうやって話題をそらそうかと考え始めたとき、鈴川さんが「それで」と口を開いた。

「どうします？　これから」

勝又主任はすっと真顔に戻って、本当のことが分かった以上、目をつぶっているわけにはいかないだろうと言った。かのんもまったく同感だ。少女が一大決心をして語った真実を、大人は受け止めなければならない。

常松容子から、夫・匡との離婚調停の申し出があったと家事係の調査官から聞かされたのは、それから二週間ほど過ぎた頃だった。

「動きが速いですね」

かのんは鈴川さんとうなずき合った。

常松容子一人を呼び出して、娘の身に起きていたことを伝えたのは、沙耶香と面接した直後のことだ。それまで常に夫婦揃ってやってきた場所に「一人で」と言われて現れた容子は、最初から身構えるような顔をしていたが、かのんの話を聞くと、しばらく絶句した後で「やっぱり」とうなだれた。

「あの頃――何か変だとは思ったんです。ただ、私がそれを認めたくなかった――そんなこと、あるはずがないって、何度も何度も自分に言い聞かせて――」

話しながら、沙耶香の母親はほろほろと涙をこぼした。だがその後は、こうなったからには知らなかったふりは出来ないと、意を決したような表情になった。そして、沙耶香の今後も、生まれてくる赤ん坊のことも、これからは自分が責任をもって考えていくつもりだと言い残して、打ちひしがれるどころか肩をいからせ、憤然として帰っていった。そんな彼女が出した結論が離婚だったのだろう。調停に持ち込まれたのは、おそらく父親の方が娘への性的暴行を否定するなどして、協議離婚に応じなかったのだろうと、かのんたちは話し合った。または、母親が相応の財産分与を要求しているとも考えられる。とにかく、最後に会ったときの常松容子の、あの怒りに満ちた表情は、相当な迫力だった。

「既に別居しているそうですから、審判の席には、父親を呼ばないことですね」

そろそろ判事に提出する「少年調査票」の作成に取りかからなければならない時が来ていた。そこには、常松沙耶香が父親から性的暴行を受けていたことがすべての始まりだと、きちんと書くつもりだ。本当なら父親の罪も、問われるべきなのだ。

「子どもにとっては、長い七年間だったでしょうねえ」

若月くんが、最近ハマっているフリーズドライのお汁粉にふぅふぅと息を吹きかけながら、かのんの背後を通って行く。

「僕なんか、その年頃なんて何《な》ぁんにも考えてない、まるっきりの阿呆《あほう》だったけどなあ」

「それでも今みたいに何とかなってるんだものね。その子も十年後、二十年後に何とかなっててくれることを祈るばかりだわ」

巻さんが、帰り支度を始めながら立ち上がり、たまたま、かのんと目が合って、にやりと笑う。

「彼女が庵原さんの年頃になるときには、もう高校生のお母さんっていうことだもんね」

「うわっ、そうだ！」

そこまでは考えていなかった。未だに子どもを産むかどうかも決めかねている身としては、少しばかり厳しい現実を突きつけられた気分だ。

「人生なんて思った以上に早く過ぎるからね。じゃ、お先に！」

さっさと帰っていく巻さんの後ろ姿に「お疲れさまでした」と声をかけて、かのんは再びパソコンに向かった。とりあえず、今は仕事だ。

「庵原さぁん、適当なところまでやったら、帰り『きよかわ』に寄っていきませんかぁ」

若月くんが自分の席から話しかけてくる。

「いいよ。じゃあ、七時までやろうか」

パソコンの画面から目を離さずに返事だけすると、別の方向から「よしっ」という声が聞こえてきた。

「それじゃあ、俺も七時まで、もうひと踏ん張りするか」

振り返ると、勝又主任が嬉《うれ》しそうな顔で袖《そで》まくりする真似をしていた。

誘ってないんだけどね。

そういうところが、まあ、ちょっと可愛いということにしておこう。それにしても今度、東京に帰ったら、栗林には彼が無意識のうちにあげた手柄について聞かせてあげようか、それとも、この季節に美味《おい》しい北九州の牡蠣《かき》かアワビでも買って帰る方がいいだろうかと頭の片隅で考えながら、かのんはパソコンの画面を見つめ続けた。

かざぐるま

1

少年が目の前に現れたとき、彼の周囲だけが、ぱっと明るくなったような気がした。

「こんちはー」

ごく淡いグリーングレーに塗装された簡素な部屋の中に立ち、それなりに洗いざらした感のある支給品のトレーナーを着た少年は、白い歯を見せてにっこり笑っている。その屈託のない表情に、庵原かのんは一瞬、出鼻を挫《くじ》かれた気持ちになった。

「ご苦労さんでーす」

馬鹿《ばか》に礼儀正しく一礼して、少年は「失礼しまーす」と椅子《いす》の背を引く。手に巻かれた白い包帯がまぶしく見えた。そうして椅子に腰掛けると、少年はまたにっこりと笑う。つい、こちらまでつられてしまいそうな、いかにも人なつこい笑顔だ。

へえ。

こういうのをオーラと言うのだろうか。だが一方で、少年は自分の笑顔が大人の心を動かすことを十分に承知しているような、どことなく小賢《こざか》しげな雰囲気を持っている気もする。

「雨ん中、大変やったでしょう。こっちは来てもらうだけやけいいんやけどさ」

妙に如才ないことを言う。それにしても、形のいい額と、実に真《ま》っ直《す》ぐで澄んだ瞳《ひとみ》をしている。ここで、こんな瞳と出会うとは思わなかった。

もともと主に十四歳から十九歳の少年が、何らかの事件を起こして逮捕されたからこそ入れられるのが少年鑑別所だ。その先に待っている審判次第では少年院行きになる可能性も少なくない。ここまで来てしまう少年たちの多くは、罪を犯した背景に必ずと言っていいほど複雑な事情を抱えている。生い立ちや家庭環境、幼い頃からの孤独や怒り、大人への強烈な不信感などといったものが折り重なった結果として、事件を起こす場合が大半だからだ。そういった鬱屈《うっくつ》した思いが、少年の瞳を曇らせ、暗く沈んだものにする。しかも、鑑別所に入れられた直後ともなれば、親からも友だちからも引き離されて一人になった心細さと、これからどうなってしまうんだろうかという不安とで、通常なら相当にどん底気分に浸りきり、しょげかえっているものだ。

それなのに、何なんだろう、この子は。

髪型は流行《はや》りのツーブロックで、上半分はところどころを茶色く染めたツイストスパイラルパーマ。アーモンド形の瞳は大きすぎず小さすぎず、涙袋がふっくらとしている。鼻筋は通っているし、唇も厚すぎず薄すぎず、一見したところ、どちらかといえば優しげな印象の面差しだ。こんな少年が本当に四人の少年と一人の成人男性を相手に暴れまくり、何人かには入院しなければならないほどの重傷を負わせたとは思えないくらいだった。だが、その証拠が彼の拳《こぶし》に巻かれた白い包帯であり、おそらくトレーナーの下は、腕と言わず脚と言わず、打撲痕《こん》や擦過傷が出来ているはずだ。それに、よくよく見れば顎《あご》には微《かす》かな傷痕《きずあと》が見える。おそらく以前の喧嘩《けんか》のときにつけたものだろう。もったいない。

「一応、確認のために名前を言ってもらえるかな」

「七堂隼《しちどうはやと》、十七歳！　生年月日も？」

「それは、いいわ。私は家庭裁判所調査官の庵原かのんと言います。これから審判が開かれるまでの間、何回かこうして面接することになりますが、出来る範囲で構わないので、思った通りのことを聞かせて下さいね」

とりあえずは型どおりの挨拶《あいさつ》をする。通常はこれが少年と面接する際の最初のやり取りになるのだが、今回は向こうから陽気に挨拶などされて、どうも調子が狂った。

「それでは」と気を取り直そうとしたとき、少年が「ねえ」とわずかに身を乗り出してきた。

「俺、何ち呼べばいいと？」

「——え？」

「お姉さんのことちゃ。何ち呼ぶのがいいんやか」

この質問は時々、受けることがある。

「調査官、でもいいし、名前でもいいわよ」

少年は「じゃあさあ」と、楽しげに頬杖《ほおづえ》をついて、じっとこちらを見つめてくる。

「かのん」

「——は？」

「気に入った、その名前」

まあ、呼びたいように呼んでくれて構わないのだが、まさか傷害容疑で逮捕された少年から、会うなり名前で呼ばれるとは思わなかった。第一、それほど離れていない距離から、こうも真っ直ぐに見つめられると、ついたじろぎそうになる。

「ねえ、かのん」

「出来れば、名字で呼んでもらえないかな」

「何でさ。あ、ひょっとして照れとるん？」

「そういう問題でなく」

「ねえねえ、かのんって彼氏、おる？　俺んこと、どう見えとる？」

「プライベートなことはノーコメント。君のことは、十七歳の不良少年に見えるわね」

すると少年は「えー」と、パーマのかかった髪に手をあてて、身体《からだ》をのけぞらせるようにして笑っている。

「男としてっちことちゃ」

「男として？　君を？」

「俺にはさあ、かのんは一人の女に見えるんよね。最初に見た時から」

呆気《あっけ》にとられるようなことを平然と口にする。かのんは「見えなくていいから」と、出来るだけ平静を装《よそお》って、鞄《かばん》からノートや資料を取り出した。その間も、少年は楽しげにこちらを見ている。

「かのんちさあ、俺が初めて抱いたお姉さんと、ちょっと似とるんだよな。俺、あんときまだ中一よ。そんで、向こうは大学生やったんちゃね。向こうから声かけてきてさあ——この話もっと聞きたい？」

顔立ちも含めて妙な色気があると思ったら、ずい分と早熟なのだな、と納得した。しかも女子大生が相手とは、声をかける方もかける方だ。

「ねえ、かのん——」

「私、年下には興味ないんだよね」

「ちっ」と舌打ちをして、今度は半ば探るような薄笑いを浮かべる少年は、逮捕前まで建設作業員をしていた。高校は入学して一週間でやめたそうだ。その後すぐに傷害で逮捕されて少年院送りになっている。出院後は解体業、左官見習いなどを転々として、最近になって足場工事職人の見習いを始めたところだったという。

「俺をふったら、後悔するかもよ、かのん」

「どうして？」

「だって、俺っち女には優しいし腕っ節は強いし、一度惚《ほ》れたら、こう、全身でどーんと受け止めるタイプやけさ。それに将来有望で、金の苦労もない」

これから少年院に入れられるかも知れないというのに、屈託なく話す七堂隼は某日、遠賀《おんが》郡遠賀町に所在するショッピングモールの敷地内で、中学時代の同級生が高校生の少年ら数人に取り囲まれているところに出くわし、てっきり元同級生がからまれているものと思い込んでいきなり彼らに襲いかかり、殴る蹴《け》るの暴力を振るって相手に重軽傷を負わせた。さらに、途中で止めに入ったショッピングモールの男性従業員一人にも重傷を負わせている。逮捕容疑は傷害と器物損壊。暴れた拍子に近くに設置されていた自動販売機と看板も壊したらしい。

「ねえねえ、かのんてさあ――」

「名字で呼んでくれないかな」

警察から送られてきた調書やこれまでに起こした事件の記録から、逮捕歴こそ過去に一度だけだが、七堂隼は幼い頃から短気で粗暴な性格のために、同級生や教師などを相手に年がら年中、問題を起こしてきたことは分かっている。だが、まさかこういう態度に出てくるとは思わなかった。

「あれ、かのんの名字っち、何やっけ？　さっき聞いたの、忘れたわ」

「庵原です」

「いよはら？」

「いおはら。さて、と。じゃあ、こっちから質問を始めさせてもらっていいかな」

「いいよいいよ。ばんばん聞いちゃってくれちゃってよ。かのんになら俺、全然、普通に喋《しゃべ》るけん」

小さく深呼吸をしてから、かのんはまず少年が書いた照会書を机の上に広げた。

「ここに来てすぐに、これを書いてもらったでしょう？」

七堂隼は「ああ」と、今度は急につまらなそうな表情に変わる。鑑別所では表情に乏しい少年が多い中で、この多彩な表情の変化も特徴と言えるかも知れない。

かのんは照会書を少年の方に向けて「ここだけど」と指で指し示した。本当ならこの「少年照会書」は、事件を起こした少年が質問項目に対して反省の言葉を書き連ね、少しでも裁判官の心証を良くして処分を軽くしてもらうために利用することも可能なものだ。事実、大抵の少年は、本心ではないにしても「申し訳ありませんでした」とか「二度とやりません」などと書いてくる。

「今回の事件を起こしたことについて、『わるいことはしてない』って答えてるよね？」

「だって、しとらんもん」

「それから、被害者に対しても『てんばつだ』って」

「その通りやけさ」

少年は、まるで悪びれる様子もない。かのんは「どうしてかな」と小首を傾《かし》げて彼の整った顔を覗《のぞ》き込んだ。

「あなたは、一方的に相手に殴りかかって、人に怪我《けが》をさせたんだよね？」

「一方的っていうか——相手がトロいだちゃ。俺の動きは、こう、ズバズバズバッって速《はえ》えけん、それに合わせらんねえヤツは、そうなるんちゃ」

「そうじゃなくて、暴力のこと」

少年は椅子の背にもたれかかって、首を左右に大きく傾けて、ぽき、ぽき、と音をさせている。

「しょうがねえやん。男っちさ、守らなきゃならないヤツのためには、いつだって身体を張るもんなんよ、女には分からんやろうなあ」

「ふうん——つまり、七堂さんは誰かを守るために、身体を張ったっていうこと？」

「決まってんじゃねえ。俺、理由もねえのに暴れるなんちことはせんのよ。いつだって誰かのために闘うけん」

七堂隼はそこで今度は、にやりと笑った。テストの結果、この少年の知能程度は平均よりもやや劣り、軽度の知的障がいがあると判定されていた。言葉だけは達者だが、自分が言っていることの意味を本当に理解しているかどうかは怪しいものがある。計算能力は小学校高学年程度であり、特に抽象的な思考が苦手であることも分かっている。だが、だからといって日常生活に支障はなく、周囲の理解と支援があれば問題なく暮らせるレベルだ。

「つまり、誰かのためにやったんだから、怪我をさせた相手にも悪いことをしたとは思わないっていうことで、いいのかな？」

七堂隼は肩をすくめるような真似《まね》をする。

「身体で分からせないけんヤツっちゅうのが、おるんちゃ。この世の中には」

「だけど、今回のは完全に君の思い違いだったんだよ。高木さんだよね、君の中学の時の同級生」

「おう。高木清人《きよと》な」

「彼は、ただ高校の友だちと、春休みにどこかに遊びに行こうって、立ち話をしてただけなんだって」

「そりゃあ、嘘《うそ》やな。高木っちヤツは、ビビってそげんこと言っとるだけ。あいつはねえ、中学んときからビビリなんよ。だから、守ってやんないけんのよ。俺には分かる」

そういう可能性も、考えられなくはないなと思った。高木清人と被害に遭った少年たちの通っている高校には照会書を送っており、その返事も受け取ってはいるが、一応は高木清人という少年にもう一度、確認をとる必要があるかも知れない。かのんは開いたノートに「高木清人に確認」と書き込みながら、「だけどね」とまた目の前の少年を見た。

「君は喧嘩を止めようとした人にまで暴力を振るってるよね？」

少年は、今度は眉《まゆ》を大きく動かしてそっぽを向く。

「それは、アレちゃ。いきなり『警察呼ぶぞ』とか何とかわめいてきやがったけ、ちょっと黙らせようとしただけ」

ちょっと黙らせようとしただけで、相手が顎の骨など折るものか。どうやらこの少年は、自分に都合の悪い話をされると、とたんに不機嫌になるらしい。

「つまり、七堂さんとしては、自分のやったことは絶対に間違っていないと思ってるっていうこと？」

改めて尋ねると、七堂隼はアーモンド形の目を何度か瞬《しばた》き、まるで思いもしなかった言葉を浴びせかけられたという顔つきになった。

「そんじゃ、俺が間違っとるっちゅうと？　んなこと、あるわけねえやん」

「どうしてそう思うんだろう？　喧嘩で捕まるのは、これが初めてじゃないよね？　間違ってないのに、どうしてこの前も少年院まで入れられたと思う？」

「そんなん知らんちゃ。やけど俺の親は、いつだって俺のこと褒めてくれるよ」

「へえ、そうなの？」

少年は自信満々の表情で「おう」と大きく頷《うなず》いた。

「前ん時だって、親父《おやじ》もおふくろも、俺のやったことは間違ってないっち言ったけんね」

七堂隼は、いかにも誇らしげな顔になり、どうだと言わんばかりに胸を張った。

そのパターンか。

親の方が、かなりやんちゃな育ち方をしていたり、場合によっては暴力団などに関係しているとき、子どもは親の価値観をそのまま引き継いでしまっていることがある。親としては「自分たちもやってきたから」という理屈で、酒でも煙草《たばこ》でも黙認するし、多少の犯罪行為に走っても「それくらい大したことない」とか「弁償すればいい」くらいの観念しか持っていないのだ。こういう家庭では、少年だけでなく親の考え方そのものを改めてもらわなければ、少年が更生するのは難しい。だが、自分たちの価値観を容易に変えられる親など、そういるものではないし、そういう家庭の子に限って親との絆《きずな》が非常に強かったりするから、一旦《いったん》は引き離しても、またすぐに親元に戻ってしまう。結局そういう少年は、親とそっくりの生き方を選んでしまう可能性が高かった。

「何たって、俺には川筋もんの血が流れとるんちゃ」

七堂隼はそう言って、また可愛《かわい》らしい顔でにっこりと笑った。

2

数日後、今度は七堂隼の母親との調査面接を行うことになった。指定された時刻に家裁までやってきた母親は、見るからに高級そうな明るい色のスーツを着て、ブランド物の大きなハンドバッグを提げ、しっかりと化粧した顔をわずかに傾げながら、「どうも」と会釈《えしゃく》をした。七堂隼は母親似なのだなとすぐに分かる美しい人だったが、何よりもかのんを刺激したのは、その香水の匂《にお》いだ。人一倍、匂いに敏感なかのんにとって、これほど強烈な香りをさせている人と長時間、向き合わなければならないのは、ちょっとした拷問《ごうもん》に近い。

「遠くまでお越しいただきまして」

出来るだけ口で呼吸しようと自分に言い聞かせながら、まずは彼女に椅子をすすめる。

茶色い髪はきちんとセットしたか、またはウィッグなのだろうか、大きく豊かに膨らんでおり、いわゆる卵形の整った顔立ちを引き立てている。面接室の椅子に腰掛けると、彼女は、つん、と顎をあげるような姿勢をとり、おそらくつけまつげだろうと思われる長いまつげに縁取られた目で、かのんを品定めするように見た。

七堂隼の母親、七堂麗子は現在四十二歳。だが、ぱっと見た感じは十分に三十代で通用する。八幡西区でスナックを経営しており、家裁から送付した「保護者照会書」には、母親として彼女の名前が書き込まれていたものの、父親の欄は空白だった。

照会書によれば、息子の七堂隼は一人っ子で、出産も正常だった上に大病や怪我もなく、普通に育ったと書かれている。育てにくさを感じたことなども特になかったし、我が子の性格に関しても、彼女は「少し短気な部分がある」としか書いていなかった。ことに今回の事件について、保護者としてどう思うかという問いに対しては「自分で責任をとればいい」と書いている。十七歳の少年に対してその態度は、冷淡なのか無関心なのかという疑問を抱かせるものだった。

「先日、息子さんの面接に行ってきたんですが」

テーブルの上にノートを広げて、かのんは切り出した。

「隼さんは、今回の事件に関して、まるで悪いことをしたと思っていないようなんです」

すると七堂麗子は、すっと横を向いてため息をひとつ洩《も》らしてから、落ち着き払った表情で再びこちらを向いた。

「そやろうと思いますね。息子は、弱いもんを助けたつもりなんですもん」

きっぱりした物言いだ。かのんは、見るからに気の強そうな母親を見つめた。

「隼さんもそう言っていました。そして、ご両親からも褒められると」

「——まあ、そういう時もあるにはあったでしょうね」

「それは、なぜでしょうか」

「あの子の、父親が、そういう人やもんですから」

かのんは「なるほど」と一つ頷いた上で、少し背中の力を抜いた。こうすると、目の位置がわずかに低くなる。こちらの目線が少しでも下にある方が、相手は心に余裕を持って話をしやすくなる。

「ですが、お送りいただいた照会書には、保護者の欄にお母さんのお名前しかありませんでした。お父さんは、今は——」

「おることは、おりますよ、ちゃんと」

七堂麗子は毅然《きぜん》とした表情を崩さずに、隼の父親とは正式に籍を入れていないのだと答えた。なるほど、と相づちを打ちながら、かのんは微かに開けた口から息を吸う。それでも、どうしても香水の香りは入り込んでくる。

「では、少し立ち入ったことをうかがいますが、一緒に暮らしてはいらっしゃらないんでしょうか」

七堂麗子は当然だといった表情で頷いた。

「会うことは会ってますけどね。最近は、そげんでもないですけど」

その父親が、息子が幼い頃から、ことあるごとに言い聞かせてきた言葉があるのだと七堂麗子は言った。

「自分より弱いものが困っていたら必ず助けろ。大切なものは命がけで守れ。間違ってると思うことことはとことん闘え。この三つをね、あの子の父親は繰り返して息子に言い聞かせよったとです」

指をゆっくりと折る度に、赤く染めた長い爪《つめ》が、ひらひらと宙を舞うように見えた。大きな石のはまった指輪が、一緒にキラキラと輝いている。

「ですから、息子はほんの小さい頃から、その三つを『父さんの言いつけ』やと思って、一生懸命に守ってきたとです」

だからこそ、学校でどれだけ問題を起こそうとも、それが父親の言いつけに背いたものでない限りは、麗子も叱《しか》らずに来たのだそうだ。

「むしろ、褒めてやったくらいでしたね。『男はそうでなきゃいけん』『さすがは父ちゃんの子ばい』ってね。あの子の父親もそうですけど、私の父親も、川筋もんと言われた筑豊の男ですけん。あの子には、どっちみちそういう血が流れとるんです」

隼も「かわすじもん」という言葉を使っていた。かのんは、意味の分からない言葉を、またノートに書きつけて丸で囲んだ。

「その、隼さんのお父さんという方ですが、差し支えなかったらどういう方か、お教えいただけますか？」

案の定というか、七堂麗子は「それはちょっと」と言い渋る表情になった。

「失礼な言い方になるかも知れませんが、お父さんがもしも、いわゆる反社会勢力と関係する方などですと――」

かのんが言い終わらないうちに、少年の母親は「まさか」と、初めてほのかな笑みを浮かべた。途端に、彼女の周囲がぱっと華やかになる。ああ、こういうところも母親譲りなのだなと、かのんは少年の笑顔を思い出していた。

「堅気ですよ、もちろん。ただね――家庭のある人やもんですから。まあ、うちの近所では、知らん人はおらんとですけど」

「――そういうことですか」

つまり、七堂麗子はその人の愛人であり、隼は愛人との間に生まれた子ということになる。一度、そこまで言ってしまうと、七堂麗子は、それからはさほど躊躇《ためら》う様子もなく、隼の父親は直方《のおがた》市に本社を置く運送会社を経営していると話し始めた。

「お祖父《じい》さんの代までは、ずっと石炭関係の仕事ばしとったんだそうです。でも、そっちがだんだん下火になったけん、陸運に切り替えたんだって聞いてます」

男性は、今年で六十歳になるという。だが、名前を尋ねるとまたもや「それはちょっと」と拒否された。

「ただね、とりあえず甲斐性《かいしょう》ばある人です。知り合ったのは私が二十歳になるかならんかの頃ですけん、かれこれ二十年以上も前のことになりますけど」

七堂麗子は飯塚市の生まれだという。父親は土木工事の施工管理会社に勤めていたが、酒好きがたたってか、麗子が中学生の頃に脳梗塞《のうこうそく》で倒れて後遺症が残って以来、あまり働けなくなった。そのため、家計を支えるのは母親になり、スーパーでパートをしながら夫をリハビリに通わせ、麗子と、その下にいる二人の弟たちを育ててくれたのだという。

「私も中学生の頃から、新聞配達をしたりしてね」

地元の高校を卒業した麗子は北九州市のレストランに就職したものの、すぐに水商売の世界に移り、そこの客だった隼の父親と出会ったのだそうだ。

「それからまあ、色々とあったとですけど、でも、あの人は実家への仕送りも助けてくれましたし、そのうちに隼が生まれて、それから自分の店も持たせてもろうたし、隼のことでも何かと援助してもらいましたけん。まあ、そげんいう人です」

「隼さんは、お父さんになついていますか」

七堂麗子は「それはもう」と、大きく頷く。

「よそ様みたいに一緒に暮らしてきたわけじゃないけん、あの子にとっては余計に、父親は滅多に会えん、憧《あこが》れの人みたいですばい。ゆくゆくはあの人の会社を継ぎたいとも言いようとです」

なるほど、それで隼は自分の将来について自信満々に「将来有望」などと言ったのか。

「それでは、お父さんは息子さんを認知なさってるのでしょうか？」

たとえ非嫡出子《ちゃくしゅつし》であっても、自分の会社を継がせようと思うなら、当然それくらいはしているのだろうと思って質問したのだが、七堂麗子は、それに対しては首を横に振った。

「あの子が十八になったらとか、何か色々と言ってはおりますけど――」

そこまで言って、赤い唇をきゅっと引き締める。かのんは「ところで」と、質問の方向を変えてみることにした。

「息子さんにそういう教育をなさるお父さんという方も、何と言いますか、どちらかというと気性の荒い面がおありだと思って、よろしいんでしょうか」

　すると七堂麗子は「どちらかというと、なんてもんじゃないでしょうねえ」と、また薄く笑う。

「私の前では、ごく穏やかな人なんですけど、あの人の世代は暴走族やらシンナーやらがいちばん流行った世代ですけんね。あの人も、若い頃は相当やんちゃもしたって聞いとります。警察のお世話になったことも一度や二度じゃないみたいですけん」

　やはりそういう親なのかと納得しながら、かのんがペンを走らせている間も、七堂麗子は「まあ、でも」と肩をすくめるようにする。

「そんなこと、せいぜい二十歳までじゃないですか。若い頃はみんな、エネルギーが有り余っちょりますから。やけん、ある程度はしょうがないんじゃなかですか？　そういう時代ば経験して、男っていうのは磨かれるんじゃなかとですか？　やけんあの人も『相手と殴り合うことで、自分も拳の痛みが分かる。自分が血を流して初めて、人の血が熱いことを知る』とか、そんなことをよう言ってました。そういう時代があったけん、今の自分があるんだとも」

確かにそういうことを言う時代もあったのだろうとは思う。だがそれは昭和の時代の話だ。今になってもまだ息子にそんな教育をする父親がいて、また言われた通りに育つ息子がいるというのは、ある種、驚きでもあった。

「それで、やたらと『かわすじもんですから』って、それは自慢気に言うんですよ」

昼時によく行く食堂で、例によって肉ゴボウ天うどんをすすりながら、かのんは左手の中指でこめかみを押さえた。七堂麗子との二時間ほどの面接を終えたときには、思った通りしっかり頭痛がしていた。しかも、かのんの服にまで彼女の使っていた香水の匂いが移っていて、とても耐えられたものではなかったから、急いでコンビニまで除菌消臭スプレーを買いにいったくらいだ。

「ああ、それ、私も聞くときあるわ。川筋もん」

今日の巻さんは、かしわうどんだ。甘辛く煮た鶏のもも肉がこんもりのっているうどんに箸《はし》を伸ばしながら、彼女は「要するに」と顔を上げる。

「筑豊の、昔ながらの気質を持った人のことを言うみたいね」

「筑豊の、昔ながらの？」

柔らかくて風味豊かな上に、衣がたっぷりとうどんの出汁《だし》を吸って、さらに美味《おい》しくなっているゴボウの天ぷらを味わいながら、かのんが聞き返すと「要するに」と口を開いたのは間杉《ますぎ》調査官だ。つい一昨日、かのんたちの職場に異動になってきたばかりの間杉さんは、それまでかのんと机を並べていた鈴川さんの後釜《あとがま》だった。

「気が荒くて喧嘩っ早い、ついでに『宵越しの金は持たない』っていう、威勢のいい気質を持った人たちのことみたいです」

家裁調査官は通常、三年に一度ずつ異動になる。鈴川さんにとってはこの春が、その異動のときだった。辞令は常に突然で、ほんの一週間かそこらの間に荷物をまとめて引越をしなければならない。だから、ゆっくり別れを惜しむ間もなく、鈴川さんは風のように次の勤務先である岡山県へ行ってしまった。

「僕の、大学時代にもいましたよ。こっちの出身の男で。あ、すいませーん、にぎり飯もう一個追加！」

「あ、僕も、高菜飯おかわり！」

それまで黙々と箸を動かしていた若月くんも追いかけるように声をあげた。昼食時は、いつもうどん程度で済ませるかのんや巻さんに対して、彼一人だけがトンカツに大盛りライスなどを注文していたのに、これからは同じくらい食べる仲間が出来たと思うとほっとすると、昨日彼は嬉《うれ》しそうに笑っていた。

「昔は、北九州《こ》市《こ》の西側を流れる遠賀川を使って石炭を海まで運んでたんだそうです。

で、その流域に広がっていた炭鉱で働く労働者とか、石炭を船に荷積みする沖仲仕《おきなかし》とかがそういう気質だったから、それで川筋もんって呼ぶらしいですね」

「ああ、それで川筋なんですね。遠賀川の」

仙台からこちらへ異動になってまだ二日だというのに、かのんにゆったりと頷いて見せる間杉さんという人は、もうとっくにこの土地に馴染《なじ》んでいるように見える。

多分、四十歳そこそこといったところだろう。間杉さんは、背丈こそ若月くんよりも低いが、何しろ胸板が厚くて首が太い。それに、いわゆる餃子耳《ぎょうざ》になっていた。聞けば大学時代までずっと柔道をやっていて、当初は警察官を志していたということだ。言われてみれば、いかにもそんな雰囲気の人だった。ほのぼのとした若月くんがアザラシの赤ちゃんを連想させる、全体に曲線で出来ている印象だとすると、間杉さんは顔の輪郭も体つきも、ゴツゴツした太い直線で出来ているような感じがする。

「炭鉱の仕事っていうのは常に危険と隣り合わせですからね。いつ落盤とか爆発が起きるか分からない中で、命がけで働くわけです。それで、どうしても刹那《せつな》的になるっていうか、明日のことを心配するより、今日を思う存分生きききって、楽しもうっていう感じになるんだって、その大学時代の友だちから聞いたことがあります」

「アレかしら、高倉健が出てた映画の――」

巻さんがふと呟《つぶや》く。すると、間杉さんと若月くんが「あぁ」「それそれ」と声を揃《そろ》えた。かのんだけが、少しぽかんとなった。正直なところ、高倉健の名前は知っていても映画は観《み》たことがない。これは、自分ももう少し知識を増やさなければいけないと、密《ひそ》かに焦《あせ》りを感じた。家裁調査官に必要なのは「人間力」だと、常に言われる。どんな人と接し、どんな人生に触れることになるか分からないだけに、全方位的にさまざまな知識を持ち、柔軟な感性を育てる必要があると。

それにしても「自分は川筋もんだ」と胸を張る七堂隼には、つまり、ちょっとやそっとのことでは更生の道を歩ませるのは難しいのだろうかと思わされる話だ。あの輝くような笑顔を持つ早熟な少年に流れているものが、実のところ筋金入りの荒っぽい気質なのだとすると、そう簡単に変えられるものではないのかも知れない。

でも、川筋もんだからって、誰もが犯罪に走るわけじゃないんだし。

柔らかいうどんをすすりながら、あれこれ考えていると、いつの間にか食事を終えていた若月くんが、スマホをいじりながら「あ」と声を出した。

「高倉健って、こっちの人なんですね。中間の生まれだって」

「ああ、そういえば、そうだった。聞いたことあるわ」

巻さんも、丼《どんぶり》の載っている盆に割り箸を戻し、もう口もとをハンカチで押さえている。気がつけば間杉さんなどは、もうとっくに箸を置いて、店に置かれている新聞に目を落としていた。皆で会話していたはずなのに、またもやかのんだけビリになった。かのんは慌《あわ》てて残りのうどんをすすった。

「だから今度の週末、そっちに行ったときは、一緒に高倉健の映画、観ない？」

その晩、例によって互いに夕食を取りながら、栗林《くりりん》とオンラインでやり取りをしている途中で、かのんはそう提案した。いつものように焼酎《しょうちゅう》のお湯割りを呑《の》みながら、栗林は「いいけどさ」と珍しく少しつまらなそうな顔をする。

「俺、今度は『ジャングル・ジョージ』なんかどうかと思ってたのに」

「何、それ」

「ゴリラに育てられた人間のお話。ディズニーの」

ああ、ディズニーか。それは気楽に楽しめるに違いない。だが今は、それよりも高倉健だった。

3

無免許でバイクの運転をして事故を起こした十五歳の少年の審判があり、マンションの自転車置き場に放火した十六歳の少年について、本人や保護者への調査面接があり、万引きで逮捕された少年を「万引き被害を考える教室」に出席させるために同行する日があった。一度の面接で終わる事件もあれば、たとえ鑑別所に入らずに在宅で過ごしていても、少し時間をかけて調査面接を続ける必要のある事件もある。それでもやはり鑑別所に入れられる少年は、関わる時間が長くなる分だけ、こちらもあれこれと動かなければならないし、考えることも多くなる。

次に七堂隼の面接に行ったときには、既に東京や高知などから桜の開花の便りが聞かれる頃だった。この鑑別所には、入口近くと塀沿いにずっと桜の木が植えられている。歩きながら見上げれば、あちらこちらの枝で、もうつぼみが膨らみ始めていた。七堂隼がここを出て審判を受けるときには、桜は咲いているだろうかと考えながら、かのんは建物に入っていった。

「──んちは」

面接室に現れた七堂隼は、先週に比べて冴《さ》えない表情をしていた。今日も調子よく、馬鹿馬鹿しい口説き文句でも言ってくるのかと思っていたかのんは、またもや拍子抜けした気持ちになった。

「どうしたの、今日は元気ないね」

話しかけても、七堂隼は横を向いたまま返事をしようとしない。不安定な年頃の少年には珍しいことではなかったが、七堂隼のもともとの粗暴な性格を考えると、ここは注意深く接しなければならない。

「あのね、あれから高木清人さんに会いに行ってきたのね」

だが七堂隼は、まるで興味もなさそうに、こちらを向くこともしなかった。かのんは、それでも机の上にノートを開き、今回の事件のきっかけになったとも言える少年から直接、聞いてきた話を七堂隼に伝えようとした。

七堂隼は、中学時代の同級生である高木清人を守ろうとして、彼を取り囲んでいた高校生らを殴ったのだと主張し、高木清人はいじめられていたのに違いないと信じている。だから友人を守ったのだというのが、隼の考えだ。

「高木さんはビビリだって、七堂さんが言ってたから、誰にも遠慮しない状態で話をしてもらおうと思ってね――」

「なあ」

かのんの言葉を遮り、こちらを見ないままで、七堂隼が低い声を出した。かのんが「なあに」と促すと、少年はようやくこちらを向いた。その瞬間、かのんは「おや」と思った。あんなに澄んでいた瞳に翳《かげ》りが見える。たった一週間の間に、何があったのかと思わずにいられない変化だった。

「あんさあ」

「何だろう」

「あんたに、頼みてえこと、あるんやけど」

かのんは机の上で手を組んで「頼みたいこと？」と改めて彼を見つめた。高木清人の話は後回しだ。少年は形の良い唇をねじ曲げて、鼻から一つ、大きく息を吐く。

「俺の——親父にさあ、会ってきてくれんやか」

「おとう、さん？」

「他に頼める人、おらんし」

「わけを聞かせてくれるかな。それと、私がお父さんに会いにいって、何をすればいいの？」

トレーナーの丸首から見えている首は、まだ少年らしく細い。その喉仏《のどぼとけ》が、大きく上下したのが見えた。

「——来て、くんねえんだよな」

「ここに？　面会に来てくれないっていうこと？」

「前んときは、すぐ飛んできて『お前は筋を通したんや』っち言ってくれたし、それからも何回も来てくれたんに。今度は全然、来てくんねえ」

「そっか。会いたいんだね、お父さんに。でも、お母さんは来ているんでしょう？　何か言ってないの？」

その瞬間、隼の顔が大きく歪《ゆが》んだ。眉根がぎゅっと寄せられ、鼻のつけ根に皺《しわ》が寄って上唇がめくれあがり、まるで別人のようだ。

「お、おふくろなんて！」

包帯から絆創膏《ばんそうこう》に替わった拳が、だん、と机を殴りつけた。即座に背後のドアが開かれて、少年を担任している法務教官が「何かありましたか」と顔を出す。かのんが振り返って素早く首を横に振って見せると、教官は気遣わしげに七堂隼の様子を観察してから静かに扉を閉じた。明らかに先週とは雰囲気が異なっている。少年だけでなく、法務教官からも緊張感が伝わってきた。かのんは少しの間、黙って少年を見つめていた。いざというときのために、扉の向こうには誰かが控えてくれていると思うと、こちらも落ち着く。

「七堂さん、とりあえず一緒に六つ、数えてみようか。いい？　一、二、三」

基本的なアンガーマネージメントの一つだ。この少年には、どのみち自分の怒りをコントロールするための指導が必要になる。

「ゆっくり話そう。お母さんが、どうしたのかな」

少年の顔は、まだ歪んだままだ。机を殴った拳も、まだきつく握られている。それでも彼は、かのんに対してその怒りをぶつけるつもりはない様子だった。一点を見据えて、浅い呼吸を繰り返している。

「お母さんは、会いに来たんでしょう?」

「――来た。来て――」

握りこぶしが震えるほどに力が入っている。少年は「来て」と繰り返した。

「親父のことは知らんのっちゃ――きっと、会いに来んやろうっち」

「そう言ったの?　どうしてだろう」

「分からんのっちゃ!」

少年は、今度は歯がみする顔つきになっている。まるで、見えない敵に飛びかかろうとする獣のようだ。この子は、こういう顔で人に殴りかかるのだなと思う。

「お母さんは、どうしてそんなこと言ったのかな」

宙を見据えていた七堂隼が、初めてこちらを向いた。食ってかかりそうな顔なのに、アーモンド形の目には、何とも言えない悲しみと翳りが宿ってしまっている。彼は机に両手を置き、身を乗り出して「やけん」と焦ったように口を開いた。

「やけん、親父に会いにいって欲しいんちゃ。そんで、どうして会いにきてくれんのかっち聞いてきてくれちゃ」

かのんの中に一瞬、迷いが生まれた。だが彼の父親は、どうやらこの少年を創《つく》り上げたと言ってもいい存在だ。少年が誰よりも誇りとしている存在だと、七堂麗子も言っていた。その人と会って話を聴くことは、むしろ必要だとも思う。

「なあ、なあ。親父さえ味方してくれるんなら、俺、ネンショーやなくて、このまんまムショ送りになったっていいけん」

まったく筋の通らないことを言っている。ただ、七堂隼がそれだけ必死であることだけは分かった。

「じゃあね、もう一回、六つ数えて、その後、私の質問に答えてくれるかな。はい、一、二、三――」

少しずつ彼が落ち着くのを待って、それからかのんは、少年に父親の氏名や連絡先など、分かる限りのことを尋ねた。平均よりも劣る知能程度の少年は、おそらく幼い頃から念仏のように唱え続けてきたに違いない父親の、牧田安男《やすお》という氏名と経営する運送会社の名称、そして携帯電話番号までを淀《よど》みなく言った。本当は七堂麗子との面接のときに、聞き出した方がいいのではないかと思いながら、多少のためらいもあって尋ねられなかった情報だった。

「それで、えっと、何だっけ」

ふいに、少年が首を傾げる。

「あの、あんたの名前」

「私は、庵原かのんです」

「あ、そうだった！　かのん、行ってくれるよな？　約束する？　なあ、なあ！」

それからも七堂隼は何度も「なあ」を繰り返し、まるで駄々っ子のようにテーブルに両肘《ひじ》をついて「約束しろちゃ」と身を乗り出してきた。先週、会ったときの「いい男」ぶりはどこへやらだった。

「それは間違いなく、調査面接しておいた方がいい相手だね」

家裁に戻って、とりあえず勝又主任に相談すると、主任は「ことに、少年がそこまで望んでいるんなら」と腕組みをして、椅子の背にもたれかかった。

「庵原さんが父親に会いに行かなかったら、それこそ少年は逆上するだろう。そうなれば、残りの期間の調査面接はうまくいかないに決まってるし、審判にも影響する」

「話を聞いてる限り、その『川筋もん』の父親が、少年にとっては相当、大きな存在のようですからね」

間杉さんも、椅子のままくるりとかのんたちの方を向く。少し前まで、同じ椅子に腰掛けたまま、つつつ、と移動するのが癖だった鈴川さんがいなくなったと思ったら、間杉さんは、くるり、くるりとあちこちを向くのが癖らしい。

「個人的にも興味が湧《わ》きますね。川筋もんの社長っていうのは。しかも、愛人まで囲ってるっていうんだから、相当に肝の据わった、こう、エネルギッシュなタイプなのかな」

「本当に任侠《にんきょう》映画みたいな人だったりして」

若月くんまでが嬉しそうな顔をして話に加わってきた。

「やっぱり、健さんの世界かねえ」

勝又主任は天井を見上げたまま、指先に挟んだボールペンをゆらゆらと揺らしている。以前は相当なヘビースモーカーだったという主任は、今でもたまに煙草が吸いたくなると、指先に煙草代わりになるものを挟んで、気を紛らすのだと以前、言っていた。

「叔父が好きだったんだよなあ。それで子どもの頃から僕も結構、一緒に映画を観たんだ。男心に男が惚れるっていうのかなあ。健さんの世界は、こう、しみじみと泣かせるもんがあるんだよなあ」

「分かる、分かりますよ。僕が最初に観たのは『網走番外地』でしたけどね。渋いだけじゃなくて、意外と笑えるところもあるのがねえ、いい味なんですよね」

「僕のおすすめは、やっぱり『遙《はる》かなる山の呼び声』ですけど」

まだ二十代の若月くんだが、かのんより詳しい。これまで男性二人に女性が三人だった職場の男女比が変わったことで、調査官室の空気も変わっていた。かのんは先週末、栗林と『幸福の黄色いハンカチ』を観たのだが、主任から「もっと若い頃の映画がいいんだ」と言われて、さっさと自分の席に戻ることにした。さて、まずは、牧田安男に電話をすることだ。来週の七堂隼との面接までに父親に会っておかなければ、主任の言葉ではないが面接が不調に終わってしまう。

ところが、数回のコールの後で携帯電話の向こうから聞こえてきた声は、かのんが職業を名乗っても、「何の用ですか」と、いかにも素っ気なく応《こた》えただけだった。

「家庭裁判所が、何で私に電話なんかしてくるんだか知りませんけどね、こっちは今、年度替わりで何かと忙しいんです」

標準語だ。それに、電話越しでも、相手が身構えている感じがした。

「それほどお時間はとらせません。七堂隼さんが、どうしても連絡を取って欲しいと言うので、ご連絡を差し上げたんです」

「七堂？」

「隼さんです。ご存じではないですか？」

電話の向こうの声が途切れる。何となく、隼や七堂麗子から聞いていた男性のイメージとは大分違う雰囲気だ。

「失礼ですが、牧田さんが、隼さんのお父さんだとうかがっているんですが」

また無言。明らかに動揺している気配が伝わってくる。かのんは「もしもし」と呼びかけた。

「こちらに来ていただくのが難しいようでしたら、私の方から会社か、またはご自宅にでも――」

「自宅なんて困るよっ」

今度は即座に反応があった。

「それでは、ご都合のいい場所まで、まいりますので。もしも、お聞き入れいただけないということでしたら、こちらから早急に書類をお送りしますので――」

「ああ、分かった、分かりましたよ。だが、そう長い時間は取れませんよ。本当に忙しいんです」

「承知しました。ありがとうございます」

「じゃあ、そうだな、若松の出張所まで来てもらえますか」

牧田安男はようやく、北九州市の若松区内にあるという出張所の住所を教えてくれた。約束の日時を決めた上で、かのんが「必ずうかがいますので」と念を押すと、電話の向こうの相手は「ああ、ああ」と面倒くさそうに返事をして、あとはこちらの挨拶も聞かずに電話を切ってしまった。

これが川筋もん？

まだ高倉健の話題で盛り上がっているらしい男性三人をちらりと見て、かのんは一人で首を傾げていた。

4

ＪＲ筑豊本線の若松駅近くにあるバス停で降りて、東に向かって歩いていくと、やがて建物と建物の間から若戸大橋が見え隠れするようになる。若松区と戸畑区を結ぶ巨大な赤い吊《つ》り橋は、近づくにつれて当たり前の町並みの、本当にすぐ頭の上を通っているのだということが分かってくる。その、空間を突き破るような巨大な構造物と、どこでも見るような町並みとの組合せが何とも不思議な風景を作り出していた。

牧田安男の会社の出張所は、住宅や倉庫、古い商店などが混在する地域の一角にあった。さほど広くない敷地内にワゴン車やトラックが数台並んでいて、その隣に真っ白い高級外車が駐まっている。どうやら牧田安男の車らしいと推測しながら、かのんは奥に建つ小さなプレハブの建物に向かった。引戸式の扉の横には「マキタ物流（株）若松出張所」という木の札が掛けられていた。

「お忙しいところ、申し訳ありません」

狭い出張所の片隅にある簡素な応接セットで向かい合うと、牧田安男はかのんが差し出した名刺をしげしげと見つめた後で、自分も背広の内ポケットから鰐《わに》革らしい名刺入れを取り出した。渡された名刺には「マキタ物流株式会社」という社名と共に代表取締役社長という肩書が印刷されている。表には本社の所在地と電話番号、裏を返すと四カ所の支社と、この若松出張所の情報が入っていた。なるほど、そこそこの規模で経営しているらしい。

「今みんな出払ってるもんで、茶の一杯も出せませんが」

出払っているのではなく、社員たちをどこかに出かけさせたのだろうと、ここでも思いを巡らせながら、かのんは「おかまいなく」と小さく会釈した。誰かに聞かれずに済むのなら、こちらとしても話がしやすい。それにしても、テーブルの上には灰皿が置かれているし、出張所内全体が煙草臭かった。ここでは、まだ禁煙は徹底されていないらしい。家裁に戻ったら、また消臭スプレーだ。

「私は家裁の調査官として現在、少年鑑別所にいる七堂隼さんの事件の担当をしております」

牧田安男の顔は、まったく動かない。白いものが目立つ髪はオールバック、肌の色は浅黒く、細面な輪郭に尖《とが》った鼻が印象的だ。奥まった二重瞼《まぶた》の大きな目と共に、何となく猛禽《もうきん》類を思い起こさせる。

「先日、隼さんと面接しました際に、彼がお父さんに会いたいと言い出しまして、ぜひとも私に、そのことを伝えて欲しいと頼まれたものですから」

「それで、あれから私の連絡先を？　そのぅ、母親の方からではないんですか」

「隼さんです。七堂麗子さんからは、何もうかがっていません」

粗末な事務所には不釣り合いな、バリッとしたスーツに細身の身体を包んでいる牧田安男は、初めて大きく息を吐き出し、それから一つ舌打ちをした。

「失礼ですが、お父さん、で、いらっしゃるんですよね？」

そうですが、と言う牧田安男の顔は、いかにも、言いたくないことを言ってしまったように見えなくもない。

「隼さんを、小さい頃から大変に可愛がられているとうかがいました」

「あれが、そう言いましたか」

「それをおっしゃったのは、お母さんです。隼さんは、お父さんの三つの教えを守って大きくなったんだと」

そのとき、牧田安男の表情が動いた。

「だから、お父さんの教えを守った上での喧嘩なら、むしろ褒めてやったくらいだとも、うかがいました」

「まあ——そういうところも、あるにはあったかな」

牧田安男は片方の手で耳の後ろを掻《か》く仕草をしながら、「それでも」と、いかにも迷惑そうな渋面になる。

「度を越せば話は別です。前に逮捕されたときは、まあ、勢いっていうこともあるだろうっていうんで、『気にすんな』というようなことは言いましたよ、確かにね。だけど、その時点で母親の方には、しっかり釘《くぎ》を刺しておいたんです。『こういうことは二度とごめんだぞ』って」

かのんはノートに牧田安男の話を書き取りながら、「では」と首を傾げた。

「今回、逮捕されたことに関しては、お父さんとしては——」

「その呼び方は、やめてもらえませんか」

目の端に苛立《いらだ》ちを浮かべて、冷ややかな声で言う牧田安男に、かのんは思わず「え」と小さく聞き返してしまった。つい最近、自分自身も同じような言葉を口にしたなと思っている間に、目の前の男は、かのんからすっと目をそらす。

「べつに——正式に認知してるわけでもないし」

ああ、そうだった。七堂隼から名前で呼ばれるのはさすがに抵抗があって、少年に向かって似たようなことを言ったのだと思い出し、それにしても自分は今、とんでもなく間抜けな顔をしているのではないかと思うくらいに、かのんは少しの間、目の前の男をぽかんと見つめていた。第一この男は、七堂母子から聞いていた印象と、あまりにも違う。彼らの言っていた「川筋もん」とは、こういう男を言うのだろうか。とてもではないが、身を挺《てい》して弱いものを守るような人には見えない。何か、腹の底の方で、ひどく不快なものが蠢《うごめ》き始めそうな感じがする。

「つまり、認知しておられないから、お父さんとは呼ばれたくない、ということでしょうか。でも牧田さんは、隼さんのことを可愛がってこられたのではないですか？」

「そりゃあ、小さい頃はね。だけど、あんな風になるとねえ。育ててきたのは母親なんだから、母親の責任だし、その上またこんな事件を起こしたとあっては、私だってそこまでは面倒は見切れませんよ」

「でも、血のつながったお父さんなんですよね？」

「だから、認知していないと言ってるじゃないですか」

牧田安男の表情には、今やはっきりと苛立ちが見える。何も、この男を怒らせるためにやってきたわけではないのだと、かのんは自分に言い聞かせなければならなかった。少しの沈黙の後、瘦《や》せて筋張った両手の指を組みあわせて、牧田安男は深々とため息をついた。

「――仕方がないんです。あれの母親だって、身ごもったって分かったときには『絶対迷惑ばかけんけん』と何回も言ったんだ。どうしても産む、そうでなければ自分も死ぬと泣き叫んだりしたものだから、その勢いに負けた私も悪かったが――」

それでも、出来るだけのことはしてやってきたつもりだと、牧田安男は溜《た》まっていたものを吐き出すような話し方をした。七堂麗子には店を持たせたし、時間が出来れば母子に会いにも行った。経済的援助もしてきたつもりだと。

「それが、何の拍子かな、あれが最初に学校で問題を起こしたあたりから、急に様子が変わったんだ。私に家庭を捨てて自分と一緒になれと迫ったり、そうでなければ、あれを認知しろと言い出したり。そんなこと、出来るわけがないじゃないですか」

「あの」

間抜けな質問だと思いながらも、聞かないわけにいかなかった。

「それは、なぜ、でしょう？」

案の定、牧田安男はさらに苛立った顔つきになって、「なぜ、ですって？」と、かのんをぎょろりと睨《にら》みつけてくる。そして、すっと一度、背を伸ばした。そのときになって、彼の光沢のある派手なネクタイとポケットチーフが揃いだということに気がついた。趣味がいいとは思わないが、高級そうだということは分かる。

「決まってるじゃないですか。家庭を捨てるということは、私が今ある地位も、会社も、財産も、すべてを失うということなんです。いいですか？　この歳《とし》になって、そんなことが出来ると思いますか。世間体だってあるのに」

どうしてそこまで極端な話になるのだろうか。かのんが頭を整理しようとしている間に、牧田安男は、大きく一つ深呼吸をしてから、実は、自分は牧田家に婿《むこ》養子に入った身なのだと呟いた。

「女房の父親からこのマキタ物流を任されてからというもの、私の役割は、どうにかこの会社を守り育てて、子どもの代に継がせることだと自分に言い聞かせて今日までやってきたんだ。その重圧が、分かりますか？」

だから、多少の息抜きだってやむを得なかった。少しの浮気くらい、どうということもないではないかと思ってきたと、牧田は語った。

「そうして必死で来て、やっと長女が今度の秋に、留学先から戻ってくるんです。そうしたら何年か修業させて、跡を継がせる。ようやくだ。ようやく、ここまで来たんです」

余計に頭が混乱しそうだった。七堂麗子が誇らしげに語っていた隼の父親の経歴と、あまりに違う。

「あの――七堂麗子さんは、確か、隼さんのお父さんは生粋の川筋もんだとか、お祖父さんの代までは石炭関係のお仕事をされていたとか――」

「それは、女房の家の話ですわ」

「では、牧田さんもお若い頃は相当なやんちゃをされていたから、息子さんに対しても、それらしいことを言って聞かせたとか」

「そんなこと、あるわけないでしょう」

牧田安男は、それくらいの嘘など、男と女の間では普通にあることだと、せせら笑うような顔になる。そして実際には、牧田安男は筑豊どころか、福岡県の生まれでさえないと言った。中国地方の農家の次男坊で、進学校から国立大学にストレートで進んだ、その地域でも少しばかり名の知られた秀才だったのだそうだ。無論、これまでただの一度も警察の厄介になったことなどないとも言った。

「こっちで生きていくからには、地元の人とのつきあいは欠かせませんから、見よう見まねっていうか、そういうので方言も身につけましたがね」

呆れた。

「では、牧田さんは、隼さんと面会なさるおつもりはない、ということでしょうか」

「まあ、そうです」

かのんの中で苛立ちが膨らみ始めていた。

「隼さんは、お父さんを心から慕っているんです。今、鑑別所でもがき苦しむようにしながら、お父さんに声をかけられることだけを待ち望んでいます」

牧田安男の顔に、初めて苦しげな表情が浮かんだ。だが、彼はそのままの顔で「仕方ないでしょう」と呻《うめ》くような声を出した。

「家内に——気づかれたんですわ。それで、言い渡されました。長女が戻ってくるまでに、全部きれいさっぱり清算してもらわなければ困るって。娘たちは私を信じてるんだからって——そうでなくとも麗子とは、あれが、初めて逮捕されたあたりから、もうギクシャクしてましたから」

潮時なんですよ、と言う男を前に、かのんは自分が少年事件を扱っているのか、家事事件を扱っているのか、分からなくなりそうな気分になっていた。離婚や相続などといった家庭内の問題を扱う家事事件を担当しているときには、こういう話も珍しくはない。だが今、少年事件を扱う調査官としては、まずは七堂隼を中心に考えなければならない。それにしても、目の前にいる男の言い分は、あまりにも身勝手だ。しかも、これまでについてきた嘘がひどすぎる。

「では、隼さんには、どう伝えたらいいでしょうか」

川筋もんでも何でもない男は「そうだな」とまた横を向く。その横顔が、彼の狡猾《こうかつ》さを表しているようにも見えた。

「母親から適当に言ってもらってかまいません」

「それで、隼さんは納得するでしょうか？　息子さんは今もう、ひどく不安定になっているんです。ここでお父さんを失うということは、場合によっては、立ち直りのきっかけを失ってしまうということになるかも知れません。彼の一生を左右しかねない大切なときだと思うんです」

そこまで言っても、もはや牧田安男の表情は動かなかった。あなた、父親なんでしょう、という言葉が喉元までせり上がってきそうだ。結局、彼は息子を自分の人生から完全に消し去りたいのだということだけを確認したような調査面接になってしまった。

　無力感に苛《さいな》まれながら出張所を出て、若松駅方向まで戻るときの足取りは、何とも重たかった。この分では、家裁に戻る前にコンビニに寄って、思い切り甘いおやつを買わずにいられないなと思っていたら、コートのポケットでスマホが震えた。画面には調査官室と出ている。

「すぐに病院に行ってくれないか。七堂隼が怪我をした」

　聞こえてきたのは勝又主任の声だった。かのんは思わずその場で今来た道を振り返ってしまった。建物の隙間《すきま》から、赤い若戸大橋が見えている。

「鑑別所内で暴れたらしい。額の裂傷と、おそらく手を粉砕骨折しているだろうと」

　かのんは病院の名前を聞くと、そのまま歩き始めようとして再び立ち止まり、ポケットにしまったスマホと、牧田安男から渡された名刺を取り出した。これが最後のチャンスだと、祈るような気持ちで名刺に刷られている携帯電話の番号をタップする。

「隼さんが怪我をして、病院に運ばれたそうなんです。牧田さん、何とか一度だけでも彼に会ってやっていただけないでしょうか。または、彼にお父さんとして、ひと言だけでも伝える言葉は、ありませんか」

息せき切るように一気に言った。若戸大橋が、町並みの中を突き抜けている景色を脳裡《のうり》に焼きつけるような気持ちになる。少しの間を置いて、ようやく「それでは」という牧田の声が聞こえた。

「こう、伝えて下さい。『少しはまともに生きろ』って。本当にまともになったとき、もしかするとまた会えるかも知れんと。私はもう、これから出なきゃならんのでね、失礼しますよ」

それきり、電話は切れた。かのんはポケットにしまい込んだスマホをぎゅっと握りしめて、俯《うつむ》いたまま何度か深呼吸を繰り返した。

何が、川筋もんだ。

純粋な少年を、あんな風に育てた責任は感じないのか。何もかも、母親の責任だとでもいうのか。

バスと電車を乗り継いで、鑑別所からそう遠くない病院に駆けつけたとき、病院の長い廊下の先に七堂麗子の姿があった。かのんは大急ぎでスプリングコートを脱いで腕に掛けながら、長椅子に腰掛ける麗子に近づいていった。廊下に靴音が響く。一人ぽつねんと俯いていた彼女は、かのんに気づいて顔を上げると、半ば落胆したように「ああ」と小さな声を出した。もしかすると、誰か他の人を待っていたのかも知れない。

「隼さん、どんな様子ですか」

自分も長椅子にゆっくりと腰を下ろしながら、かのんは隣を見た。今日の七堂麗子は、髪を後ろで一つに結わえ、化粧も眉を引いた程度だ。香水の匂いもしてこない。その横顔は孤独で疲れ果てた、決して若くない女性のものだった。

「馬鹿なことして」

麗子は大きく息を吐き出して、片方の手を額にあてる。

「自分を傷つけてもいいなんて、教わってこんかったはずやのに」

それから彼女は、今日の午前中、息子の面会に行ったのだと話し始めた。

「息子に伝えたとです。お父さんから昨日、電話があったんばってん、私が裁判所の人に名前や連絡先を教えたんやないかって、ものすごく怒っとったって。やけん、隼にも腹を立ててると思うって」

かのんは、牧田安男の怒りを含んだ声を思い出しながら、しばらくの間、七堂麗子を見つめていた。

「私とは、もうとっくに終わっとうとです」

ぽつり、ぽつりと、麗子は語り始めた。息子の隼が生まれてからというもの、彼女は牧田安男に対して何度となく、一緒になって欲しいと頼んできたのだそうだ。

「だって、あの人いつも言いよったんですけん。夫婦の関係はとっくに冷え切ってる、奥さまに未練はないって。それならいっそ私と新しくやり直そうって、普通、思うやないですか。こっちは惚れあっとうとですから」

薄手の黒いニットに鮮やかな色のスカーフを合わせている麗子は、一点を見据えたまま、それでも牧田の反応がはっきりしないので、一緒になるのが無理なら、せめて息子を認知して欲しいと頼んだのだと言った。だが、何度言っても牧田はのらりくらりとはぐらかすばかりで、きちんと何か応えてくれるということは、ついになかった。

「隼は、言葉が分かるようになってからは、人の言うことは何でも、うん、うんって聞いちゃう子やったとです。それを面白がって、あの子に色んなことを吹き込んで。『おまえはバカなんやけ、父さんの言うことだけ聞いとればいいんちゃ』とか言って。結局は、隼をおもちゃにしたとですよ」

麗子は再び俯いて「もう、疲れました」と、長いため息をついた。

当事者の言い分が食い違いを見せることは、家事事件を扱うと特段、珍しいことではない。誰もが少しでも自分に都合のいいように話をねじ曲げるものだし、本当にそう信じ込んでしまっている場合もある。それにしても今回のケースでは、牧田安男の方に責任があると、かのんは思いたかった。第一、彼はまず妻や子を裏切っているではないか。

こちらも、ついため息をつきかけたとき、看護師に付き添われて、七堂隼が処置室から現れた。頭にネット包帯を被《かぶ》せられ、右手を固定された姿で、ゆっくりと歩いてくる少年の背後には鑑別所の担任教官の姿もある。互いに目顔で挨拶を交わし、かのんはすぐに少年に視線を移した。傷の痛みもあるのだろう、顔を歪め、いかにも打ちひしがれた様子の七堂隼の瞳は、もはや何も映していない、ただの虚《うつ》ろな洞窟《どうくつ》のように見えた。

5

七堂隼の鑑別期間も既に残り十日あまりとなった。三度目の調査面接の日、面接室に無言で現れた七堂隼は、頭のネット包帯も手のギプスもそのままで、痛々しいほど生気のない、ぼんやりとした顔つきになっていた。かのんの前に座っても、背中から力が抜けきった姿勢で、頭を支えるのもやっとというように顎を上げてしまう。

「あの後、熱が出たんだってね。もう大丈夫かな。痛みは、なくなった？」

こちらに向けられる虚ろな目は、かのんの方を向いていながら、かのんを見ていない。病院で見たときよりもなお一層、彼の瞳からは輝きが失われていた。それでもかのんは「まずね」と気を取り直すように机の上にノートを開いた。

「この前、ちゃんと話せなかったから、今日は、高木清人さんのことから話しておこうと思うんだけど」

「――」

「七堂さんが言うように、ビビリなんだとすると、学校じゃ他の人に遠慮して本当のことが言えないかも知れないと思って、高木さんの家まで行って話を聴いてきたんだ」

「――もう、どうでもいいっちゃ、そんなん」

半分、宙を見上げるような格好のまま、七堂隼は呟いた。

「でも君は、高木さんを守ろうとして、こんなことになったんでしょう？」

「どうせ、俺の思い違いだっていうんだろう。俺、バカだから、本当のことなんて、何にも分かってねえから」

確かに思い違いだった。それを、これから説明しようとしているのだが、少年に聞く気がないのだとすると、言っても仕方がないだろうか。

大きく躓《つまず》いてしまった少年は、一度はこういう状態を経験しなければならない。自分に突きつけられた現実を知って、打ちのめされることで、本人はさぞ苦しいだろうが、そこから初めて立ち直りの出発点に立つことが出来るとも言える。だが、この少年の場合は、おそらく自分の犯した事の重大性に気づいたから、こうなったわけではないはずだ。

「——やから親父も、俺を見捨てたんやし」

やはり、まず父親のことを口にした。かのんが会ってきたことについては、まだ話してもいない。無論これから説明するつもりでいるが、彼が母親からどのように聞かされて、今どんな気持ちでいるかということをまず聴いておく必要がある。ところが、かのんが口を開く前に、少年が「おふくろも」とぼんやりとした表情のままで呟いた。

「もう、嫌んなったんやもんな。俺なんか。こんなバカ息子やけ」

「ちょっと待ってくれる？　お母さんが、どうして君のことを嫌になるの？」

つい数日前、病院の廊下で、すっかり肩を落としていた七堂麗子が思い出された。処置室から出てきた息子を見て、彼女は立ち上がるなり、「こん、バカ息子が」と言った。そして、治療を終えたばかりの隼の背中と言わず二の腕と言わず、何度となく引っぱたいていた。あの時の切なそうな、また遣《や》り切れなさそうな顔を、かのんは今も覚えている。最初に面接に来たときとはまったく異なる、あれは確かに母親の顔だったと思う。だが七堂隼には、そうは見えなかったのだろうか。本当に「バカ息子」と思われていると感じたのだろうか。

「おふくろ、店を畳むんやって」

ぼんやりと呟いた後、七堂隼は初めてまともにかのんを見た。

「畳むって、やめるってことやろう？」

「そうだけど――お母さん、どうしてお店をやめるんだって？」

少年の瞳が、またすうっと遠のいていく。洞《うろ》のように暗い瞳は、どこをさまよおうとしているのだろう。

「俺のことで、近所とか、常連さんの噂《うわさ》んなっとるけ、やりにくくてしょうがねえし、親父も――もう来んけ」

かのんは、出来るだけ少年の気持ちをこちらに引き寄せるつもりで、「じゃあ」と、少し声の調子を明るくしてみた。

「どこか他に移るのかな？」

だが七堂隼の心は、それでもかのんの前には戻ってこない。

「きっと、そうだよ。別の場所に移って、また新しく始めるんじゃない？」

「けっこん」

「——え？」

「結婚、するんっちさ」

それには、かのんも衝撃を受けた。息子がこんな状態にあるときに、二人の親は一体どういうつもりで、何をしているのだと言いたくなった。ただでさえ、無責任な牧田安男に呆れ果てたばかりなのに、次にはあの七堂麗子までが、この少年を見捨てるというのだろうか。いや、見捨てるというわけではないのかも知れない。それでも今の七堂隼には、そう受け取られたとしても仕方がない。何もこんなときに、そんな話をすることはないではないか。

「私にも分かるように説明してくれるかな。お母さんが、結婚するって、君にそう言ったの？」

少年が、重たそうな頭をぐらりと揺らした。眉の辺りがピリピリと痙攣《けいれん》を起こしたように震えている。何かの拍子に彼の感情がいきなり爆発するのではないかと思うと、気が気ではなかった。だが七堂隼は、そのまま泣き笑いのような顔つきになって、彼の母親は、お腹《なか》に赤ん坊がいるらしいと言った。

「俺の、妹やか弟やかが、生まれるんち。やから、結婚することにしたんやって」

「誰と？」

「知らん。どうせ俺は、当分はネンショー入りんなるわけやし、その間に引っ越して、結婚して、子どもを産むんやって。『今度はちゃんとした家庭ば作る』っちさ」

すう、と息を吸う音が聞こえた。少年は、そのままゆっくりと椅子に背をもたせかけ、顔を天井に向けたまま動かなくなった。どれくらい時間が過ぎただろうか、七堂隼の喉仏が大きく動いて「あーあ」という声が漏れた。

「俺――何やっとるんやろう」

「じゃあ、私と一緒に、少し整理してみようか。一つずつ」

少年はやっというように姿勢を戻して、どろん、とした目つきでかのんを見る。

「一つずつ？」

「そう、一つずつ。まず今はね、どうして君が今回ここに入ることになったかを考えないとならないんだ」

その瞬間、澱《よど》んだ水のように静かだった少年の表情が豹変《ひょうへん》した。上唇が醜く歪められて、ネット包帯に隠れそうな眉が大きくつり上がる。

「今さら、どうでもいいんちゃ、そんなん！」

面接室中の空気がびりびりと震えるような大声が響き渡った。反射的に飛び上がりそうになったとき、背後でドアの開く気配があった。いつでも少年を制止できるように、担任教官たちが構えているのに違いない。

「俺が何やったって、親父にもおふくろにも、もう関係ねえんやからさっ！」

少年はわめき続ける。

「褒めてくれると思ったけ、やから、やったんやないかちゃ！　親父が気に入ることすれば、おふくろだって機嫌良くしとるし、親父もまた来てくれるっち思ってたんやねえか！　それなのに、何なんかちゃ、これはっ！」

ギプスで固定した拳が机を殴りつける。だん、だん、という音が何度となく響いた。同時に「なんでだよう」という七堂隼の、振り絞るような声が聞こえた。

「褒めてくれるんや、ないんかちゃ――」

だん、だん、という音が、徐々に弱くなっていき、やがて、ただ寝癖がついただけのように見えるパーマをかけた頭が、かのんの目の前でがっくりとうなだれた。

「俺――分かんねえよ。バカやけさぁ――みんなで、俺をだましとったっちこと？　親父も、おふくろもよう、高木清人も――みんなで俺をバカにして、だましとったんかなあ。俺は、俺は――」

嵐が過ぎ去って、あとは、すう、すう、という呼吸音だけになった。もっさりした髪の間から見えるつむじが揺れている。そっと振り返ってみると、扉の取っ手に手をかけたまま、担任教官がいかにも痛ましげな表情になって、そこに立っていた。

「ほんと、馬っ鹿みてぇ——誰も、おらんくなるっちゅうことやねえか。俺の周りから、みーんな。誰も」

かのんは机の上に開いたままになっている自分のノートに目を落とした。そこには、七堂隼と中学の同級生だった高木清人の言葉がメモ書きされている。中でも「空回り」という言葉は○で囲まれていた。

「あいつは、可哀想《かわいそう》なヤツやとは思います」

かのんが話を聴きに行ったとき、高木清人という少年はそう言った。七堂隼からは「ビビリだ」と聞いていたが、かのんに対して物怖《ものお》じする様子もなく、むしろ大人びて見えるほど落ち着いた少年は、「やけど」と少し言いにくそうな表情になって、七堂隼には、これまでもずい分と迷惑してきたのだと語った。

「根は悪くないと思うんです。すごく純粋なところもあるし。やけど、とにかく何でもかんでも、勝手な思い込みで突っ走るヤツやから」

高木少年は、悔しそうな顔つきになっていた。

「今度のことだって、僕にしてみれば、僕が高校の友だちに迷惑をかけたっちいうことになるやないですか。しかも、ああいうヤツが友だちだったち思われたら、こっちまで誤解されるわけですよ」

　今回のように勝手な思い込みだけで、中学時代の七堂隼は年がら年中、問題を起こしていたのだと、高木少年は語った。きちんとした事情も呑み込めないまま、いきなり先生に刃向かって怒鳴り声をあげたり、学校の窓ガラスをたたき割ったりしたこともあったらしい。

「決まって言うんですよ、誰それのためにやったんやって。そんなこと誰も頼んでないし、第一、あいつの完璧《かんぺき》な思い違いがほとんどなのに」

　高木少年は、七堂隼の家庭環境のことも大体は承知している様子だった。中学には色々な家庭の子どもが通っていたという。親が暴力団員だったという生徒もいれば、生活保護を受けている家庭もあり、一方で医者の子も、牧師の子どももいるという中で、七堂隼は決して一人だけ異端というわけではなかった。ただし彼は短気な上に、何かにつけ父親の自慢話ばかりすることで、余計にクラスのみんなから敬遠されていたという。

「あいつがお妾《めかけ》さんの子やっちいうことは、みんな知っとるわけですよ。それに、あいつの言うこと聞いてたら、もう、めちゃくちゃな親父さんや、やっぱり妾なんか持つ人やなって、そう思うでしょう？　しかも、言うことがやたらと古いんよな。昔のヤクザ映画みたいなことばっかり言って。やから結構、ウザがられてましたよね、正直なところ」

辛辣《しんらつ》なほどずばりと言って、高木少年は、そろそろ予備校に行く時間だと、スマホの時計を確かめた。かのんが最後に、本当にいじめは受けていなかったのかと確かめると、少年は大げさなくらいにうんざりした表情になって、自分は今現在も、中学生の頃も、いじめられたことは一度もないと断言した。

「僕の身長が少し低いんで、他の奴《やつ》らに囲まれてると、もうそれだけで、七堂は僕がいじめられとるっち思い込むんです。何回ちがうっち言っても」

それ以上、かのんから尋ねられることは何もなかった。

結局、三度目の調査面接で分かったことは、七堂隼という少年が、あまりにも素直で純粋なために、父親の言うことを馬鹿正直なほど信じこんで育ち、その父親や母親に褒められるとばかり思って、これまで暴れてきたらしいということだった。そして今、少年はそこまで慕い続け、求め続けてきた父からも母からも、捨てられようとしている。

ぐったりと疲れ果てて調査官室まで戻ると、巻さんが「桜もちでも食べる？」と声をかけてくれた。職場の女性が二人だけになってから、巻さんは以前よりもかのんを気にかけてくれる。かのんは机の上に置かれた桜もちに、両手を合わせて「いただきます」と頭を下げてから、淡い春の香りとあんこの風味、そして、道明寺粉の食感を楽しみ、そして、巻さんに七堂隼の話を聴いてもらった。勝又主任と間杉さんは、まだ戻っていないようだ。若月くんが、ごそごそと動き回っている。

「哀れだわねえ。その少年は、更生にはかなり時間がかかるかも知れないわね」

「そうなんですよね。自暴自棄にならなければいいんですが」

巻さんも桜もちを頬張りながら「根が深いものね」とため息をついている。そのとき、若月くんが「お茶っ葉を替えてきましたよー」と、急須《きゅうす》を持ってきてくれた。

「やっぱり、和菓子には緑茶ですよねえ。ああ、春だなあ」

にこにこと笑う若月くんを見ているうち、初めて会ったときの七堂隼の笑顔が思い出されて、何とも言えず切ない気持ちになってきた。幼い日から、からからと一人で回り続けてきた少年が哀れに思えてならない。もしも彼の周りに一人でも、こんな風に食べることが大好きな男や、朝から晩までゴリラのことばかり考えていれば上機嫌な男がいたら、あれほど素直な少年なら簡単に影響を受けて、今とはまったくちがう風に吹かれて走ることも出来ただろうに。

そんなことを考えていたらスマホが着信を知らせた。栗林からだ。東京は、そろそろ満開を迎えようとしているらしい。咲き誇る桜の花と共に、ゴリラが写っている写真が送られてきた。

〈今日も快便のクチェカちゃん〉

もともとお腹の弱い雌ゴリラを、栗林は、まるで父親のようにいつも心配している。かのんには今一つ見分けがつかないのだが、それでもクチェカが健康に過ごせていて、もしかすると桜の花も愛《め》でているかも知れないと想像すると、気持ちがほぐれて肩から力が抜けていくようだ。

七堂隼との面接は、あと一回残っている。その前に、まずは七堂麗子に連絡をして、妊娠、結婚を含めた事実関係の確認を取る必要があるだろう。さらに、今後の隼とどう向き合っていくつもりなのかも。

それらの話を聴いた上で七堂隼と会っても、結局は今日以上の進展は見られないのではないかという気がする。これまでのように、くるくると表情が変わってくれるのならいいが、今度ばかりは、おそらく彼は生まれて初めての深い孤独に陥っているに違いない。それでも調査官として可能な限り彼のこころの声を聴き、判事に提出する少年調査票を作成するつもりだ。そこには七堂隼が幼少時から、父親によってある意味で相当に偏《かたよ》った価値観を植え付けられて育ったことを明記した上で、今後、少年にはアンガーマネージメントを含めた精神的なサポートが不可欠であること、特に、新たに信頼出来る相手を是非とも見つけてやりたい、その必要があると思うことを書くつもりでいる。そして、かのんが提出する調査票をふまえて、判事には最善と思われる審判を下してほしかった。

「そろそろ、我々も間杉調査官の歓迎会を兼ねた花見の計画を練りたいもんだね」

外から帰ってきた勝又主任が、嬉しそうな顔でかのんたちを見回す。「ですね」と即座に答えたのは若月くんだ。

「近場なら、やっぱり勝山公園でしょうか」

巻さんが応えた。それから「庵原さんは？」と聞いてくる。

「鑑別所の桜以外なら、何でもいいです」

パソコンの画面から目を離さずにかのんが答えると、「たしかに」と柔らかい笑い声が上がった。

「休みの日に、みんなで少し遠出するっていうのも、いいんじゃないか？　なあ、世の中は春。今を楽しまないと。きっと、今ごろは鈴川さんも、新しい勤務地で花見の相談でもしてるだろう」

ああ、鈴川さんが懐《なつ》かしい。だが少年たちとも、職場の仲間とも、一期一会《ごえ》を繰り返していくのが、この仕事だった。かのんだって来年の春はきっと異動になる。おそらく北九州では見納めになる今年の桜と春の風を、きっと心に刻んでおこうと、かのんは自分に言い聞かせながらパソコンに向かっていた。

パパスの祈り

1

「ああ、よく食ったなあ」

店を出るなり腹をさすりながら大きく息を吐き出して、栗林《くりりん》はいかにも心地よさそうに夜空を見上げている。自分もほろ酔い気分の庵原かのんは笑顔で頷《うなず》きながら彼の腕に摑《つか》まった。そろそろ四月も終わろうとして、何となく初夏の気配すら感じられる夜だった。

「こっちのもんて、本当に旨《うま》いよなあ。かのんが転勤してこなかったら、俺、知らないまんまだったわ。今日の糠炊《ぬかだ》きなんか最高に旨かったし」

普通は漬物にしか使わない糠を、北九州地方では調味料としても使う。青魚や肉、あるいは野菜などを煮るのに、仕上げ段階で糠を加えるのだ。すると素材の臭みが抜けるだけでなく、糠の風味と共に、糠床に混ぜ込まれている昆布や唐辛子、山椒《さんしょう》などの味わいまでが素材に染《し》み込む。ことにサバやイワシなどといった青魚が定番らしく、家庭でも作るようだが、糠炊きを売り物にしている店によっては百年ものの糠床を使用しているところも少なくないという。かのんも初めて「糠を食べる」と聞いたときにはいささか身構える気持ちになったものだが、ひと口食べてみて、その風味の奥深さに驚いた。そして今日、栗林はサバの糠炊きを初めて食べたというわけだ。

「明日、俺、あれ買って帰ろうかな。どこで買える？」

「旦過《たんが》市場に行ってみれば？　あそこなら、ほとんど何でも買えるから」

一年にそう何度もあるわけではないが、それでもかのんに会いに来る回数を重ねるにつれて、彼も少しずつ北九州の地理を頭に入れつつあった。動物園勤務の彼がこちらに来られる日は平日と決まっているから、どうしても日中は彼一人で好きなことをして過ごしてもらうことになってしまう。今回も昨日、今日と夕方から翌朝までは一緒に過ごして、明日には、彼はまた東京に帰っていく。ほぼひと月ぶりと、いつも以上に会えずにいたのは、その間、彼がアメリカの動物園へ視察旅行に行ったりしていたからだ。

栗林は普段から国内の動物園に出張することも珍しくない。そして年に一、二度は今回のように、海外の動物園に「視察」や「研修」の目的で出かけることがあった。

さらに二、三年に一度は彼が飼育担当しているニシゴリラの故郷であるアフリカ西部にも行っている。現在、自然界でその数を激減させているニシゴリラだが、自然の中で生きているゴリラの生態をじかに知って学ぶのはもちろんのこと、動物園として何が出来るのか、ゴリラを自然に近い環境の中で飼育し、さらに繁殖させるためにはどんな工夫が必要かなどを考えるきっかけにするためだ。世界中の関係者が、そうして日夜ゴリラの将来について考えているのだと、彼は時として熱く語ることがある。飼育員というと、動物園に張りついている印象があるが、実はかのんなど足もとにも及ばないほど、彼は大きなスケールで動いていた。

「やっぱり日本のものは旨いよ。何ていったって、断然、旨い」

「異動になるまでに、ここでもっと美味《おい》しいものをみつけようね。私もリサーチしておくから」

「異動、いつだっけ」

「来年」

「もう、そんなか。半分以上は過ぎたんだ」

栗林は初めて思い出したように「来年か」と再び空を見上げるようにして、それからかのんの方に顔を向けてきた。

「今度は、東京に戻れる可能性は？」

「なくはないと思うんだけどなあ。一応、こっちの事情も伝えてはあるし」

事情というのはもちろん、栗林との将来設計のことだ。家庭裁判所の調査官にとって異動は避けられない運命だが、予《あらかじ》め希望を出しておけば百パーセントとまではいかなくても、ある程度は考慮してくれる。たとえば配偶者が同じ調査官だったり、また裁判所書記官だったりする場合なら、同時に同じ地方へ異動になることが多いし、親の介護の問題などがあれば、それなりに異動する範囲を狭めてくれたりという具合だ。取り立てて事情などなくても、例えば沖縄が大好きだからぜひ行きたいと希望すれば、かなうこともあるらしい。

「初任地からずっと地方だったんだから、そろそろ戻してもらえてもいい頃だと思うんだよね」

「出来れば今度こそ一緒に住める環境がいいもんなあ」

今のひと言が、おそらく栗林の本音なのだろうと思う。

かのんが三年間勤めていたホテルを辞めて家裁調査官を目指すと言ったときから、かれこれ十年になる。その間、栗林は誰よりもいい理解者だったし、応援もしてくれた。だが一方では、ずい分と我慢してもらっているとも思うのだ。もしも、あのままホテル勤務を続けていたら、二人はとうに家庭を築いていただろうし、今ごろは子どもの一人くらい産んでいたって不思議ではない。

かのん自身も、最近はそのことを以前よりも真剣に考えるようになっていた。三十も半ばを過ぎて、好《い》い加減なところでけじめをつけなければ、このままなし崩し的に二人の関係は自然消滅してしまうのではないかという不安が頭をかすめることもある。ただでさえ中学の時から一緒にいて、ある意味で新鮮味といったものはほとんどないのだし、こうも遠距離での行き来ばかり続いている状態では、いつどちらかの気持ちが離れても不思議ではないとも思うのだ。

「明日も到津《いとうづ》の森に行くの？」

「そりゃあ、こっちに来たからには」

糠炊きを買いに行く前にひと目でも会っていかなければと、嬉《うれ》しそうな顔をしている彼を見上げて、つい苦笑が漏れた。もしかすると、この人には自分などいなくてもまったく問題ないのではないか、ゴリラや他の動物たちと触れ合っていられればそれで十分なのではないかと思うのは、こういうときだ。

かのんが暮らす官舎からなら、自転車でも楽に行くことの出来る到津の森公園には動物園があって、栗林はそこで飼育されているフクロテナガザルがいたく気に入っている。園内のどこにいても聞こえるくらいに大きく響く独特の声は、確かにかのんも面白いと思う。だが、栗林の好きの度合いは、そんな単純なものではなかった。彼にはフクロテナガザルの鳴き声ばかりでなく、手足の形から行動、食性から糞《ふん》まで、何もかもが興味の対象になるらしい。だから一人で動物園に行って、何時間でも飽きることなくフクロテナガザルを眺めて過ごしているらしい。わざわざ担当飼育員のところまで名刺を持っていって、挨拶《あいさつ》してきたと前に言っていたことがあるくらいだ。

「向こうでも栗林のこと、そろそろ覚えるんじゃない？」

「向こう？　サルが？　さすがに、そこまでは通い詰めてないしなあ。だけど、西野さんとなら、もう結構、色んな話をするようになったかな。さっき『明日行きます』ってＬＩＮＥしておいたし」

「ＬＩＮＥ？　西野さん？」

「飼育員。まだ二十代だと思うけど、明るくてしっかりした子でさ」

あ、女の子なんだ、と、ちょっと引っかかった。ＬＩＮＥのやり取りまでしてるなんて。やきもちなど焼く柄ではないが、普段ゴリラの話しかしない栗林が、人間の、しかも若い女性の名前など出すと妙に気になる。ねえ、もしかして、会いたいのはフクロテナガザルじゃなくて、とかのんが言いかけたとき、栗林が「あれ」と小さな声を出した。

「人だかりが出来てる」

彼につられるように自分たちが向かう方向を見ると、少し先にある大きな交差点の辺りに人が集まっていた。パトカーの赤色灯が灯っているらしいのも、夜の闇《やみ》が染まっていることで分かる。

「事故かな」

交差点に近づくにつれ、集まっている人たちの多くがスマホを構えていることが見てとれた。警察官が何人も出ていて、それぞれに警笛や赤く点灯する誘導棒を手にしては「下がって下がって」などと声を上げ、人々の前に立ちはだかるようにしている。それにしては事故を起こした車両など見当たらないなと辺りを見回していたら、ふいにひと際《きわ》甲高い爆音がビルの谷間に響き渡った。同時に周囲から「来た来た！」と声が上がる。

やがて一つ、二つと白いヘッドライトの明かりが見えてきた。耳障《ざわ》りな爆音がさらに大きくなる。小刻みにエンジンを吹かす音は耳をつんざくようで、同時にヘッドライトが左右に大きく揺れていた。周囲から「うおーっ」というような声が上がった。

「すげえ、気合い入っとるやん！」

「馬鹿《ばか》丸出しちゃっ」

周囲の声を聞いている間にも、二台のオートバイは蛇行運転を繰り返しながらこちらに向かってくる。シルエットからすると共に二人乗りだ。近づいてくるにつれ四人ともが、それぞれ目出し帽のようなものを被《かぶ》ったり、顔の下半分を布で覆《おお》ったりしているのが分かってきた。ヘルメットは被っていない。二台とも、ハンドルを握る人物はやたらとエンジンを吹かしては蛇行運転を繰り返し、背もたれの高いシートにもたれかかっている後ろの人物は長い竹槍《たけやり》状のものを持っていて、それをバトンのように振り回したり、先端を路面にこすりつけたりしている。すると、こすりつけた先端から激しい火花が飛んで、そのたびに野次馬から歓声が上がった。

「何だ、これ。暴走族？」

爆音をまき散らして派手な音の割にスピードの出ていない二台のバイクを眺めながら、栗林が「へえ」と感心した声をあげた。

「今どき、まだいるんだ、こういうのが」

ふうん、と頷いてから、彼は「でもなあ」と首を傾《かし》げている。

「何か、侘《わび》しいもんがあるなあ。たった二台だけっていうのは」

「今どきはね、徒党を組むようなことはしないの」

二台のバイクはそれぞれ少し先の方まで行ったかと思うと反対車線にまではみ出して大きくUターンし、またもや交差点に低速爆音で突っ込んでくる。警察官が他の車両の通行を止めているから、大きな交差点の中央は一時的に二台の暴走族にとって格好の晴れ舞台になっていた。直進したかと思えば蛇行に戻り、互いに抜きつ抜かれつしながら派手な改造バイクが我が物顔で行ったり来たりを続けているうち、停車している車列の隙間《すきま》から突如として覆面パトカーがサイレンを鳴らして滑り出してきた。周囲の野次馬が、またもや「うおー」と歓声を上げた。

「やばいやばい、逃げろっ！」

「うひょー！　マジでキレとるんやねえんかちゃ、サツの奴《やつ》ら」

助手席から身を乗り出して暴走バイクに何か呼びかけながら、覆面パトカーの追尾が始まると、二台のバイクはいかにも警察をあおるように細長い棒を振り回し、さらに大きく蛇行運転を続けた。そこに数台のパトカーも赤色灯を点滅させながらついていく。

「あんな座椅子《いす》みたいな背もたれさ——」

「あれ、三段シートっていうんだよ」

栗林は「へえ」と感心したようにこちらを見た。

「かのんて、ああいう連中も相手にすることあるの」

「たまにはね」

「じゃあさ、あの、上の方にせり上がってるカウリングは？」

「あれはロケットカウルね。で、爆音マフラーっていうのをつけてるんだよね。それでこんな音が出てるの。あれ、全部新品で改造しようと思ったら、結構かかるらしいよ」

これだけの爆音をまき散らしながら警察をからかうように走り回っているのは、間違いなく十代の少年だ。つまり、そう遠くない将来、彼らもかのんたちのところに回ってくる可能性があるということになる。

「まいったなあ。せっかくいい気分になってたのに、騒ぎが収まらないことには横断歩道も渡れないじゃないか」

「もうじき、逃げちゃうと思うよ」

「こんなに警察が出てるのに？」

「今は警察も無理に現行犯逮捕はしないみたい。下手に追い詰めて事故を起こさせるのはまずいから。特にバイクの場合は、転んだだけで命にかかわるでしょう？　連中、ヘルメットも被ってないし」

ドライブレコーダーで記録を撮り、バイクのナンバーでも運転者の顔でも、身元が特定できる何かを摑めたら、警察は深追いせずに終わらせる。他に、彼らが通った箇所に設置されている防犯カメラの映像もすべて集めて解析することだろう。一方で暴走族の方も、あまりに長い時間、同じ場所で騒いでいれば、動画をSNSにアップされることで逮捕につながる可能性が高いということくらいは承知しているから、案外すんなりとどこかに消えるのだ。

聞いたところによれば、かのんの親の世代には、暴走族といったら大きな組織なら百人以上ものメンバーを擁していて、週末や、ことに正月などは数十台規模で暴走するのが当たり前だったという。だが、今の暴走族にはそんな結束力はない。出没するのもゲリラ的というか、気まぐれなものだ。それでも目立ちたい気持ちはあるらしく、おそらくは自分たちでSNSに発信するのだろう。だからこうして予め野次馬が集まって待ち構えている。

案の定、夜の交差点で繰り広げられていた二台の暴走バイクとパトカーとの追いかけっこはものの五分程度で次のステージへと移動していった。爆音が遠ざかると共に集まっていた野次馬たちは三々五々いなくなり、交通整理に当たっていた警察官も姿を消して、街は何ごともなかったかのように普段通りの表情を取り戻す。かのんたちも信号が青に変わるのを待って、ようやく横断歩道を渡ることが出来た。

「暴走族なあ。そういうのになるって、俺は考えなかったな」

「栗林は昔から動物ひと筋だったもんね。私は、もしかしたらなってたかも」

「かのんが？　ああ、あの頃？」

商店街を抜けて少し行けば、辺りはひっそりと静まりかえり、街灯だけがぽつぽつと灯る人気《ひとけ》のない道になる。暑くも寒くもない晩に、柔らかい夜気に包まれて歩きながら「そうだよ」とすんなり話せるのも、はっきりと顔が見えないせいかも知れなかった。

「そんなこと、考えてたんだ。まじで？」

「暴走族はともかくとして、グレてもいいかなあとは、ちょっと思ってた」

へえ、知らなかったと呟《つぶや》く栗林は、中学生になったばかりの頃は、ほとんどかのんと変わらない身長だったはずなのに、その後、百六十センチを超えたところでかのんの成長が止まってからもどんどん伸び続けて、今では百八十センチを優に超えている。並んで歩いていても、きちんと見上げない限りは視界に顔が入って来ないから、かのんが感じるのは彼の温《ぬく》もりと、ゴリラのために毎日せっせと働いている腕の筋肉ばかりだ。

「でも、グレなかったんだもんな」

ふいに「えらいえらい」と大きな手がかのんの頭の上に置かれて、ぽんぽんと柔らかく撫《な》でられた。まるで幼い子に戻ったような気分で大きな栗林にもたれて歩くのは、何とも言えず心地好《よ》かった。ゴリラの子どもたちは、きっと毎日こういう感覚を味わっているのだろうなと思いながら、かのんは栗林と並んで夜道を歩いた。

2

その日、新たに担当する事件の資料を勝又主任から手渡され、まず警察から回ってきた捜査記録の表紙をめくってみて、かのんは「道路交通法違反（共同危険行為、無免許運転）」という逮捕容疑に続いて記載されている被疑者の氏名に目を留めた。徳永《とくなが》ミゲル。本名、ミゲル・カルロス・ロペス・トクナガ。

「これ、どこまでが名前で、どこからが苗字《みょうじ》なんですか」

つい首を傾げると、勝又主任が「だろう？」と苦笑する。

「調書に目を通してくれれば分かるが、父親が日系ペルー人で、母親がフィリピン人だそうだ」

「すると、この少年は日本人じゃないということですか？」

「両親ともに日本国籍は取得していないらしいから」

なるほど、と頷いてから、改めて本名を眺め、それで最後は「トクナガ」なのだなと理解した。近ごろは外国籍の少年が逮捕されることも珍しいとは言い切れなくなってきた。それにしても、では、この少年は日本語は出来るのだろうか。もう一度振り向いて勝又主任に聞こうかと思ったが、主任はもう自分の仕事に取りかかっている様子だったし、警察の記録を読めば分かることだと思い直して、まず自分の机に戻る。

徳永ミゲル十五歳（中学三年）は、某日午後十時三十分から四十分頃、北九州市小倉北区魚町から紺屋町《こんやまち》付近の道路上において、暴走族仲間三人と共にオートバイ二台に分乗して無免許で運転、信号無視や蛇行運転などの暴走行為を繰り返したもの。なお、他の仲間三人のうち十六歳の無職少年および十五歳（中学三年）の少年も同容疑で既に逮捕されており、残る十七歳塗装工少年に関しても現在捜査中。

「ああ、あの晩の」

思わず呟くと、隣の席の間杉さんが、くるりと椅子を回して「何です」と声をかけてきた。この人は意外に耳がいい。

「暴走族なんですけど、逮捕容疑にある日って、ちょうど私が見た日なんですよね。

この少年たちだったんだ」

「へえ、どこで？」

「平和通りの交差点で。夕ご飯の帰り道に、バリバリ言わせて走ってきた二台のバイクがいて。この記録を読むと、まさしくその日なんです」

間杉さんは太い眉《まゆ》を動かして「よく覚えてるもんだなあ」と、顎《あご》の張った四角い顔に感心したような表情を浮かべた。

「ええ、ちょうど――」

続きを言いかけて、ちらりと見ると、勝又主任と目が合った。主任に背を向ける格好でこちらを向いている間杉さんは、それには気づかないまま「ちょうど？」と聞いてくる。

「――たまたま、美味しいご飯屋さんに行った日だったので、それで覚えてたんです、かね」

勝又主任が「おっ、クリリンくんか」とでも言ってくるのではないかと思ったのだが、今朝の主任は、どうやら少しばかり厄介な事件に取り組んでいるらしく、何の反応も示さずにすぐに顔を伏せたから、かのんは間杉さんに微《かす》かに笑いかけた。

「あのとき一瞬そんな気がしたんですよね。そのうち、こっちに回ってくるんじゃないかなって」

「つまり、庵原さんの勘が当たったわけだ」

問杉さんはそう言った後、「なるほど」などと頷きながら自分の机に向き直る。かのんも、まあ、そういうことかなと小さく息を吐いて、改めて資料に目を通すことにした。

集中はする、もちろん。

だが、気持ちは楽だった。強盗や傷害、大麻取締法違反や詐欺《さぎ》などといった類《たぐ》いに比べれば、格段に扱いやすい。

オートバイでの暴走行為で逮捕された少年は、これまでにも同じ容疑での逮捕を数回にわたって繰り返していたり、または事故を起こして怪我《けが》人などを出していない限りは、通常は鑑別所などに収容されるようなことはない。自宅で普通に過ごしながら、最終的な決定を待つことになる。この場合、家裁としてはまず少年と保護者にそれぞれ事件への反省や現在の心境などを尋ねるための「照会書」を送付し、それに記入してもらった上で、彼らを家裁に呼んで面接する。その後、教育的措置として交通講習を受けさせたら、それで終わりだ。つまり、裁判官による審判を受けるまでもないという判断で「審判不開始」という決定を下すことになる。そう時間と手間をかけるような事件ではないということだ。

そうでなくともかのんたち家裁調査官は常に七、八件の事件をかけ持ちしている。それなりに厄介な事件を起こして少年鑑別所に入っている少年もいれば、審判前に一定期間、試験観察になる少年もいる。それぞれに犯罪傾向も進んでいる一方で、彼女らは家庭環境をはじめとしてかなり複雑な背景を抱えていたり、精神的に安定していなかったりする場合が多い。そういった少年の事件を担当すると、面接する相手が増えたり、長期間にわたって少年と関わったりと、どうしても時間と手間がかかる。

そんな少年たちに比べれば、改造オートバイで暴走することで満足するような少年は、概してエネルギーが有り余っているだけで、さほど根の深い鬱憤《うっぷん》などは抱えていないものだ。悪ふざけの延長と言ってもいいかもしれない。彼らは、ある程度の年齢になれば、何かの拍子に憑《つ》き物が落ちたように切り替えスイッチが入り、大人になっていく場合がほとんどだった。無論、ここで一度お灸《きゅう》を据えておかなければ、さらに非行の度合いが進む可能性もないわけではないから、決して油断は出来ないのだが、こちらとしては、どちらかといえば事務的に扱って問題ない事件だといってよかった。

ところが、それから二週間ほどして、少年の家から送り返されてきた照会書を開いた途端、かのんは頭を抱えてしまった。逮捕された少年自身が記入する「少年照会書」と、保護者が記入する「保護者照会書」の筆跡が、まるで同じだったからだ。勿論《もちろん》、何らかの理由があって少年が自分で記入出来ない場合に保護者の方が「少年照会書」にも記入するということは、ままあることだ。ところが今回の場合は、逆だった。逮捕された少年の方が「保護者照会書」まで書いている。

少年照会書の方には、子どもらしさは残るものの几帳面《きちょうめん》な文字で、大体、型どおりの反省の言葉が書き連ねられていた。無免許でバイクを運転したことを「無自覚で無責任」だったと自己評価しており、公道で暴走行為を行ったことに関しても「思慮が足りず、社会に多大な迷惑をかけて申し訳なかった」と書いている。そして締めくくりが「今後二度とこのような無謀な真似《まね》はしません」というものだ。これがテストの答案だとしたら、かなりの点数が取れるくらいの、ある意味で模範的といってもいいものだった。

一方、保護者照会書を見ると、まず保護者氏名として、「父親ホセ・アントニオ・トーレス・トクナガ（ペルー人）」「母親アンジェラ・マリア・カスティーヨ（フィリピン人）」と書き込まれているところから始まっていた。家族構成としては、長男であり本事件の当事者であるミゲルの下に十二歳の長女がおり、本名はモニカ・アンナ・カスティーヨ・トクナガとなっていて、カッコつきで「学校では徳永モニカ」と書かれていた。保護者の職業は「父親は会社の技師」をしており、「母親は老人介護施設の手伝い」をしているとある。ついで家族の関係に関しては、「家族は仲がいい。ただし、ミゲルとモニカは日本語しか話せない（ミゲルは中学で習う英語なら分かる）。父親が話すのはスペイン語。母親は英語はある程度話すが、基本はタガログ語。父親も母親も日本語で会話する能力は大体、幼稚園くらい。文字は、ひらがな以外は読めない。書くのはどの文字も無理」

こちらも几帳面な文字で、漢字も間違えていない。だが、両親の氏名の複雑さに加えて、では、この多言語家族は一体どこの言葉でコミュニケーションをとっているのだろうかなどと考えながら目を通していると、かのんの頭の方が混乱してきそうだった。さらに、今回の少年の逮捕についてどう思うかという質問に対しては、両親の代筆というよりも、ほとんど少年目線での回答になっている。

「今度のミゲルの逮捕を知ったときに、父親は怒った。母親は悲しんだ。だがミゲルが『ごめんなさい』と謝ったので、父親も母親もすぐに許してくれた（はず）」

これだけの、しかも少年による記述では、彼の両親が自分の息子の起こした事件について、どの程度正確に認識しているかどうかさえ分からない。保護者として今後、息子にどういう接し方をするか、何をどのように教育するかということも、分かるはずがなかった。かのんは思わず頰杖《ほおづえ》をついて考え込んでしまった。

この先に実施しなければならない調査面接の意味を、どうやって少年の親に理解してもらおうか。面接そのもののときには、どうすればいいだろう。かのん一人で対処するには、どう考えても無理がある。

「必要なら通訳を頼むことになるが、その前に、だ。とりあえず一度、中学に照会してみた方がいいかも知れんな。少年の学校での様子も知っておいた方がいいだろうし、保護者に対しては学校ではどういう対応をしてるのか」

勝又主任に相談すると、主任は「そういう家庭が出てきたか」と椅子の背もたれに寄りかかり、頭の後ろで両手を組んだ。

「これだけ外国人労働者が増えてるんだから、遅かれ早かれそういう問題は出てくるだろうとは思ってたがね」

「庵原さんが担当してる事件とは逆に、親と一緒に海外から移住してきて、日本語がまるっきりダメな子どもっていうのも、増えてきてるみたいですね」

主任とのやり取りを聞いていたらしい若月くんが、珍しく深刻そうな表情で話に加わってきた。

「外国籍だと、日本の義務教育制度からこぼれ落ちちゃうんだそうです。それに、単に日本語が分からないっていうだけで、実際は知能程度に問題がないのに、学校の方で『授業についてこられないから』ってあっさり特別支援学級に入れちゃうなんていう問題も出てきているとか」

「それは可哀想《かわいそう》だなあ」

思わず呟くと、若月くんは「そうなんですよ」と眼鏡の縁を押さえながらため息をついた。

「まずきちんと日本語を教えるっていうシステムそのものが、ほとんど出来てないんじゃないのかなあ。だからそういう子たちは、学校に行ったって授業についていかれなくて、結局は不登校になる場合も珍しくないみたいです。それで、昼間からぶらぶらするようになって、似たような境遇の仲間を見つけて、そのうちに悪い方向に行く場合も、これから増えてくるんじゃないかと思うんですよね」

まだ二十代だが、実は単なる食いしん坊というだけではない若月くんは、時々かのんが気づいていない方向に目を向け、新たな問題を気づかせてくれることがある。そう言われてみればコンビニのレジにしても、外国人労働者が「お弁当あたためますか」とやってくれている。日本はもう、彼らの力なしには立ちゆかない国になりつつあるのかも知れない。だとすれば当然、彼らの子どもたちの教育の問題も出てくることとだろう。そんな話を聞くと、几帳面な文字できちんとした照会書を書いてくる少年は、まだ恵まれていると思った方がいいのかも知れないという気がしてきた。

「単純な事件かと思ったんだが、少し手間取りそうだな」

勝又主任の「まあ、頼むよ」という言葉に背を押されるように、かのんは自分の机に戻った。最近は個人情報保護の問題もあって、よほどのことがない限りは少年が通っている学校や職場などには事件について連絡しない場合が多いのだが、今度ばかりは仕方がなかった。少し考えた末に、今回は「学校照会書」などは送らずに、少年が通っている中学校に直接電話をして調査面接の手はずを整えることにした。ただでさえ複雑な家庭の話を、文章だけで聞き出そうとするには無理がありそうな気がしたからだ。

「うちの、徳永の家に、何かあったとですか？」

数日後、かのんが少年の通う中学校を訪ねると、応対に現れた担任教師は取りたてて身構える様子もなくかのんを出迎えた。電話では「徳永ミゲル少年の家庭について尋ねたい」としか伝えなかったから、おそらく少年が逮捕されたことも知らないままなのだろう。かのんは、そこで初めて、ミゲル少年が道交法違反で逮捕された事実を伝えた。

「逮捕っち、うちの、あの徳永ミゲルが、ですか？」

三十代後半らしい男性教師は最初、きょとんとした顔をするばかりだった。

「え――でも今日も、ちゃんと登校しとったんですけど。そうやなくても、あの生徒は新学期に入ってから一度も欠席したことはないんですが――」

「それは、身柄を拘束する必要はないと判断されて、自宅に戻っているからです」

かのんが案内されたのは教員たちの談話室らしい簡素な部屋で、大きな窓にはうっすらとシミの広がるグレーのカーテンが引かれており、大きな長テーブルに椅子がいくつか配されている他は、片隅にポットや湯飲み茶碗《ぢゃわん》などが置かれている程度の空間だった。そこで、すすめられるままにスチールパイプの椅子に腰掛けて、かのんがテーブルの上にノートを開きかけたとき、担任の男性教師は初めて思い出したように「ち、ちょっと」と、そわそわとし始めた。

「あの、校長、呼んできますんで。あ、いや、じゃあ、ここじゃアレですけん、他の先生が来ちゃうかも知れませんから、あっちにご案内します、あの、応接室に」

数分後、かのんはさっきの談話室とは打って変わって落ち着いた雰囲気の応接室に案内され、革張りのソファーに腰を下ろしていた。しばらくすると五十がらみの校長と覚しき男性が、男性担任を従える格好であたふたと現れた。かのんは再び名刺を差し出しながら、今度は改めて、順を追って自分が訪ねてきた理由を話した。

「家裁としては今後、定められた通りに徳永ミゲルさんと、それから保護者の方とも面接を行わなければなりません。それでうかがいたいのですが、徳永さんの家庭は、ご両親ともそれぞれ外国籍の方だということですね。こちらの学校では、親御さんとコミュニケーションはうまく取れていますでしょうか？」

　もちろん少年の学校での様子も聞かせてもらいたいと伝えると、校長と担任教師は「そういうことか」という表情になり、それから校長先生が「あの生徒は」と口を開いた。耳の近くに分け目のある少ない髪の、櫛目《くしめ》を通して縞《しま》模様に頭皮が見えている。きっと、生徒たちからあだ名をつけられているだろうなと思いながら向き合っていると、校長先生は頬や顎のあたりをさすりながら「いや、驚いたな」とため息をついている。

「彼は、うちの学校ではトップクラスの優等生なんです」

「そうなんですか」

「本校には徳永の他にも、韓国籍や中国籍の生徒が何人かずつおるんですが、あの生徒は外国籍とは言ってもちょっと特異というか、別格なんです。何しろ優秀でしてね。外見は確かに外国人なんですが、国語力という点でも日本人と同じか、またはそれ以上です。本もよく読みますしね」

　意外な気持ちと「なるほど」という思いが半々になった。一般的に、暴走族になるような少年には、いわゆる落ちこぼれの学校嫌いも少なくない。だが一方で、少年の書いてきた照会書の几帳面な文字が、彼の能力を物語っているとも思えた。二人の教員は、徳永ミゲルという少年は国語だけでなく全教科についても成績は優秀で、しかも性格は明るく行動的なために、生徒たちからも人気があり、とてもオートバイで暴走行為をするような印象ではないとも語った。この中学にもいわゆる不良グループがいるが、彼らとつきあいがあるという話も聞いていないという。

「それで、先生方は、徳永さんの保護者とお会いになったことは、おありでしょうか？」

　話をもとに戻すと、校長先生は初めて隣の担任教師と顔を見合わせ、「うーん」と曖昧《あいまい》な表情になった。

「お母さんには何回か来ていただいたことがありますが、日本語は、まあ、基本的な日常会話というか、挨拶くらいというところですかね」

「たとえば成績の話とか、今後の進路の話などは、どうされているんでしょう？」

　すると男性教師が「今年は僕が担任なので」と少し自信ありげな表情になった。彼は英語を教えているのだそうだ。だから先日の保護者会の折にも、ミゲル少年の母親に対しては日本語に英語を織り交ぜた形で会話を成立させたのだという。

「とはいっても、個人面談ちいうわけでもなかったですし、帰りしなにほんの数分、立ち話をしただけですが」

「たとえば、どのような感じでお話しされたんですか？」

担任教師は「ええと」と少し思い出す表情になる。

「まあ、来年は受験がありますね、とか、頑張って、とか」

ノートにペンを走らせながら、その程度なら自分にも話せそうだと思っていたら、担任は、もちろんもう少し他のことも話したのだがとつけ加える。

「とにかく、こっちが何を言っても、お母さんは『はい、そうです』『はい、分かります』って繰り返すんです。でも、質問と答えがちぐはぐだったりして、正直それほど正確に理解してるとは思えん感じでしたね。それに、徳永自身が言っとるんです。親に言っても理解出来んけん、あとのことは自分で決めるけんっち。徳永には小学生の妹がおるんですが、その小学校との連絡なんかも、徳永がやっとるんだそうです」

「では、徳永さんの家庭では、ご両親はどこの言葉でコミュニケーションを図っているんでしょうか」

二人の教師はまたも顔を見合わせて「さあ」と首を傾げている。

「日本語、やろうと思いますよ。たしか、そう言っとったと思います」

そんな拙《つたな》い日本語がコミュニケーションの手段なのか。そういう環境で育った少年は、果たして自分の思いを親に伝えることが出来ているのだろうか。かのんはにわかに、まだ会ってもいない少年の心情が気がかりになってきた。

3

徳永ミゲル少年が通っている中学は公立校ということもあり、また、少年が成績優秀な上に日頃から問題を起こすような生徒でもないことから、今回の逮捕事実に関しては問題として表面化させないことにすると確約してくれた。

「正直なところ、その程度のやんちゃをするくらいで、いちいち目くじらを立ててもおられませんからね。うちに通っている生徒には、もっと本格的な問題児もおりますんで」

校長先生に苦笑交じりで言われたときには、かのんもほっとしたものだが、それなら家裁は家裁として、今度の事件を通して、少年の家庭の問題について考えていかなければならないと、改めて大きな課題に直面した気分になった。通常であれば一度の面接ですんなり済ませられる類いの事件だが、そう簡単にはいかないかも知れない。

「つまり、保護者双方から話を聞くことにするなら、スペイン語の通訳と英語またはタガログ語の通訳が必要だということだな」

調査官室に戻って報告をすると、勝又主任は「スペイン語」「英語」「タガログ語」「日本語」と、いちいち手にしたペンを振りながら頭を整理するように机の前をうろうろと歩きまわった。

「それぞれの言語で照会書を送付するくらいなら、通訳をつれて調査面接に行く方が早いんじゃないでしょうか」

少年鑑別所から戻ってきたばかりの巻さんが、助け船を出すように自分の席から顔を上げた。

「まず送付する照会書を、それぞれの言葉に訳してもらって、戻ってきたのをまた訳してもらってっていうんじゃ、時間と手間がかかります」

それはかのんも考えていたことだ。

「でも、こっちからいきなり訪ねていってもいいものでしょうか」

巻さんの方を振り向いてかのんが尋ねると、巻さんは当然という表情で「だって」

と眉を大きく動かす。

「来てもらう理由をきちんと理解してもらうまでにもそれなりの時間がかかるんなら、さっさと訪ねていくのが手っ取り早いに決まってるじゃない？」

いつもながら、巻さんの発言は歯切れがいい。これだけはっきりした人が、「そろそろ主婦業も卒業したい」と言い出してから、ずい分長いこと結論を出していないのが、かえって不思議なくらいだ。

「最低でも、どういう理由で何日に、家裁に来てもらいたいっていうことを、まずは理解してもらわないと」

巻さんは、早くもパソコンに向かって手を動かしながら、通訳を依頼するならどこがいい、などという情報を探し始めてくれている。ようやく、勝又主任が「よし」と大きく頷いた。

「両親とも昼間は仕事をしてるんだったよな？」

「でも、勤務先に連絡をしたら、噂《うわさ》になって困ることになるかも知れません。それに、いずれにせよ日本語が達者じゃないわけですから」

「そうだ。だから、とりあえずは少年本人に連絡をして、いつだったら父親か母親とじかに話が出来るかを確かめることから始めるんだ。それで父親と母親、それぞれに対応出来る通訳を同行して調査面接に向かう、と」

「でも、少年と両親がどこまでコミュニケーションが図れているか分からないわけですから」

「その程度は何とかなるんじゃないか？」

「裁判所で通訳ハンドブックをアップしていますから、ダウンロードしましょうか。あ、プリントアウトした方が早いかな」

やり取りを聞いていた間杉さんも、せっせとパソコンに向かって手を動かしてくれている。かのんは、巻さんや間杉さんに礼を言いながら、とりあえずは主任の言う通りに徳永ミゲル少年に電話するとして、どう切り出そうかと考えを巡らせ始めた。十五歳の少年がいきなり家裁からの電話を受けたら、どれほど緊張するだろうかと想像してみると、最初の第一声からして、こちらも気をつけなければならない。面と向かうよりも、電話の方がよほど神経を使うものだと、口元に力を入れたとき、若月くんが「みなさーん」と笑顔で帰ってきた。

「柏餅《かしわもち》、買ってきましたよー。こしあんと、みそあん。お茶にしませんかー」

食べることが大好きな後輩調査官は、こうして少しばかり頭がキリキリしそうなところに、実にいいタイミングで現れてくれる。かのんは素早く「お茶淹《い》れましょう!」と立ち上がった。ここはひと息入れて、落ち着いてから、少年と向き合うべきだった。

「お兄ちゃんはおりません」

ところが、せっかく気持ちを入れ替えて、ある程度のシナリオも考えた上で電話をしたら、応対に出たのは少女の声だった。

「お兄ちゃんに用やったら、お兄ちゃんの携帯に連絡してください」

「じゃあ、お兄ちゃんの携帯の番号を教えてくれる？」

「いいけど——でも、あんまり出んかも。ほとんどＬＩＮＥしか使っとらんけ」

「そっか——じゃあ、お父さんかお母さんの携帯の番号は？」

すると、少女の声が「あなた、誰ですか」と言った。しっかりしている。かのんは目の前に少女がいるような気持ちになりながら自分の身分と名前を伝えた。

「あ、お兄ちゃんが捕まったことと関係あるんですか？」

「そう——そうなんだよね」

少女は「じゃあ、ちょっと待ってください」と言った後、少ししてから、二つの携帯電話の番号を教えてくれた。

「やけど、パパもママも日本語あんまり分からないですよ」

最後に少女は突き放すような口調でそう言うと、さっさと電話を切ってしまった。ゆっくりと受話器を戻しながら、かのんは思わずため息をついた。果たしてこの家族に団欒《だんらん》はあるのだろうか。全員が何かについて話し合い、時として笑い合うことなどが、あるものだろうか。せっかく美味しい柏餅をいただいた後だというのに、その余韻さえ、すっかり消えてしまいそうだった。

「それでも、親子の信頼関係っていうものは保たれてるんだろうと思うよ」

その晩、オンラインで栗林と会話しながらかのんが多言語家族の話をすると、栗林はいつものように焼酎《しょうちゅう》のお湯割りを呑《の》みながら、意外なほど涼しい顔でそう言った。

「そんなこと言ったって、会話がほとんど成立してないんだよ」

「言葉そのものの意味は分からなくても、通じ合うものっていうのが、あるわけさ。俺とゴリラなんか、そうだもんな」

ちょっと、ゴリラと一緒にしないでよ、と言いかけて、その言葉を呑み込んだ。そういえば以前、類人猿のゴリラはチンパンジーに次いで遺伝子が人間に近く、人間との違いは二パーセントほどに過ぎないと、聞いたことを思い出したからだ。栗林は日頃からそんなゴリラたちと向き合い、ときとして褒めたり叱《しか》り飛ばしたりしながら、互いに信頼関係を築いてきたのだと言っていたことがある。言葉の意味は分からなくても、そこにこめられた気持ちを、ゴリラは間違いなく理解するのだそうだ。そういうところまでこぎ着けているからこそ、動物園のゴリラたちは栗林を身内だと思って信じてくれているという。中でも、ほんの赤ん坊の頃に動物園にやってきて、栗林が育ててきたマウアという雌のゴリラなどは、おそらく栗林を実の親だと思っているに違いないとも聞いている。ゴリラと人間がそれだけ密接な信頼関係で結ばれるのなら、少しくらい言葉の壁があったって、人間の親子の間に信頼関係が結べないはずがないという栗林の理屈も、そう考えれば分からなくはなかった。

「それに、親には親なりの考えがあって、おそらく日本語での教育を受けさせたわけだろう？　もしかしたら、どっちつかずの中途半端《はんぱ》にならないようにと考えたのかも知れないし、それこそが親の愛ってもんだよ」

「親の愛は分かったけど、でも、自分たちの思いとか悩みとか、そんなことも打ち明けられないでいたら、やっぱり淋《さび》しくない？」

「どこの家族だって、みんなが自分たちの思いや悩みを打ち明けてるとは限らないよ。かのんの家族だって、そうじゃないか？」

「そうだけど——じゃあ、他愛ない話でもいいや。たとえばテレビ見ながら『あの人好き』とか『こんなものが流行《はや》ってるんだね』とか、そんな雑談も出来ないとしたら、やっぱり淋しいと思わない？」

まあなあ、と、そこでようやくタブレットの向こうの栗林も考え込む表情になる。だがそれも一瞬のことで、すぐに「そこんとこは」といつもの顔つきに戻った。

「ジェスチャーとかさ」

「じゃあ、今回みたいに、何か問題が起きた場合は？」

「そういうときは周りがサポートすればいいのさ。今回はかのんが橋渡しの役割をしてやればいいじゃん」

それにしても、あのときの暴走族がなあと、栗林は湯飲み茶碗を傾けながら、「これも縁だな」と笑っている。その笑顔をタブレット越しに眺めながら、少年の両親は、こんなやり取りさえ出来ないままで来たのだろうかと、かのんはまた、何ともやりきれない気持ちになった。

結局、徳永ミゲルと彼の両親との面接が実現したのはそれから三週間も過ぎてからのことだった。それだけ時間がかかったのは、まず週に一度行われる事例検討会議の席で、少年と少年の両親に対するアプローチの方法をじっくり検討するところから始めたからだ。おそらく満足にコミュニケーションが図れていない家族だと判断されたら、その後はどういう対処の仕方がいいだろうかという意見を、勝又主任以下五人の調査官がそれぞれに述べ合い、ああでもない、こうでもないというやり取りの末、ようやく方針が決まった。巻さんのように、すぐに個別に調査面接を行うべきだという意見もあったが、最終的には基本に忠実に、少年と保護者とに揃《そろ》って面接を受けてもらう形式は変えずにいこうということになった。

そうは決まったものの、実際にこぎ着けるまでに、また手間がかかった。まず、少年の両親に電話をする前に、かのんが予め原稿を作成し、さらにかのんが傍にいる形でスペイン語と英語の通訳から、それぞれ少年の父親と母親とに電話を入れてもらう。この時点で、母親は英語よりもタガログ語の方が話しやすいということが分かったから、通訳を替えることになり、また日を改めてこちらの用件と面接の必要性を説明し直した。両親ともに用件を理解したところで、それでも夫婦間でどこまで正確なコミュニケーションが取れているか分からないという懸《け》念《ねん》があったから、それぞれから都合のいい日を聞き出して、かのんの方で予定のすり合わせを行い、それが出来た時点で少年自身にも呼び出しをかけて、やっとのことで面接までこぎ着けたというわけだ。

「やれやれだぁ！」

何とか面接の日が決まったときには、かのんはつい万歳をしたまま、机に覆い被さるような格好になったくらいだった。すると、すかさず目の前にプリンが置かれた。

頭の上から間杉さんの「お疲れさん」という声が降ってきた。

4

徳永ミゲルとその両親との調査面接の日は、普段かのんたちが使っているこぢんまりした面接室ではなく、主に家事事件のときに使う、もう少し広い部屋を用意した。家事事件では離婚調停や遺産相続など、関係者の数が増えて、集まる人間も多くなる場合がある。そういうときのために、家裁にはいくつかの部屋が用意されていた。そこに今回は、徳永ミゲルと両親、スペイン語とタガログ語の通訳が一人ずつ、そしてかのんの六人が揃うことになった。

「こんにちは。私は徳永ミゲルのお父さんです」

「私は、ミゲルのママさんですね」

少年の両親は共に小柄で、控えめな雰囲気の人たちだった。ことに豊かな黒い髪を持ち、細面の顔に髭《ひげ》を蓄えている父親は、太い眉の下からのぞく目に、何とも言えない憂《うれ》いを含んだ色があって、それがペルー人だからなのか、それとも彼の人生がこういう顔を築き上げたのかと思わせるような哀感漂う風貌《ふうぼう》をしている。

「どうぞ、お座り下さい」

かのんの言葉に頷く母親は丸顔で愛嬌《あいきょう》のある顔立ちをしており、体つきもぽっちゃりとしていて、金髪に染めたウェーブのあるショートヘアの女性だった。浅黒い肌に薄いピンク色の口紅がよく似合っていて、笑うと人なつこそうな表情になる。そして、両親と共に現れた少年は、やはり小柄で華奢《きゃしゃ》な体格をしているが、父親譲りの太い眉の下にある黒目がちの瞳《ひとみ》は真《ま》っ直《す》ぐで、大きめの口をきゅっと引き結び、緊張しているのか挑戦的になっているのか、瞬《まばた》き一つせずにかのんを見つめていた。

「やっと皆さんとお会いできましたね」

かのんが口を開くのと同時に、左右にいる通訳が、それぞれに自分たちの正面にいる母親と父親に話しかける。その言葉を聞いて、ミゲルの両親が頷いたり微笑《ほほえ》んだりしている間、かのんはミゲル少年の表情から目を離さないように気をつけていた。

「私は、この家庭裁判所で調査官をしています。まず、ご理解いただきたいのですが、これは警察の取調ではありません。私はミゲルさんを罰するのが仕事ではありません。ですから、お話し出来る範囲で、思った通りのことを話して下さい」

何を話すにも通訳を介さなければならないから、すべてをいつものペースですすめるわけにはいかない。しかもその相手が二人いるとなると、普段の何倍の時間がかかるか見当がつかなかった。それでもかのんは丁寧に、まず少年の両親から氏名、年齢、経歴、職業の順で質問していった。

父親のホセ・アントニオ・トーレス・トクナガは、現在四十六歳。ペルー北部のチクラヨという都市で生まれた。曾《そう》祖父母が共に愛媛県の出身で、大正時代にペルーに移住したのだという。ホセは学生の頃に一度、曾祖父母の故郷を見てみたいと考えて愛媛県を旅した経験があるという。

「もしも親戚《しんせき》がいたら、ぜひとも会ってみたかったけれど、見つからなかったそうです」

通訳が訳す間、彼は口もとに諦《あきら》めの笑みを浮かべて肩をすくめていた。

その後、彼はリマの工業系大学を卒業して、一度は現地の企業に就職したものの、治安の安定しないペルーよりも曾祖父母の故国で暮らしたいという思いが捨てがたくなり、兄と共に来日を決めた。日本では幾つかの職場を経た後に、紹介してくれる人がいて現在の住宅設備機器メーカーに就職し、現在に至るまで技術者として働いている。共に来日した兄の方は、思うような職が見つからなかったこともあり、来日してから三年後にペルーへ帰ってしまったという。それと前後して、ホセは現在の妻と知り合い、妻の妊娠を機に結婚。そのまま日本に残ることを決意して、定住資格も取得している。

母親のアンジェラ・マリア・カスティーヨは三十九歳。フィリピンのセブ島出身で、二十歳のときに興行ビザを取って来日した。プロモーターを介して得た仕事はフィリピンパブのダンサーという触れ込みだったが、大阪、神戸、博多と渡り歩いたのは、いずれもダンサーというよりホステスとしてだったという。そして、博多の店で働いていたときに客として来たホセと知り合い、交際、妊娠を機に結婚に至った。

「知り合ったときの、お二人の会話は何語だったんですか？」

かのんの質問に、息子を挟んだ格好で腰掛けている二人は互いに顔を見合わせて薄く微笑みを交わし、少し恥ずかしそうな表情で口々に「にほんご」と言った。続いて妻のアンジェラが口を開いた。通訳が素早くノートにペンを走らせる。

「私が生まれたセブ島は、スペインの植民地だった時代もあるので、スペイン語を話すというだけで、ホセを近く感じました。私はスペイン語は分からないけど、私にもスペイン人の血が流れてるかも知れないと、母親から聞かされたことがあるからです。来日する前、ビザを取得するためにダンスと一緒に日本語も少し習いましたから、少しだけ日本語を話せます。ホセは、ひいお祖父《じい》さんとひいお祖母《ばあ》さんが日本人ですから、その言葉をお祖父さんから教わって、少しだけ日本語が分かります。お互いに、その言葉で話をします」

　両親に挟まれた格好のミゲルが、早口で語る母親をしげしげと見つめている。これほど饒舌《じょうぜつ》な母を見たことがないのだろうかというほど珍しそうな顔をしている少年を観察しながら、かのんは通訳を介して語られる内容をノートに書き取り、また相づちを繰り返していた。

「すると今も、お二人の会話は日本語ということになりますか？」

「私は今、週に三回、お年寄りのケアをする施設に働きに行っていますから、前より少し、色々な日本語が分かるようになりました。ホセは会社では通訳がつきますから、あまり上達しません。でも私たちは日本語で会話をしています」

　では、子どもたちに日本語だけを学ばせたのはなぜか、子どもたちとのコミュニケーションはどうしているのか、そして今回、息子のミゲルがオートバイの暴走行為で逮捕されたことに関してはどう思っているかを、かのんは順番に聞いていった。主に妻の方が先に口を開く。その言葉を理解出来ないホセは、相変わらず哀愁に満ちて見える顔つきで、ただ黙って妻の言葉に耳を傾けるばかりだ。少年の方はといえば、やはり興味津々《しんしん》の表情で、語り続ける母親を見つめている。

「最初は私もホセも、子どもたちがスペイン語、私の話す英語、タガログ語、そして日本語、ぜんぶ話せるようになればいいと思っていました。でも、幼い子はテレビを見ているだけで自然に日本語を覚えていきます。近所の子どもたちと遊んでいる間にも、当たり前のように日本語を話すようになりました。ホセがスペイン語で、私が英語やタガログ語で呼びかけても、ミゲルは即座に日本語で返事をするようになったんです。それを見ていて、ホセと相談しました」

そこで初めて、ホセが口を開いた。喉《のど》の奥に何か引っかかっているような、いがらっぽいのとは異なる独特の渋い声だ。ようやくスペイン語通訳が出番とばかりにペンを動かし始める。女性の通訳だったが、彼女はところどころ相手の発音を繰り返しては、意味するところを確認するたびに「あー」と頷いて、通訳を続けた。

「私はずっと日本で暮らそうと心に決めています。そうなれば息子も娘も、自分で将来を決める年齢になるまでは日本で生きていくのだから、日本語を『母語』として正しく身につけるべきだと考えました。何よりも子どもを混乱させたくなかったのです。日本人の友だちと同じ言葉で会話して、遊べるようになるのが一番だと思いました。ミゲルは小さなときから他の子よりも早いくらいに、どんどん日本語を覚えていき、同時に、スペイン語もタガログ語も忘れていきました」

隣のミゲルは父親を一心に見つめ、通訳が「忘れた」という表現を使ったときには心底驚いた表情になった。彼は、自分が日本語以外も喋《しゃべ》っていたことさえ、記憶していないのに違いなかった。

「『母語』がしっかりして、次に学校で英語を習うようになれば、それでいいと思ってきました。それに、彼はきっと妻の話す英語が訛《なま》っていることにも気がつきます。いいえ、もしかしたら、もう気がついていることでしょう。その英語を、そのまま身につけてしまっては、彼がもしも将来アメリカやヨーロッパに留学するようになったとき、損をするとも思いました。スペイン語は、日本で話す人はそう多くありませんから、彼が必要だと思ったときが来れば、私が教えればいいことだと思ったんです」

ミゲル少年の顔つきがますます変わっていく。無口に見えた父親は、ひとたび口を開くと堰《せき》を切ったように話し始めた。

「私も、妻のアンジェラも、日本に来る前に自分たちの生まれた国でそれぞれに、色々な苦労をしてきました。会話が充分ではないので、妻の苦労を本当にちゃんと聞いたことはありませんが、知り合った頃から、彼女は日本語で『びんぼう』『お金欲しい』ということを、よく言いました。妻は故郷に老いた母親や兄妹がいるのです。私にも故国に祖父母と両親、兄妹や親戚がいます。今のペルーは経済的にはずい分発展しましたが、治安の点でまだまだ心配です。私たちは日本をとても信頼しています。

だから子どもたちには、この国で立派に成長して欲しいんです」

通訳を介して聞く言葉に、しばらくの間はただ驚いた様子で両親のことを見つめていた少年だが、時間がたつにつれ、表情が険しくなり、口もとに力が入り始めた。父親の話が一区切りついたところで、かのんは「では」と口を開いた。

「今度はミゲルさん、あなたに質問をしてもいいですか」

唇を引き結んだまま、少年がこちらを向いた。巻き毛の下のきらきらと輝く黒い瞳は、確かに知的に見えるし、好奇心に満ちていることが十分に感じられる。

「これまで、ご両親からこういう話を聞いたことはあった？」

「ありません――あるわけ、ないやないですか」

「そうですね。では、今日は大きなチャンスでしたね。これが、ご両親のあなたに対する気持ちだと、よく分かったと思います。そういうご両親に育てられて、あなたは学校での成績も優秀なのに、どうして暴走族なんかに入ったのかな」

今度は、かのんの左右にいる通訳が、ミゲル少年の両親にそれぞれ、かのんの言葉を通訳し始める。少年は少しの間、目を伏せて何か考えている様子だったが、ふいにきっと顔を上げた。

「僕は――叫びたかったんです」

「何を？」

「僕は——ここにおるって」

一度、口もとをぎゅっと引き締め、それからちらりと父親の方を見て、少年は改めてこちらを向く。

「ずっと思ってました。自分は一体、なに人なんやろうって。父さんはペルー人。母さんはフィリピン人。じゃあ、僕は？　日本で生まれたけど日本人やない。国籍は二つあるけど、どっちの言葉も喋れん。どっちの国に行ったって、親戚と会ったって、話も出来んのよ。じゃあ、僕はなに人なんやろうって。ねえ、教えてくれますか。僕は誰ですか」

かのんは「そうね」と言ったまま、黙って少年を見つめていた。まさか、こんな問いを投げかけられるとは思っていなかった。

「難しい問題だね」

かのんが正直に答えると、少年はわずかに顎を上げて「でしょう？」と少しだけ満足そうな表情になる。両脇《わき》で逐一その話を聞かされている両親はそれぞれに眉根を寄せていて、次第に切なげな表情に変わっていった。

「そんなに簡単に答えなんか出ないですよね。やけど、それでも僕はここにおる。日本で生まれて、ここで育って、なに人か分からんけど、とにかくここにおるんちゃ。それを、叫びたくて」

いかにも負けん気の強そうな顔をしている。これまで精一杯に肩肘《かたひじ》を張って、自分を支えてきたらしいことが感じられた。

「父さんと母さんが、どんなところで生まれて、どんな苦労をしたか、今まで一度も聞いたことはなかったです。それに、僕のことをどんな風に考えとるかも、話したことはない。だって――分からんのやけ」

少年の語尾が少し荒くなった。途端に母親のアンジェラが悲しげな表情になって少年を抱き寄せようとする。するとミゲルは「やめろちゃ」と顔をしかめて、乱暴にその手を振りほどいた。

「僕は赤ちゃんやないんちゃ！」

「あ――ごめんなさい」

母親は日本語で答えて、ますます悲しそうに顔を歪《ゆが》める。父親も少年の肩に置きかけていた手を宙で止めたまま、いかにも外国人らしいジェスチャーで天を仰いだ。

神よ。

多分、そんなところだろうと思う。予想していた通り、この家庭には圧倒的にコミユニケーションが不足している。栗林が言っていたように、愛情は十分にあるのだろう。だが、この怜悧《れいり》な少年は、成長と共に飢え渇くほど、自分の存在理由を探し始めているのだ。

「叫びたかったのは、分かったわ。でも、どれほど叫んでも、誰も答えは与えてくれないということも、ミゲルさんなら分かっていると思います」

少年が悔しそうに唇を噛《か》む。

「これを運命と言っていいのか分からないですが、それが、あなたが生まれつき抱えてきたものだろうと思うんです。そして、もしかすると、これから先もずっと抱え続けなければならないものかも知れないですね。いつか、自分自身で答えを出すときが来るまで」

顎にシブシブの梅干しジワが浮かぶほど唇を尖《とが》らせて、少年は肩で大きく呼吸をしている。まだ薄い胸が、その都度微かに上下した。

「それにね、まだ免許証が取れる年齢でもないのに暴走行為に走るっていうのは、どうなんだろう。悩みがあるから、やってもいいということでは、ないよね？」

「それは――」

少年が、目が覚めたように神妙な顔つきになった。

「今日、ご両親と一緒に来ていただいたのは、まずその問題があるからなの。それは、分かりますね？」

「――そうでした」

「思うように気持ちを伝えられないかも知れないけど、ご両親があなたを心配してることは、よく分かってるんでしょう？」

するとミゲル少年は両親を交互に見て、それから肩を落として「ごめんなさい」と呟いた。黙って見つめている父親と母親の表情には哀《かな》しみと慈《いつく》しみと、言葉に出来ないもどかしさとがない交ぜになっているように見えた。

「あなたは学校の成績も優秀なんだそうですね。照会書に書いてきた字も、すごくきれいで、正直なところ、私は驚いたんだ」

少年は、ちらりとこちらを見て、初めてはにかんだような表情を浮かべる。

「こんなことで捕まるなんて、本当にもったいないなと思いました。ねえ、君は、将来の夢とか、あるのかな」

通訳の言葉を聞きながら、両親ともに息子の方を向いている。少年は、そんな父と母にちらちらと視線を送り、少しもごもごと口もとを動かしていたが、やがて「出来れば」と口を開いた。

「医者になりたいっち、思っとります」

「それは、どうして？　何か理由があるんですか？」

「四年前に妹が病気で入院したとき、病院の先生がすごくカッコよく見えて、ああ、僕も人を助けられるような仕事につきたいなち思ったのと、それから――医者になって、父さんや母さんの国とかにも、行けたらなっち。貧しい人たちがたくさんおるっち聞いたけん。そういう人たちの助けになれたらなっち」

　両親が共に大きく表情を崩すのを、少年はあえて見ないようにしているようだった。ただ真っ直ぐにかのんの方を見て、徳永ミゲルは「やけど」とまたつまらなそうな顔になった。

「そういう話も、本当は聞いてもらいたいち思ったりしたんやけど」

「親に話せないストレスも、あったのかな。バイクでぶっ飛ばすのに」

「――否定はしません」

　大人びた言い方をする。それにしても不思議なものだった。どこから見ても日本人に見えない巻き毛の少年が、完璧《かんぺき》な日本語で「自分はなに人なのだろうか」と吐露し、自分の存在を確かめたくてバイクで暴走したのだと語る。違法行為とはいえ、彼の心情も分からなくはなかった。

「私としては、バイクで暴走なんかするよりも、将来の夢に向かって突っ走って欲しいと思うんだけど。その方がずっとカッコいいし、第一、警察なんかからかうよりも、間違いなく面白いことが待ってる気がする。それについては、どうですか？」

徳永ミゲル少年は唇を引き結んだまま少し考える顔つきをしていたが、ふいに「あの」とこちらを見た。

「前科があったら、医者にはなれんですか？」

「前科？」

「だって僕は警察に捕まったけ、これは一生、消えんのでしょう？」

通訳が訳すのを聞いて、両親も心配そうな顔になった。かのんは三人に向かって、ゆっくりと首を横に振りながら「大丈夫ですよ」と微笑んで見せた。

「あなたはまだ少年ですから、前科などは残りません」

「まじで？　あ、そうなんですか？」

表情をぱっと明るくした少年に、かのんは「ただし」と釘《くぎ》を刺すのを忘れなかった。

「暴走族は、もうやめること。悪い仲間とつるむのもね。あなたの夢を大切にするためには、もう二度と同じ失敗を繰り返さないことが必要です。警察から回ってきた調書によれば、あなたが乗っていたバイクは先輩からのお下がりだそうだけど、一日も早くそれを返してしまって、きれいさっぱり縁を切ること。それが出来ますか？」

「返します！　もともと——そんなにイケとるバイクち思ってもなかったし」

ミゲルが声をあげ、それから親子三人は互いに顔を見合わせて頷き合っている。あれほど憂いを含んで見えた父親の瞳が、いつの間にか少しばかり和らいでいた。言葉に出来ない分だけ、この人は相当な年月、一人で憂鬱と様々な屈託とを抱えていたのだろうかと、思わずにいられなかった。

5

その後、徳永ミゲル少年は教育的措置として交通講習を受けるために別室に移動していった。本来なら講習もかのんが行うのだが、今日は間杉調査官に受け持ってもらっている。とはいえ、少年はまだ免許を取得できる年齢に達していないのだから、交通法規の遵守《じゅんしゅ》や安全運転講習をするよりも、ひとたび事故を起こした場合の周囲に与える影響の大きさや怪我などの深刻さを中心に理解してもらうことになっている。

「この時点で私たち調査官の、皆さんへのアプローチは一応、終わりになります。あとは書類を作成して裁判官に提出すればいいだけです。今回は、徳永ミゲルさんには特に処分というものも下らないでしょう」

ミゲル少年がいなくなると、かのんは改めて少年の両親と向かい合った。通訳を通して今の言葉を聞いた彼らは、ここでようやく安心した表情になった。ことに父親のホセは、万一の場合は職場にいられなくなるどころか、国外退去処分になるのではないかとまで心配していたことも、話を聞くうちに分かった。その心境を、彼は妻にもきちんと伝えられていなかった。今、通訳を通して初めてそのことを知って、母親のアンジェラはなぜだか「ごめんなさい」と繰り返しては、目を赤くしている。そんな二人を交互に見ながら、かのんは「それで」と、テーブルの上で両手を組んだ。

「本来でしたら、息子さんの講習が終わるのを待って、三人でお帰りいただいて構わないのですが、実は、私から一つだけ、提案があるんです」

両親の表情が再び怪訝《けげん》そうなものになる。かのんは「心配しないで下さい」と通訳を通して二人に伝えた。

「これは、命令とか処罰などというものではありません。あくまでも提案なのですが」

家庭裁判所では、事件を起こした少年に対する教育的措置の一環として、少年とその保護者を対象に親子合宿やキャンプといったグループワークを行うことがある。目的は、あくまでも少年が非行を繰り返さないために、まず親が親としての自覚を持つことと、親子でコミュニケーションを図る糸口として欲しいというものだ。事件を起こす少年の多くが、親子の関係が希薄だったり、こじれたりしている場合が少なくないからだ。

　およそ三組から五組ほどの親子に参加を呼びかけ、かのんたち調査官の他、学生ボランティアなどにもサポートしてもらって、日常から離れたところで親子の関係を見つめ直すきっかけを作る。やることは簡単だ。親子で工作に取り組んだり、昼食の支度を共にして、自分たちが作った料理を味わったり、また牛の乳搾《しぼ》りや、地引き網漁を体験してもらったこともある。とにかく会話のきっかけが摑めて、親は子の、子は親の、それまで知らなかった一面に気づくことが出来ればそれでいい。そうして一日を過ごした上で、最後に作文を書いてもらい、また他の家族とも意見交換などをすることで、新たな親子関係を築いていくきっかけ作りにしてもらいたい。かのんは近々行われる予定になっているそのグループワークに、徳永親子にも参加してもらいたいと提案した。

「ミゲルさんは今とても大切なときです。非常に優秀なお子さんですし、それだけに彼には早熟な部分もあるのでしょう。彼は、自分の存在意義というものに疑問を抱き、自分なりに結論を出そうとして、もがいていたのだろうと思います。そんな彼に、ご両親は常に自分のことを信じ、また見守っていてくれる存在なのだと感じさせてあげたいというのが、私たちの願いです」

通訳からそれぞれの言葉で話を聞いた夫婦は互いに顔を見合わせて、戸惑ったように首を傾げては、日本語で「行きましょうか」「行けますか」などと言い合っている。

「私は仕事がありますですからね」

ホセが難しい顔つきになった。その途端、アンジェラが「ノー！」と険しい表情になる。

「それ、ダメね。ミゲル、悲しいよ」

「悲しい？」

「ミゲル、パパもっと知りたいんでしょう。パパはなし、もっと聞きたいでしょう。ミゲル、バイク乗ったは、パパを呼んだのと、私、思うよ」

ホセが自国の言葉で何か呟いた。かのんの隣にいた通訳がすかさず「私の話には何の価値もない、と言っています」と教えてくれた。かのんは「ミゲルさんのお父さん」と呼びかけた。ホセは、まるで雨に打たれた犬のような目をしていると、そのときに思った。

「あなたが初めて日本に来られたのは、ひいお祖父さんたちの故郷を見たかったからだと、さっき話して下さいましたね」

ホセの悲しげな目が、ゆっくりと瞬きする。

「自分の中に流れているものを知りたいのはミゲルさんも同じだと思います。そこに価値があるかないかなんて、関係ないんじゃないでしょうか」

父親に対してばかりでなく、母親についても、少年は同じ思いでいるに違いなく、それを容易に伝えられない自分に、おそらく苛立《いらだ》ちを感じているのだろう。彼は日本語しか話せない自分に対しても、そう教育した両親に対しても、不満と怒りを抱いているのかも知れない。

「ですから、言葉の意味は分からなくても、ご両親には彼の不満を受け止めてあげていただきたいんです。言いたいことを言わせてあげてくださいませんか。雰囲気だけでも、きっと何か感じることがあるはずです。そして、ミゲルさんの味方であることを分からせてあげたいんです。そういう時間をぜひ、作っていただけないでしょうか」

スペイン語とタガログ語が飛び交う空間で、かのんはできる限り丁寧に言葉を続けた。やがて、父親よりも日本語が分かる母親が、「私、行きます」と言った。少ししてから、ようやく父親のホセも大きく息を吐き出して「土曜日か日曜日なら」という意味のことを言った。かのんは笑顔でホセを見た。

「そうしましょう。他の参加者の方々も土日がいいはずですし、そうでないと学生のボランティアも集まってくれませんから」

ホセはようやく納得したように、それでも何となく不安げな表情を崩さなかった。

「それで結局、芋掘り大会はうまくいったの？」

グループワークが無事に終わった日の夜、例によってタブレット端末をつないで栗林と話を始めると、まず彼の方が聞いてきた。

「大会じゃなくて、農業体験ね。もう、お蔭《かげ》で日焼けしちゃって、ちゃんとお手入れしないと大変なことになりそう」

かのんはTシャツの袖《そで》をまくり上げて、二の腕についた日焼けの境目を見せた。栗林が「おー」と楽しげな声を出す。

「ジャガイモ掘りなんて初めてだったから、みんな大はしゃぎだった。特に、例の多言語家族は、土のついたお互いの顔を見て笑ったり、日本語と英語を混ぜてあれこれと喋りあって、途中でホセが簡単なスペイン語を教えたりもしてた」

そこまで言って、かのんは「あ」と袖まくりしたままの手を叩《たた》いた。

「ねえ、スペイン語でジャガイモのこと何ていうか知ってる？」

例によって焼酎のお湯割りを飲みながら、栗林が「さあ」と首を傾げている。かのんは少し得意になって「パパス」と教えてやった。

「へえ、父さんの意味じゃないの？」

「ママスはお母さんなんだけど、パパスはジャガイモなんだって」

かのんは今日一日のことを思い出しながら、自分はワインのグラスを傾けていた。

「それでね、ペルーにもジャガイモ料理の定番があるんだって。茹《ゆ》でたジャガイモに黄色いソースをかけるらしいんだけど、それを説明するときのホセの嬉しそうな顔ったらなかったなあ」

今日のグループワークでは、集まった家族に農業体験としてジャガイモ掘りをしてもらい、自分たちで作ったカレーに加えて食べることになっていたのだが、途中からホセがどうしても、ペルーのジャガイモ料理を食べさせたいと言い出したから、かのんたち調査官も、手伝いに加わってくれた学生たちも少しばかり慌《あわ》てなければならなかった。何しろホセの言う「黄色いソース」の正体が分からない。大学でスペイン語を専攻しているボランティアの学生が、スマホの翻訳アプリを使いながらホセとやり取りをして、ようやくイエローペッパーを使うらしいということまでは分かったのだが、誰も見たことがないし、味そのものも想像がつかない。それでもホセは諦めずに「チーズ」「とうがらし」「黄色」などという言葉を繰り返しては相当に考え込む表情になり、ついにはミゲルを連れて近くのコンビニまで買い出しに行くほどだった。無論、アンジェラも一緒だ。

「パパがこんなに凝り性だとは思いませんでした。さすが、技術者だな」

結局、ホセが考えていたソースは作れなかったが、最終的に茹でた新ジャガにからしマヨネーズをかけて食べている父親の様子を見ていたミゲルは笑いをかみ殺したような表情で、かのんに耳打ちしたものだ。そんな父と子の様子を見ながら、アンジェラが声をあげて笑う姿も印象的だった。かのんは、この家族は大丈夫だろうと確信を得ることが出来た。

「だろう？　だから、言葉なんか通じなくても大丈夫なんだって。信じ合ってれば、何とかなるもんなんだよ」

今日は呑み始めるのが早かったのか、栗林はいつもより赤い顔をして、しかももう眠そうになりながら、それでも得意げに言った。その顔を見ているうちに、かのんは「そうだ」と、また手を叩いた。思い出したことがあったのだ。

「この前こっちに来たときに、何だっけ、フクロテナガザルの飼育員さん、その人には会えたの？」

最初、栗林は何の話だか分からないという顔をしていたが、かのんが「ほら」と促すとようやく「ああ」と頷いた。

「西野さんな、会えなかった」

「そうなの？　でも、ＬＩＮＥしておいたんでしょう？」

「子どもが急に熱を出したとかで、保育園に行かなきゃならなくなったって」

何だ、もう子どものいる人なのかと、そのひと言を聞いた途端に、何だか急におかしくなった。あの日から、喉の奥に魚の小骨でも刺さったような、嫌な感じを密《ひそ》かに引きずっていたのだ。思えばその感じのままで、あの多言語家族と関わっていたことになる。

「それよりさ、かのん、今度こっちに帰るとき、また糠炊き買ってきてくれないかな。サバだけでもいいから」

栗林は、もうあくびをかみ殺している。つくづく食いしん坊に縁がある。うん、分かった、と笑いながら、かのんはワインのグラスを傾けた。今夜は寝る前にきちんと肌の手入れをしておかなければならないが、それでも栗林との会話を引き延ばして、もう少し飲みたい気分の夜だった。

アスパラガス

1

ホワイトアスパラ。

ぽん、と思い浮かんだ。目の前の少年を見ていてのことだ。

かのんが大学生になった頃、母が家庭菜園に凝ったことがある。庭の片隅を畑にして季節ごとに何種類かの野菜作りに取り組んだのだが、その中にアスパラガスがあった。確か、最初はろくに芽も出なかったのだが、忘れた頃に貧相ながらもちゃんとしたグリーンアスパラが畑からにょっきりと伸びてきた。すると、家族から「美味《おい》しい」と喜ばれて気をよくした母は、今度はアスパラの芽が地面から頭の先だけ出したところに縦長の封筒のようなものを被《かぶ》せて陽の光を遮り、ホワイトアスパラまで育てるようになった。グリーンアスパラに比べて、なぜか太さも長さも一回り大きく育ったホワイトアスパラを食卓に上らせたときの、母のいかにも得意そうな顔が思い浮かぶ。今、かのんの前に座っている少年は、あのとき母が育てた、途中で微妙に曲がっているホワイトアスパラを連想させた。

「おなか空《す》いてない？　お昼ご飯、残したんでしょう？」

そんなことを思い出したせいか、つい、聞いていた。だが少年は反応しない。かれこれ一時間以上も、ずっとそうなのだ。かのんに対してだけではない。警察署から少年鑑別所に身柄を移されて以来、この少年は誰とも口をきかなくなってしまっていた。会いに来た両親とも、付添人に選任された弁護士に対しても、まったく口をきかないという。常駐の医師が診察したが、器質的な問題はないということだ。第一この面接室に入ってきたときに、かのんがまず「座って」と言えば、彼はちゃんと腰掛けたのだから、話が聞こえていることは間違いない。それなのに彼は、何を質問してもまったく応《こた》えず、それればかりか反応さえ示さないまま、ただそこに座っていた。

「あなたが考えていることや、今どんな気持ちかを、色々と聞いてみたいんだけどな」

十六歳とは思えないほど、ずば抜けて長身で痩《や》せている上に、肩幅がひどく狭い少年だった。顔の輪郭も細長いし、頭さえ平均より長く見える。その顔の両脇《わき》から、小さな耳がひょっこり飛び出して見えるのが印象的だった。そして何より、まるで陽に当たったことなどないかのような生白い肌の色をしている。それで思わず、ホワイトアスパラを連想したのだ。

「繰り返しになるけどね、私はあなたを責めるために来たんじゃないんだ。あなたの話を聴きに来たの」

彼は、ひょろ長い左右の腕を、両脚で挟みこむような格好をしている。一度、ペンを落としたふりをして机の脇に屈《かが》み込み、その格好を下から見てみたが、彼は太ももの間に挟み込んだ手を交互に開いたり閉じたりして、グーパーを繰り返していた。姿勢としては、頭が傾《かし》いでいる上に上体まで斜めになっているから、放っておくとそのままだんだん倒れていってしまうのではないかと思うくらいだ。鼻筋は通っているし、二重瞼《まぶた》の目元といい、顔立ちそのものは比較的整っている方だと思うのだが、とにかく表情がない。視線はずっと、どこかあらぬ方に向けられていて、一度としてかのんの方を見ようともしなかった。こんな頼りない雰囲気の少年の、どこに女性を襲うようなエネルギーや欲望があるのだろうかと、首を傾げたくなるほどだ。

「今の、あなたの気持ちや、考えていることや、何でもいいから聞かせてもらいたいの。その上で、どうしたらあなたが同じ間違いを起こさないように出来るかを一緒に考えたいんだよね。うまく話せなくてもいいから、聞かせてくれないかなあ」

格子《こうし》のはめられた窓の向こうからは、夏の終わりを惜しむように、忙《せわ》しない蟬《せみ》の鳴き声が絶え間なく聞こえてくるというのに、そんな残暑の厳しささえ、彼は感じていないかのように見える。

高校一年生の高山朋樹《ともき》は、七月某日午後七時半頃、JR戸畑駅に隣接するウェルとばた一階の自転車駐車場において、帰宅途中の会社員A子（二十八歳）に背後からいきなり抱きついて口をふさぎ、「おとなしくしろ、暴れると刺すぞ」と脅した上、A子のスカートの中に手を入れて下着を無理矢理に引き下ろし、陰部を触るなどしたもの。A子が大声で助けを呼んだところ、そのまま逃走した。

さらに一週間ほどした八月初旬の午後八時頃、おなじくウェルとばた一階の自転車駐車場で、アルバイト店員のB子（十九歳）に対しても同様の手口で襲いかかり、無理矢理下着を下ろして陰部を弄《もてあそ》んだ。その際、B子は駐《と》めてある自転車の上に押し倒されて、肩と腕、脚など数カ所を怪我《けが》した。このときは、少年は自転車が将棋倒しになる物音に驚いて逃走している。

それから五日後の午後七時頃、高山朋樹少年はやはり同所において主婦C子（三十四歳）に対しても同様の手口で襲いかかった。背後から口をふさごうとしたところ、C子が激しく抵抗したために、予《あらかじ》め用意していたカッターナイフでC子の腕を切りつけている。そして、C子が怯《ひる》んだ隙《すき》に下着を下ろして陰部を手で弄んだ。その後、人の気配があったために、やはり逃走。

これらの通報を受けて、警察は防犯カメラの映像を分析、警察官数名で連日警戒に当たっていたところ、またも数日後、映像に残っていた人物とよく似た男が同じ現場に現れたため、職務質問をかけた上で任意同行を求めた。少年は氏名や学校名などを素直に話し、さらに警察署で行われた取調に対しても、あっさりと一連の犯行を認めたため、通常逮捕にいたった。逮捕容疑は、不同意わいせつおよび不同意わいせつ致傷。

取調に対して、高山朋樹少年は「九州工大前駅の駐輪場でも襲えそうな相手を探していた」などと供述。また犯行動機については「友だちから送られてきたAV動画を見て真似《まね》をしようと思った」「一度やってみたが、特に気持よくならなかったし、後から思い出しても自慰行為に及ぶような興奮も感じなかったので、おかしいなと思って繰り返した」と語っている。

被疑者が成人の場合なら、不同意わいせつ罪は「六カ月以上十年以下の懲役」、不同意わいせつ致傷罪ともなれば「無期または三年以上の懲役」になる重大犯罪だ。卑劣な上に、被害者の心身に与える傷の深さから考えれば当然といえるだろう。最初に検察を経由して家裁に回ってきた資料を読み始めたときには、かのんも曖昧《あいまい》な表情で写っている少年の細長い顔写真を眺めて、少なからず嫌な気持ちになった。生気のない目つきも、ちょっと首を傾げた姿勢も、少年の不気味さの表れに見えたからだ。

取調にあたった警察官は、少年に対する心証として「反省している様子がない」「ふてぶてしく、人を小馬鹿《こばか》にしたような態度。真剣に取調に応じようとしない」などと書いている。処遇意見としては「厳しい矯正教育が必要と思料される」というものが添えられていた。

今まったく口を開こうとしないのは、警察官の言う「ふてぶてしさ」の表れなのだろうか。それにしても、おかしな話だ。警察の取調には応じておいて、その後の家裁調査官の面接では口を噤《つぐ》むなどという話は、これまで聞いたことがない。その逆なら、あったとしても。

「話したくないんなら、話したくないだけの理由があるんじゃないのかな。ねえ、だったら、その理由だけでも教えてくれない？」

家裁調査官の仕事として「傾聴」は最重要部分だ。そのためには、相手が話をしてくれるように導く必要もあるし、話し始めるまで待つことも大切な要素となる。だが、こうも完全に籠城《ろうじょう》したような格好の少年に、どうやって口を開いてもらえばいいものか、それが思いつかなかった。

「警察署では普通に話してたんだよね？　お巡りさんは怖くなかったの？　それより、こっちの方が嫌なの？　どうしてだろう」

たとえば傷害や強盗など、起こした事件が相当に深刻なものであったとしても、そこはやはり少年だ。どれほど粋がっていても鑑別所にまで入れられてしまうと、さすがに心細くもなるし、保護者や友人から引き離されて不安になり、少なからず動揺するのが普通だった。また、逮捕から時間がたつにつれ、次第に気持ちも冷静になって、同時に自分のしでかしたことの大きさを実感するようにもなり、初めて後悔の念が湧《わ》いてきて落ち込んだりもする。いずれの場合も、かのんたち調査官が水を向ければ、大抵の場合はそんな気持ちを吐露してくるものなのだ。言葉ではうまく表現出来ないとしても、ふてくされるとか激しく怒り出すとか、または泣き出すとかして、内側に溜《た》まっていた思いが溢《あふ》れ出してくる。それなのに、高山朋樹という少年の顔からは、そういった感情そのものが、まったく抜け落ちてしまったかのようだった。なぜそこまで自分の感情を押し殺せるのかが分からない。

「困ったなあ。これから先の、君の人生にも大きく関わってくることなんだよ。やってしまったことは仕方がないけど、こんなことを繰り返して生きていくような人には、なって欲しくないのよ」

まるで、闇《やみ》に向かって念仏でも唱えているような虚《むな》しさと無力感が自分の中に広がっていく。

事件直後に退学処分になっているが、彼が夏休み前まで通っていた高校から返送されてきた照会書にも、少年が「話さない」などということは一行も記されていない。一学期中は一日も休むことなく高校に通っていたといい、「成績は普通。素行の点では目立ったこともなく、ごく平均的な生徒だった」ということだ。犯行の動機につながった動画が送られてきたくらいだから、友だちの一人や二人くらいはいたに違いないし、そういった友人や教師などと会話もしてきたに違いない。そういう少年が、これだけ黙り続けているとなると、それ自体が相当な苦痛になるのではないかと思うのに、少年はただ虚空《こくう》を見つめている。

「——要するに君は、私なんかに何が分かるものかとか、そんな風に思ってるのかなあ」

腕時計にちらりと目を落とし、そろそろ次の予定が迫っていると思いつつ、ついため息混じりに呟《つぶや》いたときだった。少年の傾いた首がぴくりと動いた。瞬《まばた》きが何度か繰り返されて、少年の口もとから頬にかけて微《かす》かに動いたのを、かのんは見逃さなかった。

「いま——笑った？」

その途端、少年は突然、首をぐらぐらと揺らし始めた。一瞬、何かの発作でも起こしたのかと思ったが、揺れはすぐに止まり、またもとの姿勢に戻る。すると、今のはイヤイヤをする仕草だったのだろうか。

「違う？　笑ったんじゃないの？」

それきり、反応はない。

仕方がなかった。かのんは時間が来るまで、とにかく一人で彼に話しかけ続け、再び少年が、わずかでも表情を変えるところを見逃すまいとしたが、彼はとうとう最後まで、身じろぎ一つせずに一点を見つめていた。

「その少年って、もしかすると」

その日は珍しく巻さんと夕食を共にすることになった。一緒に来ると言っていた間杉さんは、そろそろ帰ろうというときになって、今抱えている事件の保護者から電話が入って、長話につき合わされることになってしまったから、かのんたちだけで先に来た。電話を終えることさえ出来れば、追いかけて来ることだろう。

「パニックになってるんじゃないのかしらね」

家裁調査官補の国家試験に受かって研修所での寮生活を続けていたときも、同期の仲間とよく朝まで飲み明かしたという先輩調査官は、酒豪の片鱗《へんりん》をうかがわせるように生ビールの中ジョッキを勢いよく空けてしまってから、ふう、と一つ息を吐き、片方の手を頬に添えた。

「最後の方で、庵原さんの言ったことに少しだけ反応したんでしょう？」

「ほんの一瞬ですけど。あれ、笑おうとしたんじゃないのかなあ」

「それなんだけどね」

　巻さんは、相変わらず片手は空になったジョッキに添えたまま、もう片方の手で微かにほうれい線の出始めた頬をさするようにしながら、珍しく言葉を選ぶ表情になっている。いつも無駄な動きをせず、何でもズバリとものを言う人なのに、今日はずい分と様子が違うなと思っていたら、彼女はようやく、ほやほやとした薄い眉《まゆ》の下の小さな目をこちらに向けた。少しくらいお化粧してもいいと思うのだが、彼女はそういうことにはこだわらない人だ。

「それ、笑ったんじゃなくて、引きつっただけなのかも知れない」

「引きつった？」

「恐怖でね」

まだ来ない間杉さんが「今日はワインの気分」と言ったから、いつもの小料理屋ではなく、小洒落《こじゃれ》た洋風居酒屋に来ていた。少し照明を落とした店内には軽めのボサノヴァが流れていて、店内のあちらこちらに大きな観葉植物の鉢が置かれ、外の暑さを忘れさせてくれる。まず運ばれてきたのは、今が旬《しゅん》だというイチジクを使って、生ハムやルッコラなどとあえたサラダだった。レモンの香りと酸味が効いていて塩加減も絶妙なサラダは、本当なら大喜びしてモリモリと食べたいところだったが、少年の顔が思い浮かんでいる上に、巻さんが今、口にした「恐怖」という言葉に、かのんはついフォークを動かす手を止めた。

「私が怖いっていうことですか？」

生ビールの空ジョッキを脇にどかして、巻さんは真鯛《まだい》のポワレを前に置き、パリパリに焼けた皮目にナイフを入れながら「ちがう、ちがう」と首を横に振る。

「その少年にとっては、今の状況すべてが恐怖なんじゃないかっていうこと。すごい恐怖を感じたときとか、緊張したときってパニックになるじゃない？　そういうときに、咄嗟《とっさ》に笑っちゃう顔になる子っていうのがいるのよ。本当は怖いのに」

ポワレをひと口食べて「うん、美味しい」と頷《うなず》き、今度はワインリストに手を伸ばして、いつもとまったく変わらない表情でワインを選びながら、巻さんは「うちの子もそうだったから」と言った。

2

よく冷えた白ワインを注がれたグラスが目の前に置かれて、巻さんは少しの間、ワインの香りを確かめたり、グラスを傾けたりしていた。そうしてやはり、いつになく時間をかけてから、彼女はワイングラスに目を落としたまま「うちの子ね」と口を開いた。

「ＡＤＨＤなのね」

店の自家製ソーセージに粗挽《あらび》きマスタードと酢キャベツを添えたものを、巻さんにも取り分けようとしていたかのんは、「知りませんでした」と先輩調査官の方を見た。初めて聞く話だ。

「じゃあ、ずい分と大変な思いをされたんじゃないですか」

巻さんはワインをひと口呑んで、よし、というように頷いてから「小さい頃はね」と軽く肩をすくめるようにする。

「そりゃあもう、毎日が戦争みたいだったわ。特に、そうだなあ、中学に上がる頃くらいまでが、最盛期だったかな」

ＡＤＨＤとは注意欠陥・多動性障害といって、発達障害の一つとされている。多動、不注意、衝動性などを特徴とする先天性の疾患で、原因は分かっていない。ことに幼い頃は激しく動き回ったり、突然走り出すなどといった行動が見られるから、目を離すことが出来ない。注意散漫で忘れ物が多く、学校に上がってからも宿題などがきちんと出来ないということもある。

「今はもう大学生になって、症状もほとんど出なくなってきてるし、自分で自分のことをある程度コントロール出来るようにもなったのね。それで、本人の希望で親元から離れて、色々と失敗しつつも、周りの人に助けてもらいながら生活してるみたいだから、私もこんな風に話せるんだけど」

ポテトグラタンが運ばれてきた。この後、子羊のローストに、ピッツァ・マルゲリータも来るはずだ。間杉さんも来ると思っているから、二人でメニューを覗《のぞ》き込みながら、好きなだけ注文してしまった。お蔭《かげ》で四人掛けのテーブルの上は、もうそろそろ隙間がなくなってきている。

「発達障害って、たとえばうちの子みたいにＡＤＨＤの診断を受けていても、ＡＳＤの要素が重なってたり、結構、複雑に色んな症状が出る場合があるのね。症状に幅があるっていうか、個人差が大きいんだわ」

かのんは、今度はポテトグラタンを取り分けながら、目線は巻さんから離さずに、真剣に話を聞いた。こういう話は、調査官の研修会などである程度のことは習っている。だが、経験者の言葉となると段違いに生々しいものだ。ＡＳＤというのは発達障害の中で、自閉スペクトラム症と分類される疾患だ。やはり先天性のもので、今のところはっきりした原因も分かっていない。

「で、そういう子って学校でも友だちにからかわれたり、いじめられたり、やっぱり、あるわけよ。特に小さい子っていうのは、自分たちとは異質な存在に対しては、ほとんど直感的に拒否反応を示したりするもんだからね」

「巻さんのお子さんも、いじめられたんですか？」

巻さんは「まあね」と薄い眉を動かして、そういうときに、息子は笑って見えたのだと言った。

「本当は辛《つら》くて仕方がなかったり、悲しかったり、怖かったりね、そういう状況の時に、あの子は笑った顔に見えちゃうわけ。それが一層、他の子の神経を逆撫《さかな》でしたんだろうと思うのね。私だって最初のうち、分からなかったときは、かなりイラッとして怒鳴ったこともあったくらいだから」

その話を聞いた瞬間、かのんの中でぱっと思い浮かんだ少年がいた。

「──そういえば、私が小学校のときにも、いました。そういう男子が」

あの頃は発達障害のことなど何も知らなかったから、ただ「奇妙な子」だとばかり思っていたが、とにかくじっとしていることが出来なくて、年がら年中身体《からだ》をくねくねと動かし、授業中にも動き回って、それを先生に咎《とが》められると──笑っていた。確かに。

あの子、今どうしてるんだろう。

二十五年も前のことなのに、今さらながら小柄な少年の姿が思い浮かんだ。可愛《かわい》らしい顔立ちをしていたから、女子からは意外と人気があったけれど、男子からは年中からかわれて、また嘲《あざけ》られていた。最後は無理解な中年教師に「ふざけるな」と激しく叱責《しっせき》され、それでも笑っていたからビンタまでされて、翌日から学校に来なくなった。それきりだ。

「切ないですねえ。辛いのに、笑って見えちゃうなんて」

巻さんは諦《あきら》めを含んだ穏やかな笑みを浮かべている。

「でも、だからって親としては我が子を哀れんだり、したくないじゃない？　『可哀《かわい》想《そう》な子』なんて思われるのは、本人だって嫌だと思うし」

だから、子どもがADHDだと分かったときから、巻さんは病院通いをする一方で、親子で心理療法に取り組んだり、同じ症状を持つ子どもたちとのキャンプやセミナーに参加したりして、とにかく子どもに孤立感や劣等感を持たせないようにと、必死で日々を過ごしてきたのだと語った。こういう仕事だから、転勤に伴って一家も引越しを繰り返さなければならない。子どもの学校が替わるたびに、転校先の教師に理解を求め、新しい居場所を探し、子どもが少しでも生きやすい環境作りが出来るようにと工夫したそうだ。そんなふうにある種、壮絶な経験を持つ人だったのかと、かのんは思わず「へえ」と、声にならない声を出していた。

「転勤を繰り返しながらって、それ、ものすごく大変だったんじゃないですか？」

「そりゃあね。だから、本気で仕事をやめようと思ったことだって何度もあるし。まあ、ダンナの協力がなかったら、無理だったな」

巻さんはさらりと言って、またワインを呑んでいる。

「あの頃は本当、必死だった。夫婦っていうより、チームっていう感じでやってたかな。でも、今にして思えば、いちばん充実してたかも知れないんだけど」

「チーム、ですか。いいですねえ」

「今にして思えば、よ。今は、息子も家を出たし、だから、何ていうかなあ、もうそろそろ一人の時間を味わいたいと思ったり、さ」

少しの間、遠くを見るような顔つきになっていた巻さんは、ふいに我に返ったように「私の話はおいといて」と表情を改める。

「だから、その少年も、笑ったように見えちゃっただけなんじゃないのか、っていう話」

「じゃあ、もしかすると、発達障害の可能性も探った方がいいのかも知れないっていうことでしょうか」

「保護者は？」

「両親、揃《そろ》ってます。まだ面接していませんけど、照会書には、それらしいことは何も」

巻さんが「なるほど」と、またワイングラスに手を伸ばしたとき、間杉さんの四角い身体が店の入口に現れた。タオルハンカチで汗を拭《ふ》きながら、きょろきょろと客席を見回している間杉さんに手を振って合図を送るかのんに、巻さんは「今の話は、ここだけってことに、ね」と言った。

数日後、かのんは高山朋樹の両親と調査面接を行った。約束の時間よりも早めに家裁に現れた夫婦を見た瞬間、かのんは少年が父親似であることを悟った。ひょろりとした長身痩軀《そうく》の父親は、カジュアルな淡いグリーンのジャケットを着て、やはり面長の顔には硬い表情を浮かべている。

　こっちはグリーンアスパラか。

　父親は、かのんに対しても、ほんのわずかに首を動かした程度の会釈《えしゃく》しかしなかった。少し尊大な感じがする。保護者照会書には四十七歳と記されていたが、ぱっと見たところ三十代かと思うほど若く見えた。鼻筋が通っていて、目元の涼やかなところも息子に受け継がれているようだ。

「少しは落ち着かれましたか？」

　かのんがすすめた椅子《いす》に夫婦は黙って腰掛け、それぞれに小さく頷いたと思ったら、父親である高山直樹の方が「僕はねえ」といきなり口を開いた。妙に甲高い声をしている。

「本当は今日、約束があったわけですよ。こっちから呼出状が来るより、ずっと前から決まっとったんよね。それなのに女房が、僕も一緒に来んとダメやっちいうんで、あちこちに頭下げてねえ、もう大変やったんよ」

「そうでしたか。それは――」

「息子が何しでかしたからとか、本当の理由なんて話すわけにいかんやないですか。

親父《おやじ》や兄貴たちにだって、絶対に内緒にしてくれって口止めしとるくらいなんやけ、やからもう、とにかく四苦八苦しちゃって。何とか理由をつけて、ごまかして、僕の代わりも見つけてね。本当は、今日は芥屋《けや》やったわけですよ、ね、知ってます？　芥屋ゴルフ倶楽部《クラブ》。すごくいいコースで——」

　表情はほとんど動かさないまま、父親は癇《かん》にさわる甲高い声で喋《しゃべ》り続ける。かのんが呆気《あっけ》にとられそうになっていると、隣に腰掛けていた少年の母親がしかめっ面《つら》になって、夫に肘《ひじ》打ちのような真似をした。

「ゴルフはまたいつだって出来るやろ」

「でも、芥屋やん。それに、これも接待なわけですよ。遊びやないんや、つきあいですよ、つきあい。兄貴はゴルフをやらんし、弟は下手くそやけん、取引先に誘われたら僕がもう、行くしかないわけなんよねえ」

　するとまた隣から肘打ちが出た。

「やめてってば、今は。もう、ねえ、ちょっと緊張すると、こうなっちゃうんです、この人」

　取り繕うように笑っている少年の母親、高山倫子《みちこ》は四十五歳。夫の直樹が若く見えるせいで姐《あね》さん女房のようだ。こちらは夫とは対照的に表情もよく動くし、明るい印象の人だった。照会書によれば、生まれは佐賀県。福岡の女子大を卒業後、翌年には高山直樹と見合い結婚している。一方、ようやくおとなしくなった高山直樹は高山家の次男として、北九州市戸畑区で生まれた。大阪の大学を卒業して故郷に戻り、数年間は地元の信用金庫に勤めた後、親族で経営する精密機械製造メーカーに移って現在に至っている。趣味はゴルフと映画鑑賞。家族は夫婦と、朋樹よりも四歳年上の長女、それに直樹の母親との五人暮らし。長女は福岡の大学に通っているという。

「あの子、まだ喋れないままなんでしょうか」

高山倫子が、自分の方から本題に入った。二人とも面会には行っているのだから、少年の異変は承知しているはずだ。かのんが頷くと、倫子は深々とため息をついた。

「どうしたもんですかねえ。本当は会いに行きたいんですけど、弁護士さんが『今は刺激しない方がいい』っち言うんですよね。母親にだけでも話すっちいうんなら、最初に会いに行ったときに話しとったはずやって。主人も同じことを言うし、うちのお義母《かあ》さんも『甘やかすんやない』とかって言うもんですから——すっかり怒っちゃっとるんですよ、お義母さんは」

少年の付添人である弁護士には、かのんも一度、会っている。まだ若い女性だが、いかにも野心家らしいきつめの顔立ちで、ついでに自己顕示欲や支配欲も強そうな印象があった。少年事件ということもあり、今回は刑事訴追の恐れもないことから、彼女はまず被害者らへの謝罪と示談交渉に力を注ぐと言っていた。話を聞いていると、彼女の先輩格に当たる弁護士の事務所が高山家と関係が深く、出来ることなら彼女自身もその事務所に所属したい様子だった。彼女によれば、高山家は会社の経営も順調で経済的にも恵まれており、かなり広い敷地内には長男一家が暮らす豪邸と、高山直樹の家、そして三男一家の家が、それぞれ別個に建っているのだそうだ。母屋《おもや》には、現在は会長職にある兄弟の父親も同居しているが、母親の方は、なぜか次男の家で暮らしているということに、この家のちょっとした問題がありそうだという。相続問題でも起きれば分かることでしょうけどね、と女性弁護士は澄ましていた。

「お送りいただきました照会書には、息子さんが黙り込むというようなことは書かれていませんでしたね。これまで、何も話さなくなるというようなことは、なかったということでしょうか？」

緘黙《かんもく》、という情緒障害がある。特定の場面などで話さなくなってしまうというものだが、大抵は幼い頃から症状が出るのだそうで、十六歳になっていきなり話さなくなるということは考えにくかった。しかも、緘黙の場合は、自宅でとか家族とならば話せるなどといったケースが多いのだ。だが目の前の夫婦は、それぞれに「これまで一度もない」と首を左右に振る。かのんは、彼らから提出された照会書をテーブルの上に置き、またノートを開きながら、改めて少年の生育歴について確認をしていった。

高山朋樹は妊娠、出産時にも異常はなく、発育も順調だった。その後の言語発達も、まったく問題なかったとある。唯一《ゆいいつ》、小児ぜんそくを持っていたため、定期的に通院していたが、薬さえ飲んでいれば発作もほとんど起こさなかったらしい。

「幼い頃の朋樹さんは、どんなお子さんでしたか？」

かのんが尋ねると、父親は「さあ」と首を傾げたまま、何となくよそを向いてしまう。

「僕は仕事が忙しかったし、休みの日も、あんまり家におらんかったから」

では、と母親の倫子の方を見ると、彼女は「どんなって」と考える表情になった。

「あの子のことって、そんなに印象に残ってないっちいうか。お産も軽かったし、ぜんそく以外の病気もないし、まあ——手のかからない子やった、ですよね」

「具体的に言うと、どんな感じだったんでしょう？」

「まず、生まれた直後から、とにかくぐずらんし、よく眠るし、泣かない子でした。だからミルクさえあげておけば、あとはただオムツ替えて、寝かせておけば大丈夫っていう感じかなあ。動くようになってからも、べつに甘えてもこんし、駄々をこねるとか、そういうこともなくて、一人でいても全然平気な子やったんです。うちは当時から犬を飼っとるんですけれど、あの頃いた犬にじゃれつかれても、まるで知らん顔やし、従兄弟《いとこ》たちと庭に出て遊んどるときでも、よく見るとあの子だけ一人で好きなことをやっとるみたいな感じで、マイペースでしたね」

かのんはノートにペンを走らせながら「なるほど」と相づちを繰り返した。

「もう少し大きくなってからは、どうですか？」

すると高山倫子は「そうだわ」と、初めて思い出したように表情を輝かせた。

「幼稚園くらいからは、急によく喋るようになったんです。まるで、それまでおとなしかった分を取り戻そうとするみたいに、そりゃあもう喋り出したら止まらないんですが、それが、何ていうか――」

「ガキの割に理屈っぽいし、いちいち、小憎らしいんよな」

高山直樹が突然、半ば吐き捨てるように口を挟んできた。

「あれ、誰に似たんかね。こまっしゃくれとるっていうか」

「そんな小憎らしいことを言うんですか？　幼稚園の頃から？」

少年の父親は、やっと自分が喋れると思ったのか「そうなんですよ」と、ひょろ長い身体を折り曲げるようにして身を乗り出してくる。

にしてもね、いちいち——


「何ちゅうか、いちいち可愛げがないっちゅうか、人が嫌がることばっかり言うヤッになっちょったんですよね、気がつけば。まだ、こーんなチビなのに」

手振りまで添えて、高山直樹はそれまであまり表情のなかった顔を忌々《いまいま》しげに歪《ゆが》める。

「それは、たとえばどんなことでしょう?」

「それはちょっと——思い出せんけど」

そこでまた高山倫子が夫の腕を押さえる。

「要するに、たとえば髪の薄い人——うちの舅《しゅうと》ですが——に向かって『どうして髪の毛がないの』とかですね、よく日焼けしとる幼稚園の先生に向かって『顔が黒くて、どこに目鼻があるのか分からない』とか、そういうことを言っちゃうんです。知らない人を指さして『汚い顔』とか『すごいデブ』って言ったり、家族でレストランに行っても『ここの料理はしょっぱくてまずい』とか、もう平気で。誰に対してもそうなんです。それで、お姉ちゃんとも年中、姉弟喧嘩《げんか》になりましたし、幼稚園でも小学校でも結構、嫌がられちゃって」

「そうですか——それで、いじめられたりということも、あったんでしょうか?」

「本人が涼しい顔しとるもんですから、そこのところはよく分からんのですけど。そういえば、先生からさり気なく注意されることは、何度かありました。授業中にいきなりわけの分からないことを喋り出すこともあったりして。だから、私としては叱《しか》るわけじゃないですか。『授業中は、先生から指されたときだけ話しなさい』とか、『人が嫌がることを言うものじゃないでしょう』って。でも、あの子は、まるで他人事《ひとごと》みたいな顔をしてて」

「誰に似たんかね」

また父親が、つまらなそうに言う。

「それでも記憶力なんか、すごくいいわけなんです。本もよく読むし、ぱっと覚えるしね。そういう点では、僕なんかよりよっぽど優秀やって、うちの親父も言っとったんよな。孫たちの中で一番期待できる、いい跡継ぎになるんやないかとか。それが、こういうことをするんやけ」

話を聞いているうちに、かのんの中では何かの信号が点滅し始めていた。この両親は無頓着《むとんちゃく》というのか、まるで気づいていない。だが、聞けば聞くほど、これまでの少年の行動は、性格の良《よ》し悪《あ》しなどという問題でなく、巻さんの言っていた通り、発達障害の特徴を示しているのではないだろうかという気がしてならなかった。

3

発達障害と呼ばれる疾患の中には、主に巻さんの息子のようなADHDと、ASDとの二つの柱がある。ASDの症状としては、コミュニケーションや対人関係を築くことに対する困難があるのと共に、一部のことについてだけ同じ行動を繰り返したり、何かに対して特別に興味を抱いたりするといったものがあると言われる。

つまりASDの人は、いわゆる「空気を読めない人」という評価を受ける。他人に関心がないわけではないのだろうが、それを表現する力がない。また、相手に配慮するということが出来ないことから、一方的に、自分のペースだけで動いてしまう。思ったことは口に出さずにいられない部分もあるから、人を傷つけるようなことでも平気で口にする。また、抽象的な表現や、言外のやり取りといったものが分からないために、言葉通りのことしか受け取れない。

日常生活の中では同じ道を通らないとパニックを起こしたり、同じ服を着続ける、自分なりの規則を設けて、その通りの行動を繰り返すなど、融通の利《き》かない部分が目立つ一方で、特定の事柄については驚異的なまでの集中力をもって打ち込み、抜群の記憶力や才能を示すこともある。いわゆる天才と評される人の中には、このASDの人が多いとされていて、こうした才能を持つ症状をサヴァン症候群と呼んだりもする。例としてよく取り上げられるのがアインシュタインだ。

さらに最近、かのんたち家裁調査官が特に注意しなければならないのが、ASDの中でもことに知能や言語の発達には何の問題もない人たちだ。ASDという分類でひとまとめにされるまでは、アスペルガー症候群と呼ばれていた。ASDとしての症状は幼い頃から出ているのだが、言葉の遅れなどが見られないことから、周囲から疾患を持っていることに気づかれにくく、「ちょっと変わった子」くらいにしか思われないまま、見過ごされてしまう場合が多い。本人としては叱られる意味が分からないし、戸惑うことも多く、生きづらさを抱きながら成長していくしかないのだが、そのことすらも、周囲から理解されない。

それでもASDの特徴である、特に興味を抱いた世界に没頭していくことで才能を開花させることが出来ると、その秀《ひい》でた部分によって周囲が寛容になる場合もあるのだが、逆に、たまたま興味を抱いた対象が、深刻な犯罪に結びついてしまうというケースが、少数ながらも存在する。

たとえば「ライターで火をつけて燃え上がるところを見てみたい」「特定の毒物を

使ってみたら、人がどうなっていくのか見てみたい」「線路の上に石を置いたら、列車がどうなるか知りたい」といったことが起こり得る。本人としては純粋なまでのひたむきさで、興味を持ってしまったことについて、どうしても追求したくなる。その欲求が抑えられない。そんなことをした場合に、周囲にどういう影響を及ぼすか、傷つき、迷惑する存在がいるかなどということには思いがいかない。

　今回、高山朋樹という少年の背景には、このＡＳＤがあるのではないかというのが、かのんの中に灯った信号だった。そうでなければ、知的能力に問題がないにも拘《かか》わらず、高校生にもなってＡＶを観《み》ただけで同じ真似をしようと思ったり、それで快感が得られなかったからと、何度も繰り返そうとしたりということはないはずなのだ。第一、短期間のうちに同じ場所で犯行を繰り返すという思慮のなさが、犯した罪の重さに対して、あまりにも不釣り合い過ぎる。しかも少年は「家が近いから」という理由だけで、その犯行場所を選んでいる。場合によっては自分の顔見知りが来るかも知れないような場所を選び、しかも「捕まったらどうなるか」ということを、彼はまったく考えていなかった。だからこそ警察官に呼び止められれば簡単に身元を明かすし、犯行も認めてしまう。何もかもが、ちぐはぐな感じがしてならない。

「だとしたら慎重に取りかからないとな」

両親との面接後、かのんはこれまでの経過と自分の考えを勝又主任に報告した。ちょうど巻さんも自分の席にいて、「やっぱり」というように目顔で頷いている。その向こうでは若月くんが眼鏡をずり落ちそうにさせながら、かのんたちのやり取りを聞いていた。

「でも両親は、そんな可能性についてはまったく考えていないんです。かなり裕福な家庭のせいか、二人揃ってすごく呑気でお気楽な感じで、すべて弁護士に任せておけば大丈夫だと思ってる様子なんですよね。特に父親の方が、何ていうのか、息子よりもゴルフの方が大切みたいで、自分の息子が起こしたことの重大性についても、まるで実感がないらしいんです。多分、少年が小さい頃から、それほど愛情を注いではこなかったんじゃないかな、というような雰囲気も感じられました」

ふうん、と頷く勝又主任には高校生の娘さんがいる。それだけに、今回のような性犯罪は他人事ではないと思うらしく、「自分が担当すると、時として冷静でいられなくなるかも知れん」と言っていた。本当はかのんにしたって同じ気持ちなのだ。被害者の一人はかのんとほぼ同世代の主婦だった。日常的に使用している場所で、いきなり襲いかかられたら、そんな自転車置き場は二度と使いたくないだろうし、プライドも何もズタズタになるに違いない。その人の家庭がどんな風になっているかも気がかりだ。もしも、かのんが同じ目に遭ったとしたら、果たして栗林《くりりん》に事実を伝えられるものだろうかとさえ思う。たとえ自分に非がなくても、どうしても自分を責めたり呪《のろ》わしく思えたりするに違いない。今回はまだ、強制性交にまで至らなかったのが、せめてもの幸いだった。

「いずれにせよ、診断を下すのは医師の仕事で、我々は病名や可能性について口にするわけにはいかんからね」

「分かっています」

「とにかく、本人が喋るように仕向けることだ。何とかして話を聞く。そして、素直に検査を受けさせる。これに尽きる。そうでなけりゃあ、審判も下せないっていうことだからな」

　かのんもそこは十分に承知しているつもりだ。

「何かきっかけが摑《つか》めないか、中学校や、それでも駄目なら小学校での行動も、調べられるだけ、やってみます」

　もしも発達障害が疑われるとしたら、年齢が低い頃の方が特徴が出やすいはずだ。親が気づいていなくても、教師は何か感じ取っていたという場合もある。勝又主任は「頼むよ」と頷いた後、「ところで」と急に表情を変えた。

「この前、巻さんと間杉さんと呑みに行ったたって？　さん、にん、で」

一瞬、不意を突かれたようになって、かのんは思わず巻さんの方を振り向いてしまった。ふうん、と、何か意味ありげな顔になる主任は、あの日は確か福岡市の本庁に出張していたのだ。だから誘おうにも誘えなかったのではないか。

「あ、僕が学生時代の友だちと会った日ですよね」

若月くんが取りなすように話に加わってきた。それでも主任は半ば拗《す》ねたような顔つきのままだ。

「間杉さんが言うには、えらく呑んで、盛り上がったっていうじゃない。どう、旨《うま》い店だった？」

「すごく、いいお店でしたよ。メニューも豊富で」

「ふうん、どんな感じの店？」

「ボサノヴァがかかっていて、隣の席との間隔も結構あいてるから、話もしやすかったですし」

「よし、じゃあ、今度は皆でそこ行こうや」

主任はワインより焼酎派じゃないですか、と言おうとして、やめておいた。べつに避けているというほどでもないのだが、何かというと栗林のことを話題にしたがる勝又主任は、本当は少し面倒くさい相手だ。とはいえ仕事の点では尊敬もしているし、決して疎《うと》ましく思っているわけではない。そこを勘違いされては困るなと思っていたら、若月くんがすかさず「僕、調整しますよ」と言ってくれた。かのんは、若月くんににっこり笑いかけて、自分の席に戻った。

まったく。

間杉さんも意外に口が軽い。もしも今、隣の席にいたら、あの分厚い背中を叩《たた》いてやりたいところだ。

家裁調査官は、常に七、八件の事件を抱えているから、それぞれの事件に関係する人たちへの調査面接や調査票の作成など、かなり先まで予定が入っている。常にびっしりと埋め尽くされている予定表とにらめっこをしながら、どうにかやりくりして、かのんは次の高山朋樹との面接までに、少年の通っていた中学校を訪ねる時間をひねり出した。

「まあ、ひと言でいえば、つきまとい、ですかね。ストーカーみたいなことをしとったんです」

突然連絡したにも拘わらず、気持良くかのんを出迎え、高山朋樹について話してくれたのは、少年の担任だったという男性教師だった。それによれば、高山少年は中学三年生になって間もなく、同じクラスの女子生徒に好意を抱いたらしく、あるとき突然「つき合おう」と伝えたのだという。二年生までは違うクラスで、ほとんど少年のことを知らなかった女子生徒は咄嗟に「ちょっと今は無理」と答えたのだそうだ。

「すると高山は、それから毎日のように、その女子生徒に『今は？』と尋ねてくるようになったんです。休み時間でも下校時でも、何かというと近づいてきて『今は？』『今は？』とやられるけん、女子生徒の方が好《い》い加減にまいってしまって、とうとう相談してきたんです」

　三十歳前後に見える元担任教師は、当時のことを思い出したのか、半ば苦笑するような表情になっていた。

「それで、高山を呼び出して注意したんですよね。彼女は迷惑しとるよと。そうすると高山は『だって、今は無理って言われたから』っち言いましてね。今が無理なら、いつなら無理やないんかって」

「つまり、遠回しに断られたのが分かっていなかった、ということですか？」

　ジャージ姿の教師は「でしょうねえ」と、また苦笑する。

「僕がはっきりと『おまえはフラれたんだよ』と教えると、『なーんだ』っち言っとりましたがね」

その後、つきまといはぱったりなくなったので、担任としてもそれ以上は問題にすることもなかったという。かのんはメモを取りながら「やっぱり」という思いを強くしていた。「今」といったら「今」なのだ。それが遠回しの意味を持つことは理解出来ない。

「高山さんは、他には何か問題を起こしたことがありますか？」

男性教師は「特にありませんが」と首を傾げた後で、曖昧な表情になった。

「ただ、あんまり扱いやすい生徒やなかったことは、確かです」

「それは、どういう点からでしょう」

「すぐに屁理屈《へりくつ》をこねるんですよ、何かっちいうと。それに、人の揚げ足を取るっちいうんかなあ」

「揚げ足、ですか」

元担任は「たとえば」と思い出すような表情になる。

「こっちが高校受験のことで『石にかじりついてでも頑張れ』っち言ったとしますよね。するとあいつは『石というのは岩より小さいですが、鉱物です。どっちにしても、石なんかにかじりついたら人間の歯は折れます』とか答えるわけです。それから『教室は皆で使う場所なんやけ、きれいに掃除しろ』ち言ったときには、『先生だって使ってるんだから掃除したら』って返されたのも覚えとりますね。とにかく、思わずこっちがカチンとくるようなことを言うわけです」

その一方では、何かの拍子に「先生」と追いかけてきて、突然ものすごい勢いで喋り出すこともあったという。

「どんな本を読んだとか、その作家はどんな人物やったとか、脈絡があるようでないようなことを一気に喋って、それでこっちが『だからどうした』ち聞き返すと、『それだけです』っち言って、すっと離れていくんですよね。まったく変わったヤツでしたよ」

苦笑していた男性教師は、最後にふと真顔に戻って「でも」とかのんを見た。

「根は真面目《まじめ》なヤツやと思うんです。間違ったことをするようなヤツやあ、ないと思うんですけどね」

そうなのだろう、とかのんも思った。高山朋樹は、今だって自分が間違ったことをしたなどとは考えてもいないのかも知れない。ただ興味の赴くままに突っ走ってしまっただけなのだ。だからこそ、もしかしたら今の彼は、自分を取り巻く環境の激変に、完全に混乱している可能性があった。

4

翌週、かのんは高山朋樹の二度目の面接に少年鑑別所まで向かった。バスに揺られている間は冷房の中にいるからいいのだが、バス停で降りるなり強烈な陽射《ひざ》しに照らされて、あっという間に汗がにじみ出す。とはいえ北九州は、もしかすると東京よりも秋の訪れが早いのかも知れなかった。彼岸も過ぎて、日中は相当な暑さになっても、朝晩はずい分しのぎやすい日が増えてきた。それに来週辺りは台風が接近しそうだという予報も出ている。台風が通過すれば、季節はさらに進むことだろう。

「あっという間に秋になるわねえ」

相変わらず無言を貫いている少年は、食事だけは摂《と》っているということだが、朝の点呼にすら応じない上に、法務技官による心理検査も受けようとしないという。鑑別所でも、これでは鑑別方針さえ立てられないとため息をついていた。そんな高山朋樹少年と、今日も三時間ただ向き合うだけの覚悟で、かのんはやってきていた。相手が返事をしようがしまいが、思いついたことをただただ、話しかけることにしている。

「ご両親に会ってきたんだけど、君は、お父さん似なのね。ひと目見て、ああ似てるなと思った」

　鑑別所で支給されるスウェットの上下は、長身で瘦せている少年には少しばかり丈が短めな上に、横幅はだぶついている。襟ぐりから出ている細い首は妙に長く見えるし、半袖《そで》から伸びている細い腕は前回と同様に両脚の間に手を挟んでいるらしく、細い身体の前に揃えられていた。テーブルの下を覗いてみると、やはり両手を交互にグーパーさせている。姿勢は、相変わらず身体をわずかに傾けて、視線は宙を見つめているばかりだ。

　でも、心の中では様々に感じて、色々と思うこともあるに違いないんだ。

　かのんなりに考えてみた。知能に問題がないＡＳＤなら、人とうまくコミュニケーションが取れない、相手のことが分からない自分について「なぜだろう」と考えることがあるのではないか。なぜ人は自分を叱るのか。なぜ自分の言ったことに怒るのか。人と自分は何が違うのか。そういったことを疑問に感じるのではないだろうか。

「お父さんはゴルフが好きなのね。この間、会ったときも、本当はゴルフに行く予定だったんだって」

　反応しなくても、話は聞いている。彼の心の琴線に触れること、反応しそうなことを、とにかく話し続ける中で探り出すより他にない。

「お母さんは料理が好きなんだって？　お料理教室にも行ったっていうし、パンとかケーキを作るのが好きなんだって話してくれたわ。焼きたてのパンって、美味しいもんね」

両親の話は、どうやら駄目らしい。続けて姉の話もしてみたし、祖母の話も出してみたが、やはり反応はなかった。こうなってくると家族の話題ではない方がいいのかも知れない。学校？　読み書き算盤《そろばん》？

そこまで考えたとき、ふと思い出した。そういえば昨夜、いつものように栗林とオンラインでやり取りしていたとき、彼はかのんが驚愕《きょうがく》することを言ったのだ。お互いに小学校はべつべつだったから、かのんのクラスにいた、おそらくＡＤＨＤだと思われる少年の話をしたところ、栗林自身は低学年の頃「ＬＤではないか」と言われていたのだと言った。ＬＤとは学習障害のことで、知能に問題はないのに、聞く、話す、読む、書く、計算するなどの特定の部分だけが出来ない障害のことだ。

「えっ！　栗林、ＬＤだったの？」

「違うって。違うけど、俺、漢字の読み書きがまるっきりダメだったわけ。何となく嫌いだったんだよな、漢字って。だから教科書を読むのに当てられても、漢字だけすっ飛ばして読んでたら、『ＬＤ児』って言われちゃってさ。おふくろ、もう大慌《おおあわ》て」

それが、どうして治ったのかと言えば、学校の図書室で『シートン動物記』を見つけたからだそうだ。それが読みたくて、夢中になって漢字のふりがなを追いかけていくうち、自然に漢字も覚えて、気がつけば漢字嫌いではなくなっていたという。つまり、栗林の場合はやはり動物がきっかけになったということだ。聞けば聞くほど、動物園の飼育員という仕事は、彼にとって天職ではないかという気になってくる。

そんな風に考えると、目の前の少年だって、きっかけ次第では人からハンディキャップと見られる部分を克服できていくのではないかという気がする。ＡＶなどに影響を受けて愚かな犯罪に走るのではなく、もっと何か他の分野で彼の特質を活《い》かして、そこにのめり込むほど夢中になってくれないものだろうか。

読書が好きだって言ってたんだから。

「最近どんな本を読んだ？　鑑別所にも色んな本があるでしょう。それを読んだりは、してないの？」

それでも反応はなかった。三十分が過ぎ、一時間が過ぎる。さすがに、こうも反応しない相手に向かって、そうそう話題というのも見つからないものだ。かのんはとうとう席を立ち、格子のはまっている窓に近づいた。先週は蟬の声がうるさいほどだったのに、たった一週間で今日はもう、それほどでもない。カナカナカナ、とヒグラシの声が聞こえた。

「秋が来るねえ」

心なしか少し高くなったように感じる空を見上げながら、つい呟いた。

「秋になったら、私、行ってみたいところがあるんだよね。平尾台ってあるでしょう？　まだ行ったことがないんだけど、写真で見たら——」

ひ、という声が聞こえた。窓辺に立ったまま、かのんは何気なく少年の方を振り向いた。斜め後ろから見る少年の様子は、まるで変わっていない。相変わらずグーパーさせている手が少し見えた。そのとき、少年が再び「ひ」とかすれかけた声を出した。かのんの頭皮が、ざわっと粟立《あわだ》ったように感じた。

「ひ——なに？」

「ひ、平尾台は、標高三〇〇メートルから七〇〇メートル。東西二キロ、南北六キロ。大小のドリーネがあって、縄文時代から古墳時代の遺跡が多い。平尾台の石灰岩は、古生代石炭紀から、ペルム紀の、およそ三億六〇〇〇万年前から、二億五〇〇〇万年前の、温暖な南の海でサンゴ礁《しょう》として堆積《たいせき》したもの。それが、プレートの移動によって、今の平尾台の場所まで、動いてきた。その後、平尾台の石灰岩層は、約九〇〇〇万年前になって、中生代白亜紀に貫入してきたマグマの熱によって結晶質石灰岩に変化した」

かのんは、呆気にとられて少年を見つめていた。そろそろ自分の席に戻る間も、少年の姿勢はまったく変わることがなく、ただ口だけを動かしている。

「石灰岩とは、炭酸カルシウムを五〇パーセント以上含む、堆積岩で、ミクロのレベルで結晶構造が見られる。大量の二酸化炭素を含んでいるため、もしも、もしも、地球上の石灰岩が全部、ぜーんぶ熱分解したら、地球の気温は三〇〇度、上昇する！三〇〇度だ！」

「――すごい」

思わず囁《ささや》くと、少年ははっと我に返った表情になり、慌ててまた横を向こうとする。かのんは急いで「あのね」と少年の細い腕に触れた。びくん、と少年が跳びはねるようにした。首を傾げたまま、視線がわずかにこちらに向く。

「ドリーネって、なあに」

「ドリーネ――ドリーネ、ドリーネっていうのは石灰岩や、ドロストーンのある場所で、ドロストーンっていうのは、泥の石っていう意味じゃなくて、苦灰岩《くかいがん》のこと。石灰岩の中のカルシウムが、マグネシウムに変わったもの。その、石灰岩とかドロストーンの地下に空洞が出来て、そのせいで表面が陥没するんだ。陥没して、孔《あな》が出来るんだ。それが、ドリーネ」

「平尾台には、そのドリーネが多いの？」

「すごく多い。大きいのも、小さいのも」

「高山さん」

「はい」

「高山さんは石灰岩に詳しいんだね」

「石灰岩だけじゃないよ。地球には色んな岩があるんだから。堆積岩や火成岩、変成岩、すごくすごくたくさんあって、それで地球が出来てるんだ。地球は、岩で出来てるんだ。岩で。すごく一杯の。岩」

「そういうことに興味があるの？」

　少年は、細かく何度も頷いた。

「岩は地球そのもので、地球の歴史そのものだから。岩を知れば、宇宙のことまで分かるかも知れないから」

「そうなんだ。すごいんだね」

　初めて、少年と視線が合った。ホワイトアスパラのような少年は、不器用に首を傾げたままで、黙ってかのんを見つめている。かのんはさらに身を乗り出して「ねえ、高山さん」と彼の瞳《ひとみ》を覗き込んだ。

「私のこと、怖かった？」

少年の視線がすっと外れて、細い首がカクカクと細かく揺れた。

「そっか――ごめんね。今は？」

今度は、少年は傾いたままの頭を左右に振った。

パニックが、解けた。

かのんはようやく大きく息を吐き出した。

「ああ、これで胸のつかえが取れた」

すると少年は、かのんの方に顔を向けながらも目線は合わせることなく、ただ「なんですか、それ」と言った。

「胸に棒がつっかえてるんですか」

「そうじゃなくてね、胸のモヤモヤが晴れたっていうこと」

「モヤモヤ――胸は――天気が悪かったっていうことですか」

そして高山朋樹は首を傾げ、「分かりません」と呟く。ああ、こういうことなのかと思った。この少年には、比喩《ひゆ》や抽象的な表現といったものが通じない。いくら会話したとしても、心のやり取りということが難しいのかも知れなかった。だとすると、心を通わせようなどとは考えずに、ひたすら的確なやり取りをすることが必要だ。かのんは「高山さん」と、改めて少年を呼んだ。

「はい」

返事はいい。

「私の言うことを、よく聞いてくれるかな。今、高山さんがいる場所、ここがどこだか、分かってる？」

「少年鑑別所です」

「そうだね。どうしてここに来たかは、分かる？」

「警察の人が、送ってきました」

「どうして？」

「僕が、女の人のパンツを下ろして、ぼぼ触ったから」

「そうだね。どうして、そんなことしたんだろう」

「女の人のぼぼ触ると、僕のちんぽも大きくなって、気持良くなるって、動画でやってたから」

「そうか――気持良く、なった？」

少年は無表情のまま首を横に振り、家に帰って思い出してみても、自慰行為にふけろうとしても、まるで興奮しなかったという意味のことを、あまりにもストレートな表現で淡々と語った。かのんだって女性なのに、そういう相手を前にして性的な話をすることへのためらいというものが、まるでない。つまりこの少年には、恥ずかしいという感覚がないのかも知れなかった。そして少年は、ぽつり呟いた。

「あの動画は、嘘《うそ》ばっかりだな」

少年が大分落ち着いた様子だったので、かのんは改めて、警察署での、取調官と少年とのやり取りを読んで聞かせた。

本職「ムラムラしてたのか」

少年「ムラムラは、知りません」

本職「ムラムラしたから、あそこの自転車置き場に網を張ってたんじゃないのか」

少年「ムラムラは知らないし、僕は網なんか使ってません」

本職「女性たちのパンツを下ろしたときはどんな気持ちだった。陰部を触ったんだろう」

少年「インブは知りません。パンツを下ろした後は、ぼぼを触りました」

本職「そのときは、どう感じた」

少年「こんな風になってるのかと思った。気持ち悪かった」
本職「それなのに繰り返したのか」
少年「動画では気持ちよさそうにしてたから、僕が触り方を間違えたのかと思いました。僕は、よく間違えますから」
本職「同じ場所で繰り返し女性を襲ったりしたら、すぐに捕まるとは思わなかったのか」
少年「あそこなら家からも近いから。帰りが遅くなるとお母さんがうるさい」
本職「被害に遭った人たちのことを、どう思うのか」
少年「知らない人です」
本職「申し訳ないとは思わないのか」
少年「暴れなければ、僕のちんぽを入れようと思いました。ＡＶでは女の人が『入れて』と言っていたので」
本職「犯行の後で、そのときのことを思い出したか」
少年「思い出したけど、べつに面白くなかった。だから、次はうまくやろうと思った」

かのんが一通り読み上げると、少年は少し宙を見つめていたが、やがて「あの」と口を開いた。

「あと二人」

「――え？」

「あと、二人いて」

「そうなの？　いつ？　どこで？」

「戸畑の祇園大山笠《ぎおんおおやまがさ》のとき、市民会館の裏で」

「同じことをしたの？」

少年は、身体を傾けたまま、こっくりと頷いた。そのときは二人とも浴衣《ゆかた》の女性だったから、女性を押し倒した後、浴衣の前をはだけて下着を下ろしたのだそうだ。ところが一人は大声で激しく泣き出し、一人は手に持った下駄で少年に殴りかかってきたから、どちらの場合も逃げたのだという。

「そのときは、どんな気持ちだった？」

「泣かれたときは、うるさいなと思った。殴られたのは、痛かった、です。僕は――僕は走るのが遅いから、一生懸命、逃げました」

「可哀想なことをしたとは、思わなかった？」

「可哀想なのは、僕です。殴られて、たんこぶになった。後から、青い痣《あざ》にもなりました」

ここまで来たら、あとは医務室の技官に引き継ぐべきときだった。そして正確な診断を下してもらうのが先決だ。

「ねえ、高山さん」

「はい」

「今もまだ怖いかな。まだ、私たちを信用出来ない？」

「分からないけど、もう、あまり怖くはないです」

「じゃあ、他の人とも話せるかな」

「話せます」

「ここにいる人たちはね、誰も君を叱ったり、苦しめたりはしません。だから今、私に話してくれたのと同じように、ここにいる誰とでも話してくれるよね？」

「はい分かりました」

少年はゆっくりと頷いた。

5

かのんたちが予測した通り、少年は精神遅滞を伴わないＡＳＤ、自閉スペクトラム症であると診断され、協議した結果、まず一カ月間、自宅での試験観察を行うことになった。当初は「当分の間」という表現を使おうとしたのだが、「当分」の意味が少年には分からない可能性があるという判断から「一カ月」という期間を定めた。その間、少年には専門医の診察を受けさせ、適切な治療に向かうことと、定期的にかのんと面接すること、そして日記をつけることが義務づけられた。その上で、判事による審判が行われる。

「僕、やっぱり病気なんですか」

鑑別所での最後の面接の日、試験観察になったことを説明すると、高山朋樹は表情こそ変わらないものの、どこか納得したような不思議な様子を見せた。

「どうして、やっぱりって思うの？」

「僕は、いつも他の人と違うみたいだから」

「どんなところが？」

「みんな、うるさいし。ずっとお喋りしてるし。僕はそういうの、やらないです」

「それから？」

「すぐ、『いつもと違うことをしようぜ』って言うんです。僕は、いつもと違うことなんか絶対に嫌です」

「それから？」

「僕ばっかり、よく叱られます」

「それから？」

「誰も——僕の話を聞かないです」

「お父さんやお母さんは？」

「お父さんはゴルフだけ。お祖母《ばあ》ちゃんがいつも、『出来損ない』って言ってます。お母さんは、食べてばっかりなのと、お姉ちゃんとお喋りだけ。ずっとずっと喋ってる」

　少年は、ちゃんと感じているのだ。だが彼は、自分の底にひそむ哀《かな》しみや孤独を表現することはなく、だから誰にも理解されないまま、ここまで来てしまった。それに対してどうにかしてやりたいと思ったとしても、こちらの気持ちも、彼には分からないのかも知れない。そう考えると、何ともやるせない気持ちになる。

「君は病気ではないと思うよ。でも、人と違うところに凸凹《でこぼこ》があるのかも知れない」

「凸凹がありますか」

「そう。誰にでも凸凹があるの。君のは少し、目立つのかも知れない。とにかくね、一カ月間、約束をちゃんと守って、生活してくれないと、次には、高山さんは少年院に行かなきゃならなくなります」

曖昧な表現では伝わらないと思うから、かのんは、ずばりと言うことにした。

「少年院——知りません」

「色々な罪を犯してしまった少年たちが、立ち直るために入るところ」

「色々な罪には、何がありますか」

かのんは、それから犯罪の種類や、様々な年齢の少年がいること、規律ある生活を集団で一定期間、送らなければならないことなどを説明した。少年は相変わらず両手をグーパーさせながら、おとなしく聞いていたが、最後になって「僕が少年院に行ったら」と口を開いた。

「殴られますね」

「どうしてそう思うの？」

「小学校のときも、中学のときも、よく暴れる子と、よく喋る子は、僕を殴ります。

僕を嫌いになります」

　やはり、そういう経験をしてきたのかと思った。それにしても、少年の両親の、何という鈍感なことだろうかと改めてため息が出る。少年がこうして罪を犯さなければ、彼が抱える問題はまったく気づかれないまま、この先も生き続けなければならないところだった。

「約束を守ってね」

「一つ、毎日日記をつけます。二つ、女の人のパンツを下げたりして、傷つけません。三つ、本をたくさん読みます」

最後に、かのんは「頑張ってね」と言って、少年のひょろひょろとした二の腕をぽんぽんと叩いた。少年は表情を変えないままで「はいわかりました」と言った。

　ところが試験観察が始まって一週間もたたないうちに、高山朋樹は再び逮捕された。しかも、今度の容疑は傷害というものだ。少年の母親からその連絡を受けたときには、かのんは思わず絶句した。少年が怪我を負わせた相手というのが、あの野心家の女性弁護士だったからだ。

「どうして、そんなことになったんですか？」

　電話口で尋ねると、さんざん泣いた後なのか、相当に声が嗄《か》れてしまっている母親は「主人が」と言ったまま、言葉を詰まらせた。今ごろ少年はまだ警察署で取調を受けていることだろう。かのんは、またも予定表とにらめっこをして時間をひねり出し、少年の自宅を訪ねることにした。いくら判事や他の調査官たちも賛同してくれたとはいえ、試験観察にすべきだと一番に主張したのはかのんだ。彼の疾患の部分にばかり気持ちが行っていたのだろうかという思いが、かのんを打ちのめす。あってはならない失敗をしでかしたように思えてならなかった。

高山朋樹の自宅は、あの女性弁護士が言っていた通り、かなり広々とした敷地内に建つ二階建ての家だった。さらに奥の方には、いかにも重厚な造りの純和風建築の邸宅が建っていて、すぐに、この一族の長男と父親の家だと分かる。一方、脇に広がる畑を回り込むような格好で建っているのはおとぎ話にでも出てくるような可愛らしい洋風建築の家で、そこが三男の住居らしかった。いずれも個性豊かな佇《たたず》まいだったが、朋樹の家は、可もなく不可もなしといった感じの、ごく平凡なものだった。

ところが応接間に通されると、そこは驚くばかりに豪華な空間だった。

「あの日、ここで、主人と弁護士さんが話しとったんです」

大理石のテーブルに、ロールケーキとコーヒーを出した後、高山倫子はさすがに憔《しょう》悴《すい》した表情で、自分も革張りのソファーに腰を下ろす。どこからともなく涼しい風が流れてくる。夫の直樹は、今日もゴルフに行ったのだそうだ。

「最初は、被害者の方々との示談交渉が進んどるちいう、報告みたいなことやったんです。被害者の皆さんには、それぞれに朋樹の抱えてる問題のこともご説明して、三人のうちお二人には何とか理解していただいて、大体、許して下さったんですけれど、もう一人の方が、どうしても許せないっていうことで、じゃあどうしようかとか、そんな話をしてたんですよね」

倫子は広い応接間を見渡すようにしている。それにつられるように、かのんも室内を見回した。テーブルやソファーも豪華なものだし、壁には特大のテレビモニターが掛けられている。部屋の片隅には大きなスピーカーが置かれていて、この環境で映画を観たらさぞかし臨場感があるだろうと感じさせた。家具は白で統一され、バーカウンターの横には大きなワインセラーもあった。人の背丈ほどもある中国風の壺《つぼ》や、巨大なアートフラワーなどが、何カ所かに飾られている。天井から下がっているのはもちろんシャンデリアだ。

「何とか、その方にもご理解いただきたい、説得して下さいなんていう話をしとったときに、主人が――」

倫子の視線は、応接間の出入口に向けられていた。今まさに、そこの扉が開いて朋樹が姿を見せるのではないかとでも思っているかのような、半ば怯《おび》えたような表情だった。

「ご主人が、何と言われたんですか？」

「『あんな出来損ないのお蔭で、金がかかるよな』っち。そうしたら、弁護士さんが、けらけら笑ったんです」

「笑った？　どうしてですか？」

かのんの脳裡《のうり》には、笑ったように見えてしまう朋樹の顔が浮かんでいた。笑いたくないときに笑ってしまう子。その子は、何に反応したのだろう。

「『お蔭様で、いいお客さまになっていただきまして』って。あの人、そう言ったんです。成功報酬はしっかりいただきますからって」

あの弁護士なら、いかにも言いそうな言葉だとは思う。それにしても、わきまえがなさ過ぎる。

「そうしたら主人が――」

「ご主人が？」

「金ならいくらでも払うけん、あのバカを何とか出来んかって、言いました。弁護士さんはまた笑って――じゃあ、落ち着いたら海外にでも出しますかっち――そのとき、あの子が飛び込んできたんです」

少年は「僕はバカじゃない！」と叫んだという。そして、自分の父親と女性弁護士に向かって、テーブルの上に置かれていた料理や食器などを手当たり次第に投げつけたのだそうだ。慌てて逃げようとする女性弁護士には、栓を抜いたばかりのワインのボトルを投げつけた。ボトルは彼女の後頭部に当たり、女性弁護士はその場に倒れ込んだ拍子にテーブルの角で額を切り、さらに肋骨《ろっこつ》にもひびが入った。そんな状態でも、彼女は自分の携帯電話で一一〇番をしたらしい。

「主人があんなことを言うけん」

「ご主人は、お怪我は」

「あの人は逃げ足だけは速いですからね。さっと逃げました」

高山倫子は、また涙を流している。

「弁護士さんは、もう半狂乱みたいになっちゃうし、お義母さんまで下りてきて、『何やっとるんやっ』って怒鳴って——朋樹には、もう二度と、この家には帰らせんっち言ったんです。いくら先天的な問題だからって説明しても、私の育て方が悪いせいやって責められるし」

昨日やっと室内にクリーニング業者が入って、すべての痕跡《こんせき》がなくなったところなのだと、高山倫子は半ば呆《ほう》けたような表情になっている。彼女も哀れだが、かのんはやはり少年が哀れに思えてならなかった。おそらく、彼は暴れたかったわけではないのだと思う。もっと別の方法で自分を分かって欲しかったのではないだろうか。けれど、その方法が分からなかったのだ。どうしたらいいか分からなくなって、黙り込んでしまったのとは正反対に、今度は暴れてしまったのではないだろうか。

「私――もう、あの子に会うのが怖くなりました」

「そんなこと、おっしゃらないで下さい。事件が家裁に回ってきたら、私か、または他の調査官が、可能な限り彼の気持ちを聞くようにします。そして、最善の方法を考えますから。お母さんは、朋樹さんのいちばんの味方でいてくださらなければ困ります」

涙を抑えながら、高山倫子は「でも、怖くて」と繰り返す。

「出来ることなら、今度は病院みたいなところに入れてもらえませんか」

「病院、ですか」

「お義母さんも承知しないし、主人も、ああいう人やし――朋樹に、面と向かってバカだとか言い出しかねないですから」

これほど豊かに暮らしながら、先天的な疾患を背負って生まれてしまった息子を受け容《い》れるだけの余裕がないというのだろうかと、かのんは内心でため息をついた。確かに、理解されにくい疾患であることは事実だ。扱いが難しいことも間違いないだろう。だが、彼の可能性の部分に目を向けて、少しでも生きやすい方法を考えてやれるのは家族しかいない。ここで突き放してしまっては、高山朋樹は本当の孤独に陥ることになる。

この人とも、あのひょろりとした夫とも、もう少し時間をかけて話をしていった方がいいのかも知れない。

今度の事件は、朋樹がそのための時間を作るために起こしたのだと、そんな風に考えることは出来ないものだろうか。

高山倫子は最後に、とりあえず今は義兄が新しい弁護士を探してくれているところだと言った。怪我をした女性弁護士は、入院には至らなかったものの当分の間、静養が必要だということだ。

「付添人を依頼するのは、もちろん問題ないと思います。ですが結局は、保護者の方がご自分たちで、息子さんときちんと向き合ってあげることが一番なんじゃないかと、私は思うんですが」

玄関で靴を履いた後、改めて背後を振り返って、かのんは泣き腫《は》らした顔の高山倫子を見上げた。

「朋樹さんは上手に表現出来ないだけで、すべて感じ取っていると思いますよ。いちばん苦しいのは、彼自身なんじゃないでしょうか」

それだけ言って軽く頭を下げ、かのんは朋樹の家を後にした。広い敷地内を歩くうち、畑の中に佇む、ひょろりとした長身の老人の姿が目にとまった。遠目に見ても、その姿は高山朋樹とよく似ている。おそらくあの人が、この広大な土地の当主なのに違いなかった。

今ごろの季節は、どんな野菜が穫《と》れるんですかと、声をかけてみようかと一瞬思って、やめておいた。畑の中央にぽつねんと立つ老人の姿は、何ものも寄せ付けないように見えたし、一方でずい分と淋しげにも見えたからだ。かのんの母が大切にしていた家庭菜園などとは比べものにならない、広々とした本格的な畑で、今、晩年を迎えようとしている老人は、果たして何を考えているのだろうか。一番期待していた孫のことを、あの人は救ってくれるつもりはあるのだろうかと考えながら、かのんは広い土地を後にした。

それにしても空腹だった。無理矢理、時間をやりくりしてここまで来たから、考えてみたら昼食も取れていない。ふと、この辺りで有名だという戸畑ちゃんぽんでも食べて帰ろうかと思いながら、かのんは午後の陽射しの中を歩いた。ツクツクボウシの声が一つだけ、響き渡っていた。

おとうと

1

絣《かすり》模様の座布団《ざぶとん》は、中綿に厚みがあって座り心地が良かった。それでも正座に慣れていない庵原かのんは、遅かれ早かれ脚が痺《しび》れるに違いなく、今のうちから少しでも痺れを阻止することを考えなければならなかった。調査面接に来ておいて、いざ立ち上がろうというときにみっともない姿は見せられない。だから人の目がない間は、お尻《しり》の下でつま先立ちするように踵《かかと》を浮かせてみたり、体重を前の方に置くようにしながら、とりあえず見覚えのある六畳間の室内を眺め回していた。家の前に立った時にも、古ぼけた外観がまるで変わっていないことに妙な懐《なつ》かしさを覚えたものだが、通されたこの部屋も以前と同様、相も変わらず雑然としている。

「おかしいなあ、倅《せがれ》も、孫の野郎も、すぐに帰ってくるはずなんですけどね。孫はバターだか何だかが足りんっち、その辺まで買いに行っただけやし、倅も今朝、出がけに念押ししたら『今日の段取りを代わりのヤツに伝えるだけや』って言いよったもんで」

　暖簾《のれん》の向こうから少しばかりいがらっぽい声が聞こえてきたと思ったら、ひと目見てユニクロのウルトラライトダウンと分かる黒いブルゾンのファスナーを、襟元まできっちり上げて着こんでいる男が、旧式のポットを提げた手で色褪《あ》せた暖簾をかき分けて顔を出した。もう片方の手には急須《きゅうす》や湯飲み茶碗《ぢゃわん》ののっている盆を持っている。この二年あまりの間にずい分と髪が白くなり、心なしか額の皺《しわ》も深くなったようだ。

「いつもやったら客用の茶っ葉なんちないんやが、たまたま年賀にいい八女茶《やめちゃ》をもろったけん。やけど俺は、いい茶なんて淹《い》れたことがねえんやから、そこんとこは勘弁して下さい」

　岩瀬宏《ひろし》は「どっこい」と唸《うな》るように声を出しながらかのんの向かいに腰を下ろす。

「孫が拘置所におるっちいうのに、年賀もへったくれもあったもんやないんやけどな。あるのに飲まねえのも勿体《もったい》ねえけさ」

　畳の上にホットカーペットを敷いて、そこに据えられた大きな座卓の上には、半分近いスペースに新聞や広告のチラシ、テレビやエアコンのリモコン、電話の子機、ビタミン剤や整腸剤の瓶、眼鏡、煙草《たばこ》に灰皿、ペン立て、なぜかペットボトルのふたなどが散らばっている。かのんが訪ねてくると分かっていても、片づけるつもりは端《はな》からないらしい。

そうでなくともこの部屋にはものが多い。多すぎる。二年の間にさらに増えたようだ。男の背後にある箪笥《たんす》は以前と変わらないが、その上にある古いこけしや五円玉で作られた置物、ケースに入った博多人形に加えて、ブリキのおもちゃにブタの貯金箱、ゲームセンターのクレーンゲームで取れるぬいぐるみなどが、もはや飾ってあるというより、ひたすらぎゅうぎゅう詰めの状態だ。箪笥の上の壁には振り子式の柱時計が掛けられていて、隣にもディズニーキャラクターの壁掛け時計が並んでいるのだが、二つの時計の針はそれぞれ違う時を指し示していて、そのどちらもが、かのんの腕時計やスマホの画面に現れる時刻と違っているのがどうにも気持ちが悪い。時計の上には鴨居《かもい》を利用した吊《つ》り戸棚があって、棚板がたわむほどの荷物が積まれている。もしも大きな地震でも来たら、ひとたまりもないだろう。

箪笥の横にはマッサージチェアがあるのだが、座面にも背もたれにも衣類やタオルなどが盛り上がるほど置かれていて、すぐに使用できる有様ではない。さらに部屋の隅には他の家具とはまるで雰囲気の違うカントリー調のチェストがあった。

もしかして。

ふと、これも拾ってきたものではないのかという思いが頭をよぎった。大体、この部屋に置かれているものの何割かは、確実にどこかから拾ってきたものに違いないのだ。

かのんはテレビキャビネットを背にして座っている。右手には奥の部屋に通じる襖《ふすま》があって、そのすぐ脇《わき》には畳の上にじかに置かれた炊飯ジャーがなぜか二つ。隣にあるカラーボックスは一番上にファックスつきの電話機、上段に薬の瓶や調剤薬局の袋、調味料などが並び、中段には焼酎《しょうちゅう》やウイスキー、焼き海苔《のり》の缶、そして一番下には古そうな電話帳が数冊にゴキブリ用の殺虫スプレー、蚊取り線香の缶、懐中電灯などといったものが詰め込まれていた。壁には数種類のカレンダーと、電話番号の書き込まれた一覧表。片隅に貼《は》られているひと時代かふた時代前のグラビアアイドルの水着ポスターは、実は壁の穴を隠すためのものだと以前、聞かされたことを思い出した。男の長男がまだ中学生くらいだった頃に癇癪《かんしゃく》を起こして壁を殴りつけ、穴が空いたままなのだそうだ。建具はきちんと整えているくせに、壁には無頓着《むとんちゃく》らしい。

「アレっちゃね、いい茶っちゅうんは、あんまり熱い湯で淹れるもんや、ないんよね」

男は茶葉を入れていない急須にポットの湯を注いで、その急須を揺らしている。そうやって湯の温度を下げるつもりらしかった。

「最近、お仕事の方はいかがですか」

かのんが尋ねると、即座に「駄目だね」という答えが返ってくる。

「あと何年、続けられるかっちとこやろうな」

分厚い掌《てのひら》で何度かちょん、ちょんと急須に触れて、ようやく納得したのか、そこに金箔《きんぱく》つきの模様の入った高級そうな袋から茶葉をパラパラと振り入れ、彼は急須の蓋《ふた》をした後に「何ちゅったって」と顔を上げた。

「襖や障子を入れとる家そのものが、なくなってきとるでしょう。昔ながらの日本家屋っちもんに、もう住んどらんのよな、みんな」

「ああ、そういえば、そうかも知れませんね」

「やけ、新規の注文っちゅうのが、めっきり来んくなったよね」

男は口もとに諦《あきら》めを含んだ皮肉っぽい笑みを浮かべて「それに」と話を続ける。

「最近は内装屋とかリフォーム屋とかっち、建具でも壁紙でも便器の交換でも、何でも引き受けるっちとこが増えたけん、そういう方が選ばれちゃうんよな。襖や障子にしたって実はプラスチックでさあ、燃えにくいのがいいんだとか、裏がシールになっとって、どんな素人《しろうと》でも簡単に貼れるようなヤツなんかもあるし。つまりもう、昔ながらの襖と障子だけでやってける時代やないんよ。時代が、変わったんよ」

ようやく二つの湯飲み茶碗に茶を注ぎ、片方をかのんの方に押し出しながら、男は「まあ、やけん」と自分の湯飲み茶碗を分厚い手で包み込むようにする。

「今にして思えば、倅が跡を継がんかったのは正解やったっちことや」

自分の淹れた茶を一口すすって、「ちょっと濃かったやか」と呟《つぶや》いてから、男は当たり前のように座卓の上に置かれた煙草に手を伸ばす。かのんが反射的に「煙草は勘弁してもらえませんか」と言いそうになったとき、カラカラ、と表の引戸が開く音がした。腰板がついていて、障子紙の代わりに磨りガラスをはめ込んである、いかにも昭和な感じの東障子《あずましょうじ》にぼんやりと人影が映り、その人影がずんずん近づいてきて、すっと障子戸が開いた。冷たい空気と共に現れたのは、襟にボアのついた紺色の作業用ジャンパー姿の、端整な顔立ちをした中年男だ。

「遅《おせ》えんちゃっ」

火をつける前の煙草を指に挟んだまま、即座に白髪頭の父親が声を上げた。この父と息子は面差しがそっくりだ。つまり父親も若い頃はそれなりにいい男ぶりだったのだろうと想像させる。

「早く帰《け》ぇれっち念押ししたやないか」

息子の岩瀬正男はこちらに小さく会釈《えしゃく》をすると黙って戸口に腰を下ろして靴を脱ぎにかかる。建設作業現場で働いていることを考えると、おそらく編み上げの作業靴でも履いているのだろう。脱ぐのに多少の時間がかかるようだ。

「これでもすっ飛んで帰ってきたんぞ」

背中をこちらに向けながら、彼は低い声で呟いた。

「そんでも約束の時間に遅れとるっちことは間違いなかろうが」

「代わりのヤツが、なかなか来んかったんやけ、しょうがねえやねえか」

「そんなんやったら昨日のうちに――」

「あの、大丈夫ですから。私も今さっき、うかがったところです」

かのんが取りなすように言うと、息子は再びわずかにこちらを振り返って小さく頭を下げる。その日焼けした首筋から横顔にかけて、独特の色気のようなものがある人だった。それからようやく家に上がり、無造作にジャンパーを脱ぎながら「手だけ洗ってくるんで」と言い置いて、のしのしと父親の背後を通って奥の部屋へ向かう。

「戸を閉めてけっちゃ！　寒いやねえか、まったく」

息子が開けっぱなしにしていった東障子の向こうには、父親の仕事場が見えていた。土間の中央に作業台が二つあり、左右の壁には無数の障子紙やふすま紙、分厚い見本帳などの詰め込まれた棚が並んでいる。他にも刷毛《はけ》やカッターナイフ、糊《のり》の缶に曲《かね》尺《じゃく》など、仕事に使う様々な道具が雑然と並ぶ仕事場だった。片隅には石油ファンヒーターが置かれているが、今はスイッチも入っていない様子だし、確かにこうして戸が開け放たれていると、氷のように冷たい新年の空気がせっかく暖まった室内にどっと流れ込んでくる。だがその一方では、かのんが「やめて」と言う前に、もう火をつけられていた煙草の煙が逃げてくれるから、それはそれで有り難かった。

「がさつなんちゃ、何をするんも。よくあんなんで言い寄ってくる女がおるちゃ」

ブツブツ言いながら、男は畳に膝《ひざ》をついたまま障子戸ににじり寄って戸を閉めた。エアコンの暖かい風が再び室内を巡り始め、同時に煙草の煙もかき回されて広がっていく。煙は勿論だが、匂《にお》いに敏感なかのんにとっては、なかなか厳しい状況だ。

「息子さん、再婚でもなさるんですか？」

家裁調査官として、というよりは、つい好奇心から聞いていた。岩瀬宏は「そりゃあ、ねえな」と皮肉っぽい笑いを浮かべる。

「どうせ今度やって長続きせんって。これまでやって、ずっとそれの繰り返しちゃ」

「何が長続きせんっち？」

話題の主が戻ってきた。伸びきったスポーツ刈りのような髪にタートルネックのセーター姿になった岩瀬正男は、顔立ちは細面だが肩幅が広く、身体《からだ》も全体に引き締まっていて、四十二歳にしては若々しい。彼が「ちょっと」と声をかけると、白髪頭の父親は特に迷惑そうな顔もせずに身体を横に移動させ、息子は父親の隣に腰を下ろした。ホットカーペットが敷かれているのだから、本当は座布団など使わない方が暖かいのかも知れない。

「大祐《だいすけ》は？」

「買い物」

「今日は面接の日って、親父《おやじ》、ちゃんと言ったんやろうな？」

「当たり前ぇ《め》ちゃ。そこのカレンダーにだって、印つけとるやろう？　すぐに戻るっち言うけさ」

よく似た顔立ちの父と子は、互いに別々の方を向いたままでやり取りをしている。

この襖屋の仕事場と店舗を兼ねた家は、今や髪もすっかり白くなった岩瀬宏の、その父親が昭和四十年頃に建てたものだそうだ。当時は小倉、八幡、門司、戸畑、若松の五市が合併して新しく生まれた北九州市ばかりでなく、隣接する中間市などでも次々に公営住宅や団地の建設が進んでいた時期で、次から次へと襖や障子の注文が入ったから、父親の仕事は常に忙しく、宏も自然に手伝うようになったという。

何でもいいから手に職をつけろ。

八幡西区の西の外れにあって遠賀《おんが》川にも近いこの土地に来る前は、筑豊地方で暮らしていたという岩瀬家の、それが親から子へ言い継がれてきた、いわば家訓だった。炭鉱《ヤマ》が駄目になって極貧を経験したからこそ、何があろうと食いっぱぐれることなく生きていくための心得だということだ。

父親の死去に伴って、岩瀬宏が店主になった後も、しばらくの間は襖屋の仕事は順調だった。団地の仕事はもとより、この界隈《かいわい》の旧家や農家などは定期的に家中の襖や障子の張り替えを数十枚単位で行うのが当たり前だったからだ。当然、二人の息子のうち、どちらかが跡を継ぐものだと思っていたのに、長男は大学進学を希望して高校卒業と同時に家を出て行ったし、今、かのんの向かいに座っている次男の正男も断固として跡は継がないと宣言した。そして高校卒業後いくつかの職を転々とした果てに現在の重機オペレーターという職に落ち着いたらしい。

重機の操作は種類と大きさごとに必要な免許が違っている。正男はブルドーザーからフォークリフト、クレーン車まで、それらの大小ほとんどすべてを扱うことが出来るだけの免許を取得していた。本人の弁によれば、重機を扱っていると子どもの頃に好きだった戦隊ロボを思い出すことがあるし、その日によって扱う重機が違えば飽きることもないから、それが性に合っているのだそうだ。もともと何に関しても飽きっぽいのは自覚している。それで、自分なりに獲得したのが今の仕事のやり方だった。そして、襖屋の仕事が先細りになってきた現在、正男が事実上この家の大黒柱といってよかった。

「では、大祐さんが戻る前に、お父さんとお祖父《じい》さんから少し、最近の様子などをうかがっておこうと思いますが——」

家裁調査官に求められるのは「人間力」だと、よく言われる。裁判所という法律に基づいて物事を処理する場にいながら臨床の立場に立って、生い立ちも性格も、また背景も異なる、ありとあらゆる人と接する必要があるからだ。仕事の中でもっとも重要な部分は「傾聴」であり、同時に、相手が話すときの仕草や表情、視線の動きなどから、その人の言外の心の状態なども感じ取るように努めることも重要だ。こうして少年の家を訪ねるのも、日頃の生活態度や置かれている環境、普段の表情などを知るためだった。家裁に呼び出して面接室で話しているだけでは分からないことが必ずあるからだ。

鞄《かばん》からノートを取り出しながら、さり気なく正座していた踵を上げてつま先を立て、再び姿勢を戻して二人と向き合ったとき、またカラカラと音がした。この家では店の出入口が玄関を兼ねている。障子戸の磨りガラス越しに見える人影が大きくなってきて、戸が開いた途端、今度は岩瀬正男が中腰になって、ぐっと腕を伸ばした。

「どこまで行っとったんか、ちゃっ」

開いた障子戸の向こうから現れた頭に、素早く正男のげんこつが、言葉の切れ目と共に数発、落とされた。その度に「てっ！」「てっ！」と、少年はぎゅっと目を閉じて丸っこい身体を縮める。

「面接の日やっち、分かっとるやろうっ」

叩《たた》かれた頭を撫《な》でながら、岩瀬大祐はそろそろと目を開けて、かのんがいることに気がつくと、ハッとしたように笑顔になった。もともとの童顔が、さらに幼く見える。

「もう、来とったん」

「待ってたんだよ。バターを買いに行ってたんだって？」

「無塩バターを売っとる店がなくて、ちょっと遠くのイオンまで行っとった」

少年は、えへへと笑いながら部屋に上がり込んで後ろ手で障子戸を閉め、そのまま座卓に向かって座り込んだ。顔も丸ければ身体も丸く、はち切れそうに太い脚をした少年は、正座すると小山のようだ。この子はこの子なりに童顔で愛嬌《あいきょう》があるのだが、残念ながら祖父や父とはタイプが違う。

「あんね、兄貴にガトーショコラを作って、持ってってやろうち思って」

正男が「何も、今日やなくたっちいいやろうが」と吐き捨てるように言った。途端に大祐が「何、言っとるんかちゃ！」と目を剝《む》く。

「今度の月曜は成人の日なんぞっ。やから今日中に作って持ってってやらんと、間に合わんやないかっ」

息子に口答えをされて、正男は再び、今度は平手で大祐の後頭部を引っぱたく。

「やったら、そういうもんは昨日のうちに用意しとけっちいっとるんちゃっ」

今度はかのんも「お父さん」と制止しないわけにいかなかった。家裁調査官の目の前で、こうも簡単に子どもに暴力を振るわれては、見過ごすわけにいかない。

「暴力はやめませんか」

すると正男は「えっ」と、いかにも意外な話を聞いたという表情になって、たった今、息子の頭を叩いた自分の掌をまじまじと眺めている。

「こんな程度のもんが暴力ですか？　うちじゃあ挨拶《あいさつ》みたいなもんなんやけどな。第一、引っぱたいたくらいで何か感じるようなヤツらやないんですって」

かのんが「それでも」と言い返そうとすると、引っぱたかれた少年自身がかのんの方を向いて「そうそう」と笑い、ぺろりと舌を出す。そのとき、祖父の宏が「しょうがねえなあ、もう」と唸るような声を出しながら身体を捻《ひね》って腰を上げた。

「俺が湯飲みを取りにいかんと、おまえらは自分たちで茶も飲まんつもりなんかちゃ」

「サンキュー、じいちゃん」

「ったく。なんで俺がこんなことまでせないけんのか」

「親父が老《ふ》け込まねえように、出来るだけ動くようにしてやってんだよ。老化は足からっていうんだってよ」

暖簾の奥に消える父親に、正男と大祐は涼しい顔をして言葉をかける。これが現在、試験観察になっている岩瀬大祐の家庭だった。

2

岩瀬大祐十八歳は、昨年十二月に入ったばかりの某日午後十一時頃、二歳上の兄・健太と連れだって自宅から徒歩十五分ほどのところにある七階建てマンションの敷地内に侵入し、ゴミ集積場から透明のビニール袋に入れられた高級ブランドのボストンバッグ一個を拾って持ち帰った。容疑は建造物侵入および遺失物等横領。しかも、彼らが逮捕されるにいたるまでには、ちょっとしたドラマがあった。

新品同様の高級ボストンバッグを手に入れて、喜び勇んで自宅にもどった兄弟は、早速バッグの中身を確かめてみた。すると、中からスポーツタオルに包まれた分厚い革製の長財布が現れ、そこから白い粉の入ったチャックつきビニール袋数点と、注射器数本が出てきたのだ。直感的に「ヤバい」と思った兄弟は、どうしたものかと話し合った結果、このままバッグを元の場所に戻すのがいいだろうということになった。再び二人でマンションのゴミ集積場まで取って返したところで現場を張り込んでいた刑事から職務質問を受け、そのまま現行犯逮捕されたというわけだ。

実はその晩は、かねてからマークしていた覚醒剤《かくせいざい》の売人が取引に動くらしいという情報を得て、地元警察の刑事二課が午後九時頃から売人が住んでいる当該マンションの張り込みを行っていた。そんなこととはつゆ知らず、岩瀬兄弟は正々堂々とゴミ集積場に立ち入り、あれこれと物色した挙げ句にバッグを持ち帰った。マークしていた人物でもないし緊張感もまるでなかったことから、張り込んでいた刑事たちも当初はマンションの住人かと思ったほどで、気に留めなかったらしい。ところが数時間後、今度は打って変わって辺りを警戒する様子の兄弟が、鞄を持って戻ってきたというわけだ。そこで、「これはおかしい」ということになり、職質《職務質問》をかけた。

そんな経緯があっただけに、兄弟は逮捕直後は覚醒剤の取引や使用に関しても容疑をかけられることになった。だが、尿検査の結果は揃《そろ》って陰性だし、所持品検査や家宅捜索をしても、それらしいものは何も出てこない。数カ所に設置されていた防犯カメラの映像を確認しても、第三者と接触している様子もなく、スマホの履歴を確かめてもそれらしいやり取りもなかった。さらに数日後になってマークしていた売人の逮捕に成功した際、売人の証言から兄弟はまったく無関係であることがはっきりしたため、ようやく疑いを晴らすことが出来たというわけだ。

「今度という今度は、本当に懲《こ》りた。もう二度と、もの拾いはせん」

取調に際して、兄弟は別々の取調室でそれぞれ半べそをかきながら、異口同音に語ったという。

実は、それまでの岩瀬兄弟にとって、よそから何かを拾ってくるという行為は幼い頃からの、いわば当たり前の習慣だった。少しでも役に立ちそうだと思うもの、または換金出来そうなものならば何でも拾ってきてしまう。それが兄弟の、というよりも、岩瀬家の「掟《おきて》」のようなものだった。手に職をつけるという家訓とはべつに、そういうものがあったのだ。

もともと祖父・岩瀬宏は幼い頃、筑豊の炭鉱町でボタ山に登ってボタ拾いをしたり、コーラなどの空き瓶や針金、折れ釘《くぎ》まで拾い集めては、それらを換金して家計の足しにしたり、生活の糧《かて》にしていたという。その時点で「拾えるもんなら何でも拾え」という考えが染《し》みついた。当時はどの家でも、子どもが何か拾ってくることを褒める親はいても、咎《とが》める者などいるはずもなかった。地域全体が困窮していた時代だったのだ。結果、拾い癖は現在の土地に移り住んで以降も変わることなく、この家そのものが、かなりの廃材を利用して建てたという話だし、「掟」はそのまま息子へ、そして孫へと受け継がれた。

「べつに、誰かのものを盗むわけやない。まだ使える物を拾ってくるのの、何が悪い」

こういう感覚の男のところに嫁いできた少年たちの母親、つまり正男の妻は、平均以上に恵まれた環境で育った女性だったから、家の「掟」に違和感を覚え、何度となく異を唱えたらしい。だが両親の大反対を押し切ってまで一緒になった美男子は、妻の言葉に耳を貸すどころか、逆に「贅沢《ぜいたく》や」「上品ぶっとる」と、まるで取り合わなかった。価値観の違い、育ちの違いはいたるところに現れ、結局、女性はいたたまれなくなって実家に戻ってしまった。ただし彼女の両親は、娘が人生を一からやり直すために、二人の子どもを置いてくることを条件にした。そのとき長男の健太はまだ幼稚園にも入っていなかったし、大祐は赤ん坊だったという。したがって、兄弟は二人とも母のことをまったく覚えていない。

実の母を記憶していないという点では、かのんも同じだ。とはいえ、かのんの場合は父が早くに再婚したから、家庭には常に「母」の存在があった。ところが岩瀬兄弟の場合は、母を失った後は正男が子どもたちを連れてこの家に戻り、それからは祖母が孫の面倒を見ることになったものの、その祖母も大祐が十歳のときに亡《な》くなってしまい、以来この家は男だけで暮らしてきた。

「ガトーショコラ、兄貴が大好きなんちゃ。前に一度作ったら、すげえ喜んだけさ」

今、かのんの斜め向かいでにこにこと笑っている大祐は、祖母が亡くなった後、幼いながらにこの家の「料理番」にならざるを得なくなった。ところが少年は、それがちっとも苦にならなかったのだという。そして将来はパティシエを目指すようになり、現在は高校の調理科で学んでいる。卒業後に弟子入りする老舗《しにせ》ケーキ店も既に決まっていて、そこで見習いアルバイトとして働き始めてもいる。そんな大切なときに逮捕されたのだった。

「やから、抹茶入りのヤツとさ、二種類作ろうち思って」

家庭裁判所は、罪を犯した少年が再び犯罪を起こさず、一般社会に適応出来るように最善の方法を考え、ふさわしい保護処分を決定する場所だ。だから必要に応じて鑑別所で少年の特性や能力を調べることもあれば、少年院への送致を決めることもある。そこで一定期間、矯正教育を受けさせると共に、遅れていた学校の勉強をさせたり、資格取得のための指導をしたりすることもある。

大祐の場合は「拾い癖」さえなくなれば、それ以外は何の問題もない少年だ。むしろ彼の将来のことも考えれば、二度目の逮捕ではあるものの、とりあえずは審判を下す前に試験観察期間を設けて、少年の変化を見守ることにしようということになった。期間は三カ月。ちょうど高校を卒業する頃までだ。その間、少年がかのんとの約束を守って毎日日記をつけ、こうして定期的に面接を受けて、あとはごく普通に暮らすことが出来さえすれば問題はない。おそらく「不処分」の審判が下されることになるだろう。そこで肝心なのが、目の前にいる祖父と父親だった。この家の場合、家族全員がこれまで守ってきた「掟」を捨て去る必要があったからだ。

「健太さんのところに持っていくつもりだったの？　今日？」

「これから作れば、出来たてを届けられるやろう？」

「そうか、お兄ちゃん思いだね。でも、その差し入れは、ちょっと無理だなあ」

すると大祐ばかりでなく、父親の正男と祖父の宏までもが不意打ちを食らったような顔になった。その驚きように、かのんの方が逆に驚いたくらいだ。

「拘置所には食べ物の差し入れは出来ない決まりなんです。ご存じ、なかったですか？」

三人はそれぞれに視線を交わしあい、それから揃ってがっくりと肩を落とす。言葉よりも先に手が出るような荒っぽい男たちだが、実は互いの絆《きずな》は非常に強い。それは二年前、岩瀬兄弟が最初に逮捕されたときにも感じたことだった。

あのときは、兄弟はゴルフ練習場のゴルフボールを拾い集めていて捕まった。池に向かって球を打つ設計になっている練習場だったから、その池に無数のゴルフボールが浮かぶ。兄弟はそれを網ですくっていたのだ。その事件を、今の家裁に来てまだ半年程度だったかのんが担当することになった。あのときも兄弟はそれぞれ試験観察期間を設けられることになり、かのんは大祐を、同僚が兄の健太を担当した。同僚調査官と二人でこの家を訪問したときも今とまったく同じ配置でこの場に座り、目の前にいる祖父と父親とに、何としてでも拾い癖を直すようにと諭したのだが、当時、彼らはまるでピンと来ていないどころか、逆に腹を立てていた。「そんぐらいのこと」で逮捕される方が理不尽だというのが、当時の岩瀬家の考えだったのだ。

岩瀬兄弟が幼い頃から拾ってきたものを数え上げたら、それこそきりがないという。

物心つくかつかないかの頃から、近所の家の庭木から道端に落ちた夏みかんを皮切りに、ゴミ捨て場に置かれていたぬいぐるみ、漫画雑誌、衣類、トラックが落としていった建材などを次々に拾ってくるようになり、成長するにつれて放置自転車のサドルを抜き取ったり、店終《じま》いした商店の壁から古いホーローの看板を外してくるようになった。家電なども拾ってきて、使えるかどうかを試してみて大丈夫なようなら自分たちで使い、または売りに行った。それを、祖父と父とは目を細めて眺めてきたのだ。その感覚を家族揃って捨ててもらわなければ、兄弟の癖は直らない。

「兄貴が可哀想《かわいそう》ちゃ。成人式なんよ、一生に一度の！」

「そうだけど」

「兄貴、すんげえ楽しみにしとったんやけ。ずっと前から床屋も予約して、羽織袴《はかま》だって出来てきとったのに」

北九州の成人式と言えば派手なことと大騒ぎするので有名だが、ご多分に漏れず、健太も相当に気合いが入っていたらしい。その日のために好きな文言を金糸や銀糸で刺繍《ししゅう》した特注の羽織を作り、髪はオレンジや緑に染め分けた大げさなリーゼントにするつもりだったのだそうだ。そんな夢が、自分の行いのせいで露《つゆ》と消えた。しかも健太ときたら、昨年の十月には二十歳の誕生日を迎えていたにも拘《かか》わらず、「成人式を迎えて初めて成人になる」と思い込んでいたというのだから、どうしようもなかった。成人式を迎えたら、その日を境に大人としての自覚を持って親孝行に励み、真面目《まじめ》に生活していくと誓っていたという。誕生日に誓っておけば、こんなことにはならなかったのに、その勘違いを諭すものが、この家にはいなかった。

「何も食べられないっていうわけじゃないのよ。決められたお店からなら、好きな物が買えるようになってるの。お菓子も」

「あいつ、金持っとるんやか」

祖父の宏が腕組みをする。

「大して持っとりゃせんじゃろ？」

父親の正男が端整な顔をわずかに傾ける。今ここに長男の健太も並んでいたら、壮観だったろうにと、ふと思った。正男に言わせれば大祐だけが「母親似」なのだそうで、健太は祖父と父の顔立ちをそっくり受け継いでいる。それだけに、やはりモテるらしく、もう結婚を決めている、というか、既にお腹《なか》に子どものいる彼女がいるということだ。

「面会には、行っておいでなんですよね？」

かのんが尋ねると、祖父の宏が「はあ」と頷《うなず》いた。

「月曜に行ってきました。倅は仕事やし、孫も学校やケーキ屋のアルバイトに行かないけんっちゅうんで、俺一人で」

宏は「それがなあ」と白髪頭を掻《か》きながら、急に顔を大きく歪《ゆが》めた。

「あいつ、怒っとるんですわ。『祖父ちゃんのせいで俺は前科者になるんや』っち言いやがって」

「そりゃ怒るよなあ。もうじき親父になろうっちときに、前科者にさせられちゃあ」

正男がため息混じりに言うと、宏が息子を睨《にら》みつけた。

「させられちゃあって、何かちゃ。それやったら、まるで俺があいつを前科者にしたみてえやねえか」

「そうなんやないん？　俺もずい分と色んなもの拾ってきたけど、まあ、運が良かったんよな。捕まらんかったのは」

そのとき大祐が、ものの散らばった座卓をどん、と叩いて身を乗り出した。

「親父も祖父ちゃんも、逮捕なんかされたこと、ないやないかっ。何で『本当はいけんことや』っち、教えてくれんかったんかっ」

宏が目を剝いた。

「な――生意気なこと、言いやがって」

「そんなもん、立ちションとか、自転車の二人乗りと同じようなもんち思っとったんやけ、しょうがねえやねえかちゃ」

　正男も居直った顔つきになりながら、座卓の上に置かれた宏の煙草に手を伸ばす。かのんは、今度は自分で身体を傾け、手を伸ばして東障子の端を細く空けた。匂いと煙対策なのは勿論だが、痺れかけていた足が、これで救われる。

「とにかく、とにかくです。では、成人のお祝いとして、現金を差し入れてあげるというのでは、どうでしょう？」

　三人が勝手に喋《しゃべ》り始めたらきりがないのは分かっている。かのんが両手でその場を制するようにしながら会話に割って入ると、岩瀬家の男たちは、それぞれにまだ何か言いたげな表情で、それでも何とかおとなしくなった。

　やれやれ。

　これで、ようやく岩瀬大祐の面接を始められる。気を取り直すつもりで、すっかり冷めたお茶をひと口飲んだら、思わず顔をしかめたくなるほどの渋さだった。

3

予定よりも大幅に遅れて、午後一時をかなり回った頃に福岡家裁北九州支部に戻り、警備員の立つ出入口を足早に抜けて、そのまま急ぎ足でエレベーターホールに向かおうとしたとき、目の前にぬうっと人が立った。かのんは一瞬ぎょっとなり、身構えるように身体をすくめた。

「あ――なんだ。びっくりした」

相手の顔を見上げた途端、思わず背中から力が抜けた。目深《まぶか》に薄紫のニットキャップを被《かぶ》り、辛子色の厚手なダウンジャケットを着てこちらを見ているのは、弟の玲央《れお》ではないか。ついこの間、正月に帰省したとき会ったばかりだ。

「なんでこんなところにいるの？」

「調査官室に電話したら、出かけてるって言われたから」

玲央は顎《あご》の先に髭《ひげ》をたくわえた顔で、当たり前のように答える。

「だからここで、帰ってくんのを待ってたってわけ」

「ここで？　なんで――」

「何日か、泊めてもらおうと思って」

え、と顔を見上げている目の前に、弟はすっと手を差し出してくる。

「鍵《かぎ》。俺ね、すんげぇ寝不足なんだわ。だから少し眠りたいし、起きたら、晩飯の支度でもしといてやるから」

「支度はいいけど——でも、うち、ほとんど何もないよ」

自宅の冷蔵庫の中を思い出しながらかのんが呟くと、弟は「やっぱな」と目を細めた。

「じゃ、買い物もして帰るからさ。あ、そうだ。じゃあ、金も」

「金もって——だけど、あんた、うちの官舎に来たことないじゃない」

玲央は表情一つ変えずにポケットからスマホを取り出す。

「住所言ってみてよ。それだけ分かれば、あとはコレで」

弟が「ほら」とさらに手を差し出してくるから、かのんが言われるままにバッグの中を探っているとき、背後から「庵原さん」という声がした。振り返ると勝又主任が怪訝《けげん》そうな様子で立っている。その視線が玲央の方に向けられたと思ったら、主任は早速、興味津々《しんしん》な顔つきで近づいてきた。

「知り合いの方かな？　あ、ひょっとして、彼が噂《うわさ》の——」

かのんが「違います」と言いかけたとき、弟がすっと一歩前に出た。

「わたくし、庵原玲央といいます。姉がいつも大変お世話になっております」

ニットキャップに顎髭の若者が、いきなり恭《うやうや》しいと言っていいほど深々と礼をするものだから、勝又主任は「弟さん？」と意表を突かれた顔で立ち尽くしている。小さな劇団にいるのは知っていたが、いつの間にこんな大仰な芝居をするようになったのかと、かのんは思わず笑いそうになってしまった。

「七時くらいまでには帰れると思うから」

とりあえず家の鍵と一万円札を一枚、手早く渡して官舎の住所を教え、弟に「じゃあね」と手を振ると、かのんは主任と一緒にエレベーターを待つ人たちに加わった。とにかく、これで二時からの面接には間に合いそうだ。

「何歳違い？」

「七歳違いです」

「すると、まだ二十代か。若いなあ」

この建物は家裁の他に福岡地裁の北九州支部も入っている。そのため、エレベーターには各裁判所で働く人々に加えて、弁護士や検察官、警察官などの他、裁判所に用事のある、つまりは何らかのトラブルを抱えている人やその関係者も乗ってくる。マスコミもだ。法廷のある階で乗り降りする人の中には泣き腫《は》らした目をしている人もいれば、見るからに沈鬱《ちんうつ》な表情の人もいて、それだけに何基かある小さな箱は大抵いつも気軽な世間話をする雰囲気ではなかった。

「彼、何してるの」

家裁調査官室のある階でエレベーターを降りると、勝又主任がようやく息苦しさから解放されたように口を開いた。

「小さな劇団にいるんですけどね」

「劇団？　じゃあ、俳優？」

勝又主任はまた驚いた顔になって「へえ」とため息のような長い息を吐く。

「庵原さんの周りって、やっぱりバラエティ豊かだなあ。婚約者がゴリラの飼育員っていうだけでも驚きなのに、弟さんが役者とは」

かのんは「やっぱりって」と苦笑するしかなかった。こうしてあれこれと詮索《せんさく》されるのがいちばん面倒なのだ。

「それより、岩瀬兄弟なんですけど」

こういうときは話題を変えるに限る。

「今回は本当に懲りている様子でした。保護者の意識も変わりましたね。特にお祖父ちゃんが、相当にこたえてる感じです。拘置所に面会に行ったとき、長男から『お祖父ちゃんのせいで前科者になる』って責められたとかで」

調査官室のドアノブに手をかけながら、勝又主任が仕方なさそうな表情になる。

「やっぱり昭和は遠くなってるんだな。僕の親の話を聞いても、戦後の昭和ってまだそんなだったのかと思うようなことがあるから」

かのんだって一応は昭和生まれだが、それも本当に最後の方で、物心ついたときには世の中は平成に変わっていた。テレビでは『ちびまる子ちゃん』が人気で、友だちはスーパーファミコンに夢中になっていたし、もうSMAPが歌っていた。そんな世代から見たら、ことに終戦後の空気を引きずっていた頃の昭和の雰囲気や、当時の人々の感覚などというものは、正直なところ想像がつかない部分が多い。

第一、岩瀬宏や正男の場合は本当に、単に落ちているものを拾っていただけだったかも知れないが、孫の代になって岩瀬家の「掟」が進化してしまっていることに、保護者なら気づかなければならなかった。そうすればゴルフ練習場のボールを拾い集めるとか、マンションのゴミ集積場からブランド物のバッグを拾って帰るなどという、明らかに金銭目的の「もの拾い」にまでは発展しなかったはずだ。孫たちのすることがエスカレートしつつあり、しかも世の中はそういう行為に寛容ではなくなったことのと同じように。日本の住まいから襖や障子が消えつつあるを、もう少し敏感に感じ取るべきだった。

「すると試験観察期間も、実際には三カ月も必要なかったっていう感じかな」

自分の席について、慌《あわ》ただしく次の調査面接の準備をしながら、昼食をとりはぐれたこの空腹をどうごまかそう、何かひと口で食べられる甘いものはなかっただろうかと考えていたら、再び勝又主任が聞いてきた。

「念のための三カ月、という感じだろうと思います。その間に長男の処分が決まれば、その結果を受けての家族の様子を見ておくことも出来ますから」

遺失物等横領罪は「一年以下の懲役または十万円以下の罰金」、窃盗《せっとう》罪は「十年以下の懲役または五十万円以下の罰金」だ。だが今回は、おそらく公判は一度で結審し、判決は執行猶予《ゆうよ》つきのものになるのではないかと、かのんは予測している。犯罪としては軽微なものだし、被告人である健太は犯行を認めている上に悪意や犯意といったものはまったくなかった。本人も十分に反省して「懲りた」と言っている。そういう被告人を長く勾留《こうりゅう》したり、裁判に時間をかけるのは、はっきり言って経費の無駄だ。

器物損壊で逮捕された少年と両親への調査面接を済ませたのは三時半過ぎだ。空腹もピークを越えるとあまり何も感じなくなってくる。とりあえずコーヒーを淹れて、かのんはデスクのパソコンを立ち上げた。

それにしても。

パソコンに向かって今日の調査面接の結果をまとめながら、再び岩瀬家の部屋を思い出す。あの後、聞いたところでは、カントリー調のチェストは、やはり健太が「もらってきた」ものなのだそうだ。彼は今、引越し専門の運送会社で働いていて、転居の際に出る家具や家電で不用なものをもらってくることがあるのだという。最近は行政の粗大ゴミ回収も無料というわけにいかないし、買取り業者を呼ぶのも面倒だと思う客の多くが、不要な家具や家電を引越し業者に「持っていってくれ」と頼むのだそうだ。健太にとっては、まさしく渡りに船といったところだろう。しかも、日々お腹が大きくなっていく恋人と、一日も早く新婚家庭を築きたいと思っているだけに、小ぎれいな家具などは真っ先に手を挙げてもらってくるらしい。

中古品ばっかりで始める新婚生活。

コーヒーを飲みながら、ふと、自分だったらと考えた。もしも、かのんがいよいよ栗林《くりりん》と所帯を持つとして、新生活を始めるときの家具がどれも赤の他人が使っていた中古品だったら、どんな気分だろう。

「いやいや、ちょっと無理だわ」

片手をマグカップに添えたまま、つい呟いていた。すかさず隣の席の間杉さんが「何が？」と、くるりと椅子《いす》を回してこちらを向く。かのんが「いえいえ」とごまかすと、間杉さんは「ところで」と、今度はわずかに身を乗り出してきた。

「今日は金曜だし、軽く、どうですか。『きよかわ』あたりで」

間杉さんがグラスを傾ける真似《まね》をしたところで、離れた席から若月くんの声が「賛成！」と聞こえた。すかさず勝又主任の声が「だめだめ！」と若月くんの声を打ち消す。

「庵原さんはねえ、今日はだめなんだな。弟さんが来てるんだから。これがまた何と、俳優さんなんだと」

案の定、強面《こわもて》な外見と違って意外にミーハーでお喋りな間杉さんが「へえっ」と、大げさすぎるほど感心した顔になっている。

本当にもう。

勝又主任の、この性格は、きっとこれから先も変わらないのだろう。だが春になれば、今年はかのんにも異動の辞令が下りるはずだ。つまり、岩瀬兄弟のその後を見届けられるかどうかといったところで、この地を離れることになる。そうなれば当然、勝又主任ともお別れだ。

「またの機会ということで」

まだ何か話したそうにしている間杉さんに愛想笑いを見せて、かのんは再びパソコンに向かい、そういえば栗林にLINEを飛ばしておかなければと思いついた。明日からの三連休は東京に帰るつもりでいたからだ。

〈ごめんね、いきなり玲央が来た。何日か泊まっていくんだって。だから明日は帰れないわ〉

すると珍しく、すぐに「既読」がついた。

〈俺も連絡しようと思ってたとこ。クチェカが風邪ひいたみたい。鼻水たらして、熱もある〉

クチェカという雌のゴリラは、栗林が飼育担当しているニシゴリラの中でもいちばんデリケートらしく、年がら年中お腹を壊したり、風邪をひいたりする。その度に、栗林は「彼女」につきっきりになった。

〈早く治るといいね。よく看《み》てあげて〉

〈了解。玲央によろしく〉

短いやりとりを終え、こうなったら手早く仕事を片づけて、定時で空腹のまま飛んで帰ることにしようと、かのんは自分に言い聞かせた。第一、弟がどうしていきなり訪ねてきたのかも気になるところだ。

六時過ぎに官舎まで帰ってきて階段を上り始めたところで、いつになく食欲を誘う焦《こ》がし醬油《しょうゆ》やニンニクなどの香りがしてきた。これは残酷なほど空腹を刺激する香りだなと思ったら、香りのもとは三階のかのんの部屋だった。明かりの灯っている部屋のチャイムを押すと「開いてる！」という声が聞こえ、そのまま扉を開いた途端、いつもの冷え切った空気の代わりにジュウッという音と共に暖かい空気がかのんを出迎えた。

「おっかえりー」

玲央はちゃっかり、かのんのエプロンを掛け、それでもニットキャップは被ったままという格好で、片手に菜箸《さいばし》を持って、当たり前のように笑っている。

「た、だいま」

「思ったより早かったじゃん。もうすぐ用意できるからさ」

キッチンを見ると調理台の上にはまな板と共に野菜や調味料などが並び、三ツ口のコンロはすべて塞《ふさ》がっていて、普段あまり使わない鍋《なべ》までが登場していた。東京の実家に帰ったときでも弟が台所に立っているところなど見たことがなかったから、これには驚いた。

「俺、チャリンコのある部屋で寝ればいいんだよな？　あと、歯ブラシとかはあるから、さ、タオルだけ貸してよ」

部屋で着替えている間も、玲央の声が聞こえてくる。かのんは「わかった！」と声を上げて、普段は愛用の自転車を飾ってあるだけの六畳間を覗《のぞ》いてみた。寝不足だと言っていたが、本当にひと眠りしたのだろう。愛車のビアンキから少し離れた場所に、乱れた布団が斜めに敷かれたままになっていて、その傍まで携帯電話の充電ケーブルが伸びている。さらに、部屋の隅には弟のものらしいリュックが、さっき着ていたダウンジャケットと共に放り出されていた。こんな荷物一つで来たのかと、彼の身軽さが感じられた。

「ささ、まずは乾杯な。スパークリングワイン、買ってきたんだ」

「人のお金だと思って」

「まあまあ、そう言わんと」

テーブルを挟んで弟と向かい合い、泡立つスパークリングワインのグラスを触れ合わせた後、かのんは弟から急《せ》かされて早速、箸をとった。テーブルに並べられたのは、玲央の解説によれば、ポークソテーの和風ニンニク生姜《しょうが》ソースがけに、たっぷりフレッシュパセリ入りマッシュポテト、肉詰めピーマン、はんぺんのバター焼き、茹《ゆ》でキャベツとマカロニのサラダ、そしてミニトマトとタマネギの和《あ》え物といった品揃えだ。ずい分とたくさん作ってくれたものだった。

「――あら、美味《おい》しい」

まずは食べやすく切り分けてあるポークソテーを口に運んでみて、かのんは目を丸くした。定食屋で食べるポークジンジャーなどより、ずっと風味がある。

「これ、売り物になるんじゃない？」

「売り物なんだって。三年以上も同じ店でバイトしてれば、嫌でも覚えるわけさ」

「あ、そっか。居酒屋だっけ」

「ビストロって言ってくんない？」

「今日、そのビストロのバイトは、どうしたの」

弟は、そのアルバイト先の店がちょうど改装中で休みになったのだと言った。

「それで、どうしてこっちに来る気になったわけ？」

玲央は「なあ」と悪戯《いたずら》っぽい笑みを浮かべる。

「調査官って、そうやって毎日、誰かに質問ばっかりしてるわけ？」

「そんなことない。向こうから話すのを待ってることの方が多いかもよ」

玲央は「ふうん」と頷いた後で、少し表情を改めた。

「サッカーやってたときの仲間が、今こっちにいるらしいんだけどさ」

「ああ――サッカーの」

何となく、玲央の前では口にしづらかったひと言だった。かのんだけではなく、おそらく家族全員がそうだったはずだ。

「小学校んときからずっと一緒だったヤツ」

思えば玲央も若いなりにずい分と波瀾万丈《はらんばんじょう》、有為転変な生き方をしてきたものだ。七歳も離れていると、それこそよちよち歩きの頃まではそれなりに面倒も見たし可愛《かわい》がってもいたのだが、こちらはだんだん学校が忙しくなっていく時期だったから、実際に一緒に過ごした時間はあまり長くない。それに彼は幼稚園に入る頃からもうサッカーが好きになっていて、最初は遊びのような形でボールを蹴《け》っていたものが、小学校に入るとすぐにサッカースクールに通い始め、その後はどんどんと家で過ごす時間が少なくなっていった。そのまま中学の三年間もサッカー漬けの毎日で、当時はJリーガーになるのだと、本人どころか家族まで本気で思っていたくらいだ。

「こっちで、何してるの？」

「最初はこっちのプロリーグチームに入ったらしいけど、すぐにやめたって」

「じゃあ、もうサッカーは――」

玲央は「してない」とわずかに眉《まゆ》を上下させる。弟が家族の期待を一身に背負っていた頃、かのんは既に大学生になっていた。だから単純に弟を応援していたものだが、かのんの五つ下、玲央とは二歳しか違わない真ん中の妹・光莉《ひかり》は「玲央ばっかり」と、ずい分とふてくされていたものだ。実際、母は玲央の食生活その他のサポートに懸命だったし、もしかするといちばん我慢を強いられることが多かったのが光莉かも知れなかった。それでも、光莉と玲央は歳《とし》が近い分やはり仲もよくて、そんな家族のバックアップを得て、玲央は高校生になってもプロリーグのユースチームで頑張っていた。だが三年生の夏休み、合宿中に練習試合で左膝の十字靱帯《じんたい》を損傷するという大怪我を負い、結局はそれがもとでサッカーを諦めることになった。

「そいつが今、大怪我して入院してるんだって。それを聞いたら、何となく気になってさ」

　サッカーから離れた玲央は一時期は抜け殻のようになっていたらしい。だが、その頃かのんは社会人になってさほどたっておらず、親身になって話を聞いてやる余裕がなかった。そうこうするうち、彼は高校を卒業するといきなりサーファーになると言い出してハワイに留学したと思ったら、「やっぱり向いていない」と半年足らずで帰国、その後は両親のすすめもあって大学進学を決心するも、半年以上もゲームに明け暮れ、それからやっと少し真面目に勉強して、二十歳でようやく何とか大学生になった。すると今度は大学で演劇に出会う。それ以降は芝居漬けの生活になり、五年かけてやっと卒業する頃には「芝居で生きていく」と宣言、現在は小さな劇団に所属しながらアルバイトで暮らしているというわけだ。

「それで、お見舞いに行く気になったんだ。わざわざ遠くまで」

「そ。金もないのに」

玲央は、仕方なさそうな顔で笑う。

「次の公演にまた結構、かかるんだよな。まじ、今回ほど、かのんが北九州にいてくれてよかったと思ったことないわ」

「今回ほどって、なによ、それ」

軽く睨む真似をしながら、かのんはふと両親のことを思い浮かべた。我が家の太陽のような存在だった末っ子が、結局未《いま》だに不安定な生活を続けながら、何もかも芝居に注ぎ込んでしまっていることを、会う度に少しずつ老いを感じさせるようになってきた父や母は、どう思っているのだろう。

「そういえばさ」

互いのグラスにスパークリングワインを注ぎながら、玲央が思い出したように口を開いた。

「かのんがガキの頃から、何ていうかな、親父たちから言われ続けてきたこととかって、何かある？」

かのんは注がれたスパークリングワインをひと口飲み、「そうだなあ」と首を傾《かし》げた。

決して口うるさい両親ではなかった。中学受験だけは勧められたが、その後の成績や勉強については、かのんが自分から「塾に行きたい」と言えば行かせてくれたし、大学を受けるときも自分の意志で志望校を決めた。ただ中学生の頃、母が実母ではないと知って動揺した時期、がくんと成績が落ちて、それでもふてくされていたときだけは父に呼ばれたことがある。

「あ、そうだ」

そこで、急に思い出した。

「『何ごとも人のせいにするな』っていうのは、結構よく言われたかな」

玲央はニットキャップの下の眉を大きく動かし、口もとに妙な力を入れて「やっぱな」としかめっ面《つら》のような顔になった。

「それ、かのんも言われたんだ」

「言われた、言われた。社会人になってからも、ホテルを辞めるときも言われた」

すると弟は「あーあ」と言いながら椅子の背に寄りかかって天井を見上げた。

「俺も、しょっちゅう言われたんだよなあ。怪我したときも、ハワイから戻ったときも、それから大学で留年が決まったときもさ」

「こっちがキツい思いしてるときに限って、言うんだよね、お父さんて」

かのんの言葉に、玲央は「そうなんだよなあ」と、ようやく姿勢を元に戻し、大きくため息をついてから、気を取り直したように自分の作った料理を口に運んでいた。

4

三連休が過ぎた火曜日の昼食時、久しぶりに持ってきた弁当を机の上に出すと、すぐに背後から若月くんの「あれっ」という声がした。

「庵原さん、お弁当なんですか」

「へえ、珍しい」

横から巻さんもこちらを見ている。彼らに合わせるように、勝又主任までが「おっ」と首を伸ばしてきた。

「どういう心境の変化かな？」

「あ、夕ご飯の残り物があったんで」

それも弟が弁当箱に詰めてくれたのだが、もちろんそれは言わない。外食組を笑顔で送り出してハンカチの包みを開こうとしたとき、調査官室の電話が鳴った。軽い気持ちで受話器を耳にあてると、聞き覚えのある声が「庵原さん、おりますか」と聞こえてきた。先週、面接したばかりの岩瀬大祐だ。

「大祐さん？　庵原です。

「どうしよう、俺――どうしよう」

大祐の声はわずかに震えていた。かのんが「落ち着いて」と言っても、大祐は「どうしよう」を繰り返すばかりだ。

「就職、取り消されるかも知れん」

「どうしたの。何があったの？」

「店の、厨房《ちゅうぼう》のもんがなくなって、先輩に『おまえが盗《と》ったんやないんか』っち言われて――俺が捕まったこと、知っとる先輩が」

胸がきゅっと縮んだような気がした。かのんは素早く手元の時計に目を落とし、今日の午後の予定を思い返した。今日も二時から調査面接が一件入っている。つまり、まだ一時間半以上はあるということだ。大祐のバイト先までは、タクシーなら二十分程度で着けると思う。往復四十分として、三、四十分くらいなら話を聴くなり何かすることが出来る。

「大祐さん、今どこにいるの」

「店の——店の外に出てきたとこ」

「じゃあ、そこにいて。いい？　すぐに行くからね」

少年の将来をつぶさないために試験観察という方法を選んだのに、こういう形で彼の未来が閉ざされてしまったのでは元も子もない。まずは勝又主任に説明してから行こうと立ち上がると、主任はすべて承知したという顔つきで、片手に箸を持ったまま、「早く行け」という仕草をした。

こういうところは、いい感じなんだけどなあ。

コートを羽織って家裁の建物から飛び出し、すぐにタクシーを止めた。朝からどんよりとした曇り空だったが、タクシーに乗っている間に細かい雨が降り始め、目的地に着いたときには路面の色も変わっていた。そんな中で、大祐はブルゾンに両手を突っ込み、丸い背中を余計に丸めて街路樹の傍でかのんを待っていた。こちらに気づくと、いつもにこにこしているはずの少年が、今にも泣き出しそうな顔になる。お互いの吐く息が真っ白に見えた。

「それで、何を盗ったって言われたの？」

「電動の、ミキサー」

「誤解、なんだね？」

「決まっとるやん！　俺、泥棒なんかしとらんもん、これまでやって、泥棒なんか！」

　かのんはゆっくり頷きながら、服を通してもむっちりしていると分かる少年の、ブルゾンの二の腕をぽんぽんと軽く叩いて、春から正式に彼の修業先になるはずのパティスリーを見上げた。郊外の一軒家だから、近くに雨をしのげるような場所もない。かのんは自分の鞄から折りたたみの傘を取り出して、大祐に渡した。

「濡《ぬ》れないようにして、この辺で待ってて。あんまり時間がないから出来るだけ早く済ませるからね」

　大祐が頷くのを確かめてから、かのんは店に向かった。ドアを開くと、カランカランとベルの音がして、穏やかな音楽と暖かい空気がふわりと全身を包み込む。落ち着いた内装の店内では食事も出来るようになっているらしく、ちょうど昼食時ということもあってなかなかの混雑ぶりだ。

「お忙しいところ、すみません」

少しばかりタイミングが悪いかとも思ったが、仕方がない。すぐに名刺を出して店主に会いたいとレジにいる女性に告げると、一分もたたずに背の高いコック帽にコックコート姿の男性が現れた。名刺とかのんとを見比べて、わずかに首を傾げる。

「岩瀬くんが、あなたに連絡したんですか」

「飛んできました。電話の声がかなり動揺していたものですから」

下がり気味の眉が印象的な、生真面目そうな店主は苦笑するような顔になって小さく頷き、「こちらへ」とかのんを店の奥へと招き入れる。店主についてレジカウンターの奥に進んでいくと、そこには六、七人のスタッフが立ち働いている、かなり広い厨房があった。スタッフの一人に店主が歩み寄り、短く言葉をかけてから、彼はかのんの方を振り向いて「どうぞ」というように手を動かす。そして厨房の端を通り抜け、外光を取り入れているだけのほの暗い廊下を回り込んだところにあるドアの前で、店主はこちらを振り向いた。

「ちょうど忙しい時間帯なものですから、あまりゆっくりはお話し出来ませんが」

かのんが「はい」と頷いて足を踏み入れた部屋は、ケーキ店らしい雰囲気など微塵《みじん》も感じられない、事務机や書棚、それにテレビモニターなどが並んでいる、照明を落とした空間だった。よく見ると横の壁には大きな窓ガラスがはめ込まれていて、そこから厨房の様子がよく見える。部屋が明るくないことと、窓の端に厚手のカーテンがまとめられているところを見ると、おそらくマジックミラーなのだろうと、かのんは見当をつけた。家裁にもマジックミラーを設けている部屋があるから、それと分かる。少年事件で使用することはまずないが、家事事件の場合、たとえば親権を争っていたり、面会交流を望んでいる夫婦のいずれかが、幼い我が子と試験的に面会するときなど、もう片方の親や調停員、調査官などがマジックミラー越しに、その様子を見守るための工夫だ。

「ちょうどさっき、これを確認したところでしてね」

店主は事務用の椅子をかのんに勧め、自分もテレビモニター前の椅子に腰掛ける。かのんが横からのぞいてみると、モニターを何分割かして映し出されているのは様々な角度から録画された、この店内の様子だった。厨房は勿論、出入口、レジ前、ホールなどの様子が記録されている。

「二年ほど前に、泥棒に入られたことがあるものですから、こういうものを取りつけたんですが」

店主がパソコンを操作すると、分割されていたモニターの画面から、一つの画像に切り替わった。画面の右下には、撮影された日時が秒まで入ってデジタル表示されている。

「昨日は祝日ということもありましたし、お客さまに大勢お越しいただいたものですから、ケーキもほとんど売り切れて、いつもより一時間早く、午後七時で閉店したんです。ですから、八時過ぎまでには皆、帰ったはずなんですが」

何人ものスタッフが、順繰りに厨房から出て行く様子が映し出されている。

「ちなみに、この中に岩瀬くんはおりません。彼のアルバイト時間は午後六時までですけん」

画面はそこから早送りされ、右下の表示が昨日の午後十時少し前を表示したところで、非常灯の明かりだけになっていた厨房内が、ぱっと明るくなった。店長は録画画像の早送りを通常モードに戻した。男が、慣れた歩調で入ってくる。一見して、岩瀬大祐の体型とはまるで異なる痩《や》せた男だった。カメラのアングルから外れて男の姿が画面から消えたと思ったら、少しして再び現れる。手には、何かの袋を抱えていた。そうして辺りをうかがうようにしながらちょうどこちらを向いたところで、店主が画面を止めた。意外なほど鮮明な画像だ。これではごまかしようがない。

「この人は――」

「今回のことを岩瀬くんの仕業やないかと言ったのが、この男です」

思わず肩から力が抜けるのを感じた。

「つまり、岩瀬大祐さんの疑いは晴れていると思ってよろしいんでしょうか?」

五十がらみの店主は背の高いコック帽をゆっくりと揺らす。

「これを見れば一目瞭然《いちもくりょうぜん》でしょう。それに僕は、彼は実に正直な子やと思っています よ。逮捕されたことも、試験観察になったことも、自分から言ってきましたしね。お兄さんと一緒に捕まったっちいうんやから、何ちゅうのかな、二人してちょっと自覚が足りなかったんかな、というのが僕の感想です」

かのんは「おっしゃる通りです」と頷いた。

「それに、いわゆる窃盗とはまったく違うものです。彼の家独特の、何と言いますか、ちょっと風変わりな価値観のようなものがありまして」

店主は眉尻の下がった顔で、興味深げにこちらを見ている。かのんは、ごく大まかに岩瀬家の家風と「掟」について話をした。店主が、うん、うん、と頷く度に、コック帽が揺れた。

「決して手癖が悪いわけではなく、人に迷惑をかけることもしないんです。それに今回のことで本当に懲りていますし、現在、勾留中のお兄さんにケーキを作って持っていってやろうとするような少年なんです」

「彼の仕事ぶりは見ていますから、大体は分かります。先輩から相当キツいことを言われても、終始にこにことりますし、我慢強い子ですよ」

「それは、家族に鍛えられているせいだと思います。男ばかりの家庭で、なかなか荒っぽく育てられましたから」

店主はなるほど、と頷いて再びモニターの画面に視線を移し、問題は、この真犯人の方だとため息をつく。

「困ったな。彼だって去年、うちに入ったばっかりの子なんですがね」

「この人は今、何歳ですか？」

「まだ、二十歳にはなっとらんはずです」

「それでしたら一度、法務少年支援センターに御相談なさるのがいいと思います。解雇なさるのはご自由ですが、ただクビにしても、本人に反省のチャンスを与えないと、また他の場所で繰り返す可能性がありますし、最悪の場合はこちらを逆恨みしないとも限りませんから」

店主は腕組みをして「なるほど」と考える表情になっている。日々、菓子作りに励んでいるというよりも、何となく学校の先生のような横顔の人だった。

「確かに、このままうちにいてもらうと、職場の人間関係がうまくいかなくなる可能性があります。自覚させるなら今ですかね。だが本人が素直に従うやか」

「保護者の方にも御相談なさるのが、いいんじゃないでしょうか。こういうことは家族ぐるみで対処しないと、なかなかうまく解決出来ません」

そのときになって初めて、店主ははっきりとかのんの方を向いた。眉尻が下がった顔に笑みを浮かべている。

「ここで専門家のご意見を聞けるとは思いませんでした。そうか、少年支援センターね」

「もし、お分かりにならないことがありましたら、私にご連絡いただいても結構です」

かのんたちの仕事は、既に問題を起こしてしまった少年と向き合うことだ。だが、社会には事件などを起こす前に何とか食い止めようとしている人たちもいる。さらに、こうして普通の生活や仕事をしながら、少年たちが問題を起こした場合の対処法を考えていかなければならない人たちもいた。そういう大人たちの目が多いほど、少年が問題を起こす数は減り、家裁にまで来なければならないような場面も減っていくはずだった。

「とにかく、岩瀬くんには安心して店に戻ってくるように伝えて下さい」

今も店の外で、心細さと寒さの両方に震えているはずの大祐を思い出して、かのんは店主に深々と頭を下げた。

「本当はお食事でもさせていただきたいんですが、こちらも急いでおりますので、お買い物だけさせてください。大祐さんがいつも、こちらのお菓子を自慢していますので」

腕時計にちらりと目を落としてから言うと、店主は初めて客に見せる笑顔になって、それならパウンドケーキをお土産に持たせてくれると言った。かのんは慌てて手を振った。

「そういうものはいただけないんです。国家公務員ですから。お気持ちだけ、ありがたく頂戴《ちょうだい》します」

かのんが改めて頭を下げると、店主は「ご苦労様です」とまたもや長いコック帽を大きく傾けた。

慌ただしい気持ちで何種類かのケーキと、パウンドケーキを一本買って店を出ると、細かい雨は、いつの間にか雪に変わっていた。少し離れた街路樹の近くでかのんの傘をさし、白い息を吐きながら、大祐は灰色の空を見上げている。かのんの靴音に気がついたのか、こちらを振り向いた顔は寒さのせいか鼻の頭が赤くなっていた。かのんはその顔に、大きく頷いて見せた。

「大丈夫、店長さんが『すぐに戻ってきなさい』って。誤解なんてされてないよ」

「まじ？　俺、ここで働けるっち？」

「店員さんたちのことをよく分かってる人みたいね。大祐さんのことも『頑張ってる』って言ってたよ」

丸い顔の中の小さな瞳《ひとみ》が、まだ半信半疑のまま揺れている。

「俺が盗ってないっち——」

「それはね、ちゃんと、防犯カメラで確かめた」

「じゃあ、それに本当の犯人が映っとったん？」

大祐は「誰、誰」とせっついてくる。かのんは、それには答えなかった。それでも大祐は「ちきしょう」と、彼にしては珍しく、険しい表情になっている。かのんは、そんな大祐に「でもね」と話しかけた。

「今度のことで分かったと思うんだ。世間の人っていうのはねえ、大祐さん。一度失敗した人に、決して優しくはないんだよ」

大祐が、口もとをきゅっと引き締める。

「もちろん、ここのご主人みたいに、ちゃんと分かってくれる人もいるのよ。だから、絶望なんかすることはない。だけど中には人の弱みにつけ込んできたり、『疑われるような真似をしたヤツが悪い』って言う人がいることも、確かなんだよね」

「――俺がもともと、逮捕されたりするから疑われたっちことよね。親父や祖父ちゃんが、何も言わんけ――」

「お父さんたちのせいにしても仕方がない。大祐さんはこれから社会人になるんだよ。自分のことは自分で責任を持てるようになっていかなきゃ。そんな大祐さんがこれからしなきゃならないことは、『岩瀬大祐はそんなヤツじゃない』っていうことを態度で示していくっていうこと。そして、信じてくれている、ここのご主人みたいな人を、がっかりさせないことだと思うよ」

「――分かった」

「あとね、自分に罪をなすりつけた人のことも、恨んだりしない方がいいと思うんだ」

　それには大祐は納得出来ないという顔になった。

「人を恨んだり憎んだりっていう気持ちは一度持っちゃうと、胸の奥に根を張るみたいになるの。それでだんだん、自分の栄養が吸い取られていくんだよね。そんな気持ちのままでいたら、元気もなくなるし、本当に美味しいお菓子なんか作れないんじゃないかな」

大祐は、まだ口を尖《とが》らせたままだったが、やがて渋々といったように小さく頷いた。

「——俺、人に喜ばれるお菓子を作りたい」

かのんは「でしょう？」と少年の顔を覗き込んだ。大祐も仕方なさそうに大きく息を吐いている。

「これから先も、こういうことはあるかも知れない。今は試験観察中だから、私がこうやって来られたけど、この先もずっと近くにいてあげられるわけじゃないからね」

強くなりなさいと念を押すように言うと、大祐の表情は静かなものになった。

「兄ちゃんも、きっと苦労するんよね」

「そのときは、大祐さんが支えてあげないとね」

最後にかのんが「ケーキ買っちゃった」と店の袋を見せると、大祐はようやくいつもの笑顔になった。そのとき、ドアベルの音がして「おーい！」という声が、ほんの時たま車が通り過ぎるだけの辺りに響いた。

「だいすけー！　店長が呼んどるぞー！」

口もとに手を添えて、コック服を着た若者がこちらを見ている。かのんはもう一度、大祐の二の腕をぽんぽんと叩いた。

「早く行って。来月また面接だから、忘れないでよ。お父さんたちによろしくね」

大祐は「うん」と大きく頷いて、初めて思い出したようにかのんに傘を差し出し、丸い身体を弾ませるように駆けていった。その後ろ姿が店の中に消えるまで見送ってから、かのんはスマートフォンを取り出して、タクシーを呼ぶアプリを立ち上げた。

5

「そんで、弁当そのまま持って帰ってきたわけ？」

その日、またもや空腹のまま重たい鞄を提げて官舎に帰り着くと、今日も台所に立っていた玲央に、まず呆《あき》れた顔をされた。そのまま着替えるために自分の部屋に入ってから、かのんは「でもさ！」と声を上げた。

「しょうがないんだよなあ。今、扱ってる少年の、もしかすると人生を左右するかも知れないようなことが起きちゃったんだから」

そういえば、と思い出して、下着のままで顔だけ台所に出す。

「玄関のところに置いてある紙袋、中にパウンドケーキが入ってるから」

玲央の後ろ姿が「おう」と応《こた》える。再び顔を引っ込めてスウェットパンツに足を通し、ゆるゆるのセーターを着込んで、ようやく窮屈だった気持ちまで解放された気分になった。その格好でダイニングに戻ると、玲央がパウンドケーキの入った袋を覗き込んでいた。

「これさ、ウチの土産にしていい？」

「ウチの？」

「俺、明日帰るから」

「あ、そうなの」

玲央が何も言わないのに、こちらから「いつまでいるの」と尋ねるのも、何だか邪魔にしているように受け取られるのではないかと思って、はっきりしたことを聞けずにいた。するとつまり、弟と二人でとる夕食も今夜が最後ということか。

「友だちとはたっぷり話せた？」

並んで台所に立ち、手を洗ったついでに弟の指図通り料理の盛りつけを手伝って、器をテーブルに運びながら、かのんは何気なく玲央を見た。昨日までの三連休、玲央は、朝は自分のペースで起き出して何も言わずに出かけていき、夕方になると食料を買って帰ってくるという連続だった。友人を見舞うにしては、連日ほぼ丸一日も留守にするのは少しばかり妙な気がしたが、子どもでもない相手に細かく尋ねるのもはばかられたから、かのんは何も言わずに放っておいた。弟とはいえ、こんな風に二人だけで一緒にいること自体が初めてに近いのだから、正直なところ、接し方がよく分からない。

「まあね」

本当は一度くらい外で食事をしてもいいのではないかと思って、今の季節ならフグだよと誘ってみたのだが、それは玲央の方が「面倒くさい」と嫌がった。

「気持良く酔って腹一杯になったら、そのままごろ寝したいじゃん」

本人がそう言うのなら、かのんとしてはべつに反対する理由もない。だから日中、玲央がいない間は、かのんは普段の休日と変わらずに過ごした。栗林からは、クチェカは熱も下がったのだが、今度はマウアという二歳の雌に、同じ症状が出たという連絡があった。写真でしか見たことはないが、まだまだ赤ん坊のマウアは人間と同じようにあどけない表情をして、栗林にまとわりついて離れない甘えん坊だ。

夕方になれば、玲央はかのんが渡してある金で買い物をして帰ってきて、後はほぼ無言で、一人せっせと料理を作った。その後はテレビをつけっぱなしにして他愛ない話をしながら、二人で玲央の「ビストロ料理」を食べるという三連休だった。

「まさか、九州で雪に降られるとは思わなかったな」

「だから言ったじゃない、今の時期は意外と寒いんだって」

「そんなこと言ったっけ」

「ほら、ちゃんと聞いてないんだから」

今日は最後の晩餐《ばんさん》として、玲央は鶏の水炊《た》きを作ってくれていた。午前中に病院の見舞いと買い物を済ませて、昼過ぎからもう煮込み始めたというから、相当に時間をかけている。野菜などの具材は一切入っておらず、鍋の中では骨付きの鶏肉だけが、箸でつまめばすっと骨が抜けるほど柔らかく煮えていた。白濁したスープを器にすくいとり、たっぷりの下ろしショウガと下ろしニンニク、それに芽ネギの刻んだもの、最後に塩をパラリと加えて飲んでみると、思わず「ふわあ」と声にならない声が出た。

「すんごく美味しい。それに、温まるねえ」

「だろう？」

「役者で駄目だったら、料理の道を行くのもアリなんじゃないの？」

軽い冗談のつもりで言ったのだが、玲央は即座に「いや」と首を横に振る。かのんはつい少しの間、黙って弟の顔を眺めていた。いつの間にか真顔になっている玲央はテーブルに箸を置いている。そして「あのさ」と、こちらを見た。

「調査官なのに、どうして聞かないんだよ」

「――何を？」

　玲央は「だから」と言った後、グラスのビールをごくごくと飲み干した。

「どうして急にこっちまで来たのか、とか」

「昔の友だちが怪我したからでしょう？」

「いつまでいる気なのか、とか」

「それは、玲央が決めてると思うから」

「ここんとこ毎日どうしてたのか、とか」

「子どもじゃないんだもの。ここまでだってスマホ一つでたどり着いちゃうヤツに、何を聞くのよ」

　そのまま知らん顔をしてビールグラスを傾けていると、玲央は俯《うつむ》いたまま動かなくなった。かのんは半分、少年と面接するときのような気持ちになりながら、静かに箸を動かしていた。しばらくすると、玲央はもう一度、「あのさ」と言う。

「俺――芝居、やめようと思ってんだよね。次の公演を最後に」

「そう――やめるの」

「何ていうか――やっぱり好きなだけじゃやっていけないっていうのも、もちろんあるんだけどさ」

そこでようやく、弟は顔を上げる。四六時中かぶっているニットキャップを取れば、短い髪はアッシュグレーに染めてパーマをかけているし、顎にも髭を生やして、頬の線はすっきりとシャープになった。幼かった頃の面影を探すのにもひと苦労だ。だが、やはりこうして向き合っていれば、目元などは昔と変わっていない。

「俺も、もうじき三十じゃん？」

「そうだね」

「そろそろ、フラフラしてる場合じゃねえよなとか、思ってたんだ——結構、前からさ。そんじゃ、この先どうしようか、とか考えてて、そういうときに、そのぅ、知ったわけ。あいつが大怪我したって」

かのんも箸をテーブルに戻して、鍋ののっているカセットコンロの火を止めた。話が長くなりそうだ。

「そいつ、営業で外回りしてたんだけど、仕事中に居眠り運転して、単独で事故ったんだって。かなりスピード出てたらしくってさ、肋骨《ろっこつ》が折れて内臓に刺さってたし、足の骨も粉砕骨折ってヤツ？　その上、頸椎《けいつい》損傷だって。生きてたのが、ホント、不思議なくらいだったらしいんだわ」

「そんなにひどい怪我だったの」

かのんも聞いていて自分の眉間《みけん》に力が入るのが分かった。ことに頸椎を損傷したというなら、後遺症が心配なんじゃないのと言おうとしたとき、弟が「本当のこと言うと」と言葉を続けた。

「そいつがね、もともと、俺のこと、怪我させたヤツなんだ」

「え――そうなの？」

玲央は話しにくそうな表情のまま、大きく息を吐いている。高校生のときの弟が思い浮かんだ。怪我をした直後の痛みと怒りに満ちた顔、少し間をおいてから手術を受け、リハビリを始めた頃の歯を食いしばるような顔。普通の生活や軽い運動は出来ても、ついにサッカーを諦めなければならないと分かったときの、目の焦点が合わなくなったような虚《うつ》ろな顔。ずい分長い間、彼は家族の言葉もまともに耳に入らないような状態だった。

「ゲーム中だったんだから仕方がないって、何度も思おうとしたんだ。そんなこともあるさって。だけど、あのときあいつは、はっきり俺を狙《ねら》ってスライディングしてきた。だって俺、見たんだ。俺の膝が『ブチッ』って音させて、ピッチの上にぶっ倒れた瞬間、あいつは俺を上からじっと見下ろしてた。すげえ嫌な目つきで。俺、はっきり、目が合ったんだ」

ああ、だからここに来た日に、かのんにあんなことを聞いたのか。父から「人のせいにするな」と言われて、弟は必死でこらえていたのだと、ようやく合点がいった。

「じゃあ、その人は罰《ばち》が当たったんだって、玲央としては、そんな感じ？」

玲央はかのんから目をそらして、自分の中で言葉を探すようにする。

「俺も、自分がそう感じるかも知れないと思って、試したい気持ちがあった。十年以上もたってるのに、今でもたまに『あの怪我さえなかったら』とかって、思い出す自分がいることは確かだしさ」

ところが実際に病院に行ってみて、まったく自由に動けない状態になっている昔のチームメイトを見たときに、そんな思いは一瞬のうちに吹き飛んで、自分の中に、かつて経験したことのない、何ともいえない気持ちがこみ上げて来たのだと玲央はゆっくりと語った。

「ひと言で言っちゃえば、怒りは怒りだと思うんだ。それは間違いないんだけどさ、何ていうのかな、『おめえ、何やってんだよ、こんなとこで』っていう感じのさ、悔しいっていうか、情けないっていうか、悲しいっていうか。まさか、もう二度と立たねえつもりじゃねえんだろうなっていうような、さ。こう——ここが、嵐みたいになって」

玲央は、かのんのエプロンをしたままの、自分の胸の辺りをかきむしるような真似をした。かつてのチームメイトは見舞いに来たのが玲央だと分かると、声も出さずに涙を流したという。彼の涙と鼻水を拭《ぬぐ》ってやりながら、玲央も泣いたそうだ。そうしてお互い無言のまま過ごして、結局その日はかける言葉も見つからず、胸をかきむしられる思いのまま、玲央は頭を冷やすために見知らぬ街をさまよい歩いたらしい。

「心臓も、何かギュウって押されるみたいだったし、胸も頭ん中も、ぐるぐる渦巻いててさ、何を考えていいのか分からなかった」

「それにしちゃあ、晩ご飯は美味しかったよね」

かのんが口を挟むと、玲央は、料理はいい気分転換になるのだと薄く笑う。

「そんでも頭ん中では、何だろうこの感じはって、ずっと思っててさ、だから次の日も、あいつんとこに行った。そしたら今度は、あいつは最初に『ごめん』って言ったよ」

「それで、玲央は？　許した？」

「『はあ？』って言ってやった。このまま一生、立ち上がれねえかも知れねえヤツに『ごめん』とか言われて、何て返せると思う？　だけど、ああ、こいつもずっと気にしてたんだなっていうことが分かって、何か、ホッとしたことは確か、かな」

それに前日の怒りは、少年時代から引きずっていたものが原因ではなかったのだと気がついたのだとも、玲央は続けた。かつてのチームメイトはせっかくプロリーグにまで入れたのに、少しばかりモテるのをいいことに遊び癖がついて練習は疎《おろそ》かになり、その結果、小さな怪我を繰り返して、挙げ句の果てに勝手に限界を感じてサッカーをやめたのだそうだ。その上、自分の不注意で大怪我をして「罰が当たった」「もうおしまいだ」と泣く姿に、玲央は本気で腹が立ったのだという。医師は、リハビリ次第では再び歩けるようになる可能性はゼロではないと言ったそうだ。それならいつまでも泣いている場合ではないのに、どうしてそんなに弱気になったのだと、そのことに腹が立ったらしい。

「あんな、人を怪我させてまで自分がのし上がろうとしてたようなヤツがさ。すげえ負けん気が強くて、オレサマなヤツが、そのざまかよって」

玲央はそこまで語って、急に背を反らし、頬を膨らませて大きく息を吐き出した。

「そんで、俺さ、決めたんだ」

「――うん」

「理学療法士になろうって」

本当は以前から、その考えはちらちらと頭に浮かぶことがあったのだそうだ。怪我をして競技生活に戻れなくなったスポーツ選手が理学療法士を目指すことは、決して珍しくないという。だが玲央はまったく違う生き方をしてきた。あえて目を背けてきたとも、彼は白状した。だが三十歳を目前にして、その考えをいよいよ改めたくなったのだと語る弟は少し照れくさそうな顔だった。

「出来ることなら、俺があいつをもう一度、歩かせてやりたいとか、思っちゃったりして」

「でも、すぐに資格なんか取れないでしょう?」

「もちろん一から始めるんだから時間がかかるよな。だから、俺が一人前になるまでにあいつが歩けるようになってたら、それはそれでいいんだ」

　理学療法士の道は、あくまでも自分の生き方として選んだ道なのだから、と玲央は言った。そうして、いよいよ決心がついたところで、今日の午前中は、自分の気持ちをかつてのチームメイトに伝えてきたのだという。そこまで話したところで、玲央はカセットコンロに火をつけた。

「俺にしごかれたくなかったら、それまでに歩けるようになっとけって言ってやった。あいつまた、泣いてたけどね。そんなわけで、もう明日、俺は帰るってわけ」

冷めかけていた水炊きの鍋から、ごとん、と微《かす》かな音がして、また少しずつ湯気が立ち始める。再び箸を手にして、サラダを口に運んでいる弟を見つめながら、かのんはよくそこまでたどり着いてくれたものだと密《ひそ》かに胸が熱くなる思いだった。彼なら、きっといい理学療法士になれるだろう。人の痛みも、遠回りしなければならない苦しみも、誰よりもよく分かっている弟だ。

「でさ」

「うん」

「そっちはいつ結婚すんだよ。光莉が、『先にいこうかな』って言ってたよ」

「あれ、光莉、そういう話が出てるの？」

「知らんけど」

「ＬＩＮＥしてみようか」

「それより、水炊き食えよ」

「あ、そっか」

すっかりいつもの表情に戻った玲央は、いかにも慣れた手つきでかのんの器に水炊きの鶏を取り、そこに芽ネギを散らしたりしながら、「これで、今回の宿代はチャラな」と悪戯っぽく笑っている。

「まだ当分、俺、迷惑かけることになるからさ。そこんとこ、よろしく」

「じゃあ、チャンスがあったら、また美味しいもの食べさせてよね」

「いいよなあ、ダンナになる人も料理好きだし、俺もこんなだし、かのんが料理下手だって、誰も困んねえもんな」

「下手ってこと、ないでしょう」

「いや、下手だわ。味覚と嗅覚《きゅうかく》がまあまあなのは認めるけど。光莉もそう。あれも鼻だけくんくんさせて、パフューマーだ何だって格好つけてるくせに、料理の方はダメだよ、まるっきり」

二人の姉をこき下ろす、この生意気な弟が本当に一人前になって自立出来るときには、かのんは果たしてどこにいて、どんな生活を送っているのだろうかと、柔らかく煮えている鶏肉から骨だけを抜き取りながら、かのんは考えていた。

「ネギ、もっとかけた方が旨《うま》いよ」

「うん」

「ほら、ニンニクも」

「うん」

とにかく家裁調査官であり続けることだけは確かだ。そして日本のどこかで様々な人生を背負って悩み、壁にぶち当たり、家庭裁判所まで来なければならなくなった人の話に耳を傾けているのに違いなかった。

解説――家裁調査官という仕事

藤川洋子

手練《てだ》れの小説家にかかると、家庭裁判所調査官（以下、家裁調査官と略す）の仕事や仲間たちはこんなにも魅力的なんだ！

乃南アサ氏による『家裁調査官・庵原かのん』を読み終えて、感無量である。というのは、私自身が、大卒後の約30年間、家裁調査官だったからだ。辞して臨床心理学を教える大学教員に転じ、現在は発達障害を有する大学生たちの支援等に当たっているが、今もって「家裁調査官」は私の活動の礎《いしずえ》である。

★

本書の主人公、庵原《いおはら》かのん調査官は、大卒後ホテル業界で3年ほど働いたあと、一念発起して裁判所職員採用総合職試験を受け、家裁調査官補に採用されたとある。「裁判所」という、私たちの平凡な日常にはあまり縁のない国家機関に足を踏み入れてしまったその日から、「ここが私の居場所」となじむまで、実はけっこう時間がかかる。

採用されるとまず中央の研修所に集められ、寮生活をしながら基本的な知識を詰め込まれる。人間関係諸科学つまり心理学、教育学、福祉学、社会学、法律学という5領域からの選抜なので、新規採用者の知識量にはでこぼこがあるが、それを均《なら》して言わば総合人間学のエキスパートに仕立てようというわけである。

配属庁でのマンツーマン研修もあって、少年事件の場合、チューター役の先輩調査官に張り付いて少年鑑別所や自宅や学校などへの出張にもついて歩き、面接から意見作成までの手順や、求められるクオリティを教わる。

最初のうちは、非行少年の生活ぶりの何を見ても何を聞いても驚き、親御さんの気持ちをどう聞き出したらいいのか、誰からどこで話を聞くのか、聞き取りの範囲をどこまで広げたらいいのか、得た情報や感触をどうまとめて「処遇意見」に落とし込んだらいいのか……自分では何一つ判断できない。

「カンポ（官補）さん」と呼ばれる、こうした驚きだらけの2年間を終えると「補」がとれ、ようやく家裁調査官として少年調査票や意見書を作成することができるようになるのである。人によってこの2年間は長く感じられるだろうが、半人前の特権でいろいろなことが勉強できる期間だ。

それはさておき、かのん調査官は、「初任地からずっと地方に勤務して、三十も半ばを過ぎ」とあるから、補がとれて何年か経ち、いよいよ油がのって1件1件に仕事の妙味や奥深さが感じられてきた時期にあたるといえよう。

家庭裁判所には大きく分けて、非行を扱う少年部と離婚などを扱う家事部があるが、本書のかのん調査官はもっぱら少年事件を担当している。ここでは我が国の少年事件をもう少し大きなフレームで示しておこう。

★

少年非行は社会の鏡だとよくいわれる。社会性が未熟な子どもたちは、真っ先に社会悪の影響を受けるからだろう。

戦後の少年非行をざっと振り返ってみると、高度成長期、およそ1955（昭和30）〜1972（昭和47）年には若年労働者は「金の卵」扱いをされていて、勉強嫌いであっても中学校の間さえがまんすれば次々に職につくことができていた。したがってその時期の少年非行といえば、暴力団などの不良集団に加わった少年や家出少年による「食べるための非行」が目立っていた。

しかし生活が徐々に豊かになり、高校進学率が高まるのと並行して、「遊び型」あるいは「無気力型」と呼ばれるような事件が増えた。暴走族があちこちに誕生し、シンナー吸入、覚せい剤使用、売春類似行為など、大人の裏カルチャーが子どもたちに伝播《でんぱ》した。少年人口の増加もあって、1983（昭和58）年前後の5年間ほどが戦後の少年非行のピークになっている。

その後、子どもの数が減りだし、ポケベルや携帯電話が連絡手段となって屋内でのゲームが遊びの中心になる。1997（平成9）年に発生した中学3年生による猟奇的な神戸児童連続殺傷事件が契機になって少年法改正議論が高まり、2000（平成12）年、厳罰化、被害者への配慮などを柱にした改正が行われた。そして、2015（平成27）年6月、旧少年院法が60年以上を経て全面改正され、新少年院法、少年鑑別所法が施行された。

★

厳罰化の効果もあろうけれど、防犯体制の強化や少子化、高等教育の多様化などもあって、実のところ、2004（平成16）年以降の20年近く、少年非行は検挙数、人口比ともに年々、急勾配に減少している（犯罪白書）。

そんななかで注目されたのが、「懲《こ》りさせる」という発想では効果の上がらない少年や、怠学などの学校不適応とか不良顕示性（校則違反のたぐい）がないのにいきなり単独で事件を起こす少年であった。

例えば、アダルトビデオを目に焼き付け、映像そのままに異性に接近した例や、興味のおもむくまま理科実験のように燃焼を楽しんだり人体を傷つけたりした例、過去の被害経験のフラッシュバックにより暴力に及んだ例などである。特異な印象を受けるこれらの事例の多くに発達障害（※）が指摘されており、今日では非行を分析する際の切り口も従来に比べ重層的になっている。

［※発達障害…自閉スペクトラム症（ＡＳＤ：アスペルガー症候群、広汎《こうはん》性発達障害を含む）、注意欠如・多動性障害（ＡＤＨＤ）、学習障害（ＬＤ）などの総称。生まれつきの脳機能の障害で、低年齢時から症状が現れる。言動などが周囲から異質と見られがちで、いじめなどを受けて心理的ストレスやトラウマをかかえる例が少なくない。］

なお、２０２２（令和４）年4月に、民法上の成年年齢が20歳から18歳に引き下げられたことを受け、少年法においては18歳以上20歳未満を「特定少年」として20歳以上の者に近い手続きを経るよう改正されている。

★

こうしたなか、家裁調査官は、動機を解明する際、少年に起きた出来事を単に並べるだけではなく、ひとつひとつの出来事がどう少年に影響したかを障害特性も考慮しながら分析するようになった。かのん調査官も苦闘しているように、幼少期に身体的・心理的・性的虐待やネグレクトのあった事例、表に出た非行は軽微であっても自傷他害の危険性が高い事例などでは、家裁調査官自身が心理検査を実施したり、少年鑑別所による在宅鑑別の試みなどもなされるようになっている。

また、殺人や傷害致死など重大事例となると、通常の調査や心身鑑別に加えて精神科医らによる精神鑑定が行われることもあり、そういう時には家裁調査官が鑑定医との連絡調整にあたったり、少年事件特有の制約を説明したり、と大忙しになる。

★

本書では、家裁調査官の仕事として、まず「読み（捜査機関をはじめとする関係機関からの文書）」、「聴き（本人や関係者の生の言葉）」、「書く（裁判官に向けての意見）」の重要性が述べられているが、これらの仕事を短期間でやってのけるにはけっこう熟練を要する。しかし、読んで、見て、聴いて、考え、「私はあなたをこう理解した。違っていたら教えて」と、目の前の少年に問い返せる仕事など、そうあるものではない。

若者たちの成長の、ある重要な局面に立ち合い、本人の話を聞き、環境を調べ、過去を整理しながら、彼／彼女の望ましい未来に向けて分かりやすい筋道を示す。さらに、被害者がどれほど傷ついているか、を教え、謝罪等、必要な行動を示す。これらを経てようやく少年が自分のやらかした非行の意味を理解し、再犯無きを誓うとき、家裁調査官はほっと胸を撫《な》でおろすのである。

乃南アサ氏は、本書の執筆前に東京家裁で家庭裁判所委員（言わば、お目付け役）を2期務められている。その職責を通じて家裁調査官が担っている役割や活動を深く理解してくださった結果が、かのん調査官に結実しているといえるだろう。

とても嬉《うれ》しい。

（二〇二四年十二月　京都ノートルダム女子大学名誉教授、臨床心理士）

この作品は二〇二二年八月新潮社より刊行されました。

少年法は二〇二一年五月に一部改正の法案が成立し、二〇二二年四月から施行されましたが、本作では初出（「小説新潮」二〇二〇年十一月号〜二〇二一年五月号）時の法令に合わせて執筆しています。

乃南アサ著
女刑事音道貴子 凍える牙 直木賞受賞

凶悪な獣の牙——。警視庁機動捜査隊員・音道貴子が連続殺人事件に挑む。女性刑事の孤独な闘いが圧倒的共感を集めた超ベストセラー。

乃南アサ著
女刑事音道貴子 花散る頃の殺人

32歳、バツイチの独身、趣味はバイク。かっこいいけど悩みも多い女性刑事・貴子さんの短編集。滝沢刑事と著者の架空対談付き！

乃南アサ著
女刑事音道貴子 鎖（上・下）

占い師夫婦殺害の裏に潜む現金奪取の巧妙な罠。その捜査中に音道貴子刑事が突然、犯人らに拉致された！　傑作『凍える牙』の続編。

乃南アサ著
女刑事音道貴子 未練

監禁・猟奇殺人・幼児虐待——初動捜査を受け持つ音道を苛立たせる、人々の底知れぬ憎悪。彼女は立ち直れるか？　短編集第二弾！

乃南アサ著
女刑事音道貴子 嗤う闇

下町の温かい人情が、孤独な都市生活者の心の闇の犠牲になっていく。隅田川東署に異動した音道貴子の活躍を描く傑作警察小説四編。

乃南アサ著
女刑事音道貴子 風の墓碑銘《エピタフ》（上・下）

民家解体現場で白骨死体が発見されてほどなく、家主の老人が殺害された。難事件に『凍える牙』の名コンビが挑む傑作ミステリー。

乃南アサ著
いつか陽のあたる場所で
あのことは知られてはならない——。過去を隠して生きる女二人の健気な姿を通して友情を描く心理サスペンスの快作。聖大も登場。

乃南アサ著
幸福な朝食
日本推理サスペンス大賞優秀作受賞
なぜ忘れていたのだろう。あの夏から、私は妊娠しているのだ。そう、何年も、何年も……。直木賞作家のデビュー作、待望の文庫化。

乃南アサ著
6月19日の花嫁
結婚式を一週間後に控えた千尋は、事故で記憶喪失に陥る。やがて見えてきた、自分の意外な過去——。ロマンティック・サスペンス。

乃南アサ著
死んでも忘れない
誰にでも起こりうる些細なトラブルが、平穏だった三人家族の歯車を狂わせてゆく……。現代人の幸福の危うさを描く心理サスペンス。

乃南アサ著
涙（上・下）
東京五輪直前、結婚間近の刑事が殺人事件に巻込まれ失踪した。行方を追う婚約者が知った慟哭の真実。一途な愛を描くミステリー！

乃南アサ著
結婚詐欺師（上・下）
偶然かかわった結婚詐欺の捜査で、刑事の阿久津は昔の恋人が被害者だったことを知る。大胆な手口と揺れる女心を描くサスペンス！

乃南アサ著
しゃぼん玉
通り魔を繰り返す卑劣な青年が山村に逃げ込んだ。正体を知らぬ村人達は彼を歓待するが。涙なくしては読めぬ心理サスペンスの傑作。

乃南アサ著
それは秘密の
これは愛なのか、恋なのか、憎しみなのか。人生の酸いも甘いも嚙み分けた、大人のためのミステリアスなナイン・ストーリーズ。

乃南アサ著
最後の花束
—乃南アサ短編傑作選—
愛は怖い。恋も怖い。狂気は女たちを少しずつ蝕み、壊していった——。サスペンスの名手の短編を単行本未収録作品を加えて精選！

乃南アサ著
岬にて
—乃南アサ短編傑作選—
狂気に走る母、嫉妬に狂う妻、初恋の人を想う女。女性の心理描写の名手による短編を精選して描く、女たちのそれぞれの「熟れざま」。

乃南アサ著
すずの爪あと
—乃南アサ短編傑作選—
愛しあえない男女、寄り添えない夫婦、そして生まれる殺意。不条理ゆえにリアルな心理を描いた、短編の名手による傑作短編11編。

乃南アサ著
水曜日の凱歌
芸術選奨文部科学大臣賞受賞
特殊慰安施設で通訳として働く母とともに各地を転々とする14歳の少女。誰も知らなかった戦後秘史。新たな代表作となる長編小説。

乃南アサ著 いっちみち ―乃南アサ短編傑作選―

温かくて、滑稽で……。「家族」は人生最大のミステリー！ 単行本未収録作品も加えた文庫オリジナル短編アンソロジー。

乃南アサ著 美麗島紀行 ―つながる台湾―

台湾、この島には何かがある。故宮、夜市だけではない何かが――。私たちのよき隣人の知られざる横顔を人気作家が活写する。

乃南アサ著 美麗島プリズム紀行 ―きらめく台湾―

ガイドブックじゃ物足りないあなたへ――。いつだって気になるあの「麗しの島」の歴史と人に寄り添った人気紀行エッセイ第2集。

望月諒子著 蟻の棲み家

売春をしていた二人の女性が殺された。三人目の殺害予告をした犯人からは、「身代金」が要求され……木部美智子の謎解きが始まる。

望月諒子著 殺人者

相次ぐ猟奇殺人。警察に先んじ「謎の女」へと迫る木部美智子を待っていたのは!? 承認欲求、毒親など心の闇を描く傑作ミステリー。

望月諒子著 大絵画展 日本ミステリー文学大賞新人賞受賞

180億円で落札されたゴッホ『医師ガシェの肖像』。膨大な借金を負った荘介と茜は、絵画強奪を持ちかけられ……傑作美術ミステリー。

家《か》裁《さい》調《ちょう》査《さ》官《かん》・庵《いお》原《はら》かのん

新潮文庫　の－9－71

令和七年二月一日発行
令和七年三月五日二刷

著者　乃《の》南《なみ》アサ

発行者　佐藤隆信

発行所　株式会社 新潮社
郵便番号　一六二―八七一一
東京都新宿区矢来町七一
電話　編集部(〇三)三二六六―五四四〇
　　　読者係(〇三)三二六六―五一一一
https://www.shinchosha.co.jp

価格はカバーに表示してあります。

乱丁・落丁本は、ご面倒ですが小社読者係宛ご送付ください。送料小社負担にてお取替えいたします。

印刷・大日本印刷株式会社　製本・加藤製本株式会社

ISBN978-4-10-142562-7　C0193